Eiland

PIETER ASPE

Eiland

Manteau
THRILLER

Voor Herbert Flack

'De waarheid over de kat hoort men van de muizen.'
– HENRY FORD

© 2012 Uitgeverij Manteau / WPG Uitgevers België nv,
Mechelsesteenweg 203, B-2018 Antwerpen en Pieter Aspe
www.manteau.be
info@manteau.be

Vertegenwoordiging in Nederland
WPG Uitgevers België
Herengracht 370/372
NL-1016 CH Amsterdam

Eerste druk april 2012

Omslagontwerp: Wil Immink
Omslagfoto: © Kurt De Bruyn / Shutterstock
Opmaak binnenwerk: Ready2Print

ISBN 978 90 223 2702 9
D/2012/0034/154
NUR 330

1

'Heb jij Pierre vandaag al gezien?'

Een fraaie open huifkar met achterin aan weerskanten zitbanken, kwam krakend tot stilstand aan de rand van de verlaten weg. De man op de bok, een pezige kerel met een scherp gesneden gezicht en een verzorgde ringbaard, keek naar de vrouw die hem had aangesproken

'Nee', zei hij.

De man op de bok had zich vanochtend eveneens afgevraagd waar Pierre uithing, om de eenvoudige reden dat ze elkaar iedere dag kruisten op de kustweg van het dorp naar Béluré.

'Zou hij ziek zijn?'

'Dat denk ik niet', zei de man op de bok met gefronste wenkbrauwen. 'Ik heb gisteren een glas met hem gedronken en toen zag hij er nog kerngezond uit.'

Hij was niet iemand die zich nodeloos zorgen om iets maakte en had andere dingen te doen dan zich af te vragen waar Pierre uithing. De veerboot met de eerste lading toeristen meerde over twintig minuten aan in Béluré en het zou zonde zijn om te laat te komen.

'Ik denk dat ik even bij hem langsga', zei de vrouw.

De man op de bok kende haar, iedereen op het eiland kende Marie, omdat ze zich met alles en nog wat bemoeide en zich voortdurend zorgen maakte over onbelangrijke dingen.

'Dat lijkt me een goed idee.'

Hij gaf een rukje aan de teugels. De twee paarden, die tijdens het gesprek rustig waren blijven staan, bogen het hoofd en zetten zich schrap. De kar kwam knarsend in beweging. De man op de bok stak zijn hand op naar de vrouw die hem had aangesproken en vervolgde zijn weg naar Béluré. Het weer was uitstekend en dat betekende een rijke aanvoer van toeristen, van wie de meeste graag tweeëntwintig euro neertelden voor een ritje van vijftig minuten. Hij en zijn vrouw hadden hun zaakjes goed voor elkaar. Het zomerseizoen bracht voldoende op om er de rest van het jaar van rond te komen en iets opzij te zetten voor later. Geld verdienen was niet de hoofdzaak, maar een mens had nu eenmaal geld nodig. Het belangrijkste was dat hij zich een vrij man voelde en niet hoefde mee te draaien in de mallemolen die het leven van de mensen op het vasteland was. Hij dacht onwillekeurig weer aan Pierre, die zich tien jaar geleden om dezelfde reden op het eiland had gevestigd. Pierre was een Vlaming die vloeiend en bijna accentloos Frans sprak en de moeite had gedaan om Bretons te leren, wat hem bij de eilandbewoners een zekere sympathie had opgeleverd. Iedereen mocht Pierre, niet alleen omdat hij de taal van de bewoners sprak, Pierre was ook een bescheiden man ondanks het feit dat hij steenrijk was. Dat hij daar niet mee uitpakte, dwong respect af. Bij de opstapplaats vlak bij de steiger zochten de paarden automatisch de schaduw van de bomen op en ze kregen te drinken in afwachting van de veerboot van de Compagnie du Golfe. Ze hoefden niet lang te wachten. De boot was stipt op tijd en de oogst leek vandaag bijzonder groot. Het bovendek stond volgepropt met nieuwsgierige toeristen, die zich straks gingen vergapen aan de rotsige kusten, de getijdenmolen aan de Etang du Moulin en de menhir bij Pen Liousse. De veerboot legde snel en feilloos aan ondanks de sterke stroming. De massa zette zich ongeduldig in beweging. Nog geen minuut later kwamen de eerste bezoekers van boord. Het was een bont allegaartje van dagjesmensen. De man op de bok sloeg hen nauwlettend gade. Vijftigplussers waren in principe zijn beste klanten, zeker als het weer meezat, zoals vandaag. Dan maakten ze liever een ritje met de huifkar dan een fiets te huren of het eiland te voet te verkennen. Zijn aandacht voor potentiële klanten verslapte toen hij een jonge vrouw in een kort fleurig jurkje met een compacte koffer in haar hand over de steiger zag lopen. Hij had de gewoonte vrouwen te keuren en omdat hij zoveel mooie vrouwen de revue had zien passeren, was hij heel kritisch geworden, maar zelfs van een afstand wist hij nu al dat ze de perfectie benaderde. Hij had het bijna bij het rechte eind. Toen de vrouw hem op vijf meter was genaderd, zag hij pas de moedervlek op haar schouder. Het was een detail dat niets afdeed aan haar schoonheid, maar hij moest streng blijven. Jammer, maar ze leek verdomd goed op de vrouw die hij een paar weken geleden wel een perfecte score had gegeven. Hij keek haar na tot ze uit het gezicht was verdwenen zonder zich nog om potentiële klanten te bekommeren. Mooie vrouwen fascineerden hem, ze waren zijn zwakke punt. Hij kon hen gewoon niet weerstaan. Zelfs zijn vrouw had zich er in de loop van de jaren bij moeten neerleggen dat hij haar bedroog als hij daartoe de kans kreeg.

Het was nog donker toen de telefoon overging. Het gerinkel kwam van ver. Van In was er waarschijnlijk nooit wakker van geworden als Hannelore hem niet had aangepord.

'Je hebt je mobieltje weer in de keuken laten liggen', zei ze met een onderdrukte geeuw.

Van In maakte geen haast om op te staan en naar beneden

te waggelen, maar de beller liet het toestel overgaan tot Van In het ding had weten te lokaliseren. Het was de officier met wachtdienst.

'Wat is er nu weer?'

Van In had de moeite niet gedaan zijn badjas aan te trekken. Hij stond naakt voor het raam in een plas maanlicht.

'Een dode', klonk het aan de andere kant van de lijn.

De officier met wachtdienst briefte Van In kort. Het slachtoffer was een man van middelbare leeftijd. Niets wees erop dat hij was vermoord.

'Waarom heb je me dan in het holst van de nacht gebeld?'

'Omdat hoofdinspecteur Vlaeminck ervan overtuigd is dat het een verdacht overlijden betreft.'

Van In slaakte een diepe zucht. Hoofdinspecteur Vlaeminck was een aardige, plichtsbewuste kerel. Het nadeel was dat hij te veel naar politieseries keek, waardoor hij een beetje paranoïde was geworden. Alles was verdacht in zijn ogen.

'Is het ernstig?'

Hannelore, die ondertussen ook naar beneden was gekomen, had wel haar badjas aangetrokken maar ze had niet de moeite genomen hem dicht te knopen. Haar verleidelijke lichaam ontlokte Van In een dierlijk gebrom.

'Wat zegt u, commissaris?'

De officier met wachtdienst wachtte gespannen het antwoord af. Hij had zich op een scheldtirade voorbereid. Van In reageerde onverwacht vriendelijk. Hij hing op met de belofte dat hij zo snel mogelijk ter plaatse zou komen.

'Je maakt me gek als je zo rondloopt, Hanne.'

Zijn handen gleden gretig onder haar badjas. Ze liet hem even begaan voor ze hem tot de orde riep. Met tegenzin, want het was al een tijdje geleden dat ze hem zo begerig had zien kijken.

'Vertel me eerst wat er aan de hand is.'

'Krijg ik dan mijn zin?'

Hannelore kwam grijnzend dichter bij hem in de plas maanlicht staan.

'Chantage is een strafbaar feit, Van In.'

'Uitlokking eveneens, schat. Geef me vijf minuten.'

'Alleen als ik daarna met je mee mag. Vergeet niet dat ik procureur ben.'

'En moeder van drie kinderen. We kunnen hen toch niet alleen laten?'

'Saskia kan op hen passen. Je hoeft haar maar te bellen.'

'Ben je gek geworden?'

'Nee', gniffelde Hannelore. 'Jij mag kiezen.'

Het duurde tien minuten voor ze klaar waren, amper vijf minuten voor Saskia aanbelde. Gelukkig waren ze allebei al aangekleed en waren de kinderen niet wakker geworden van het nachtelijke liefdesspel van hun ouders. Saskia zag er niet gelukkig uit, ze probeerde het niet te laten merken omdat ze ervan uitging dat Van In haar niet zomaar had laten opdraven. Ze wist zeker dat hij daar een zwaarwichtige reden voor had. De zwaarwichtige reden stond naast haar en ze lachte.

'Ik apprecieer het bijzonder dat je ons uit de nood komt helpen, Saskia. Het is tegenwoordig niet meer gemakkelijk om iemand te vinden op wie je kunt rekenen.'

'Nee. Dat weet ik.'

Saskia keek opzij naar Van In, maar hij ontweek haar verwijtende blik omdat hij zich schuldig voelde. Stel je voor dat zij en Jan ook een nummertje aan het maken waren toen hij hen belde. Hij mocht er niet aan denken zonder zich te schamen.

'Van mij mag je gerust de rest van de dag vrij nemen als we terug thuis zijn', zei hij.

'Waarom zou ik zoiets doen?' reageerde ze pinnig. 'Ik ben nog jong, weet je.'

'Ben jij al in de Colettijnenhof geweest?' vroeg Hannelore toen ze in de auto stapten. Van In schudde zijn hoofd en keek naar Versavel, die achter het stuur zat.

'Jij?'

'Nee. Ik ook niet.'

De Colettijnenhof vormde een soort van enclave in de Brugse binnenstad, op de plek waar vroeger het klooster van de Arme Klaren had gestaan. Het klooster werd in het begin van de jaren negentig gesloopt, nadat de van fraude betichte nonnen met de noorderzon waren vertrokken, en het had tot 1998 geduurd voor een bouwpromotor de toestemming kreeg om er een aantal woningen te bouwen. Aan één kant grensde het terrein aan het Minnewaterpark en aan de andere kant werd het door de oude kloostermuur aan het zicht van de buitenwereld onttrokken, waardoor een exclusief eiland was ontstaan en de vastgoedprijzen de pan uit waren gerezen. Wat normaal was, exclusiviteit had nu eenmaal een prijs. Mensen die er niet woonden en het toch waagden het eiland door te steken, werden door de bewoners meestal met een scheef oog bekeken.

'Maar ik ken wel een paar mensen die er wonen.'

Versavel reed de ringweg op en zette koers naar de Katelijnepoort. De airco stond aan vanwege de drukkende hitte die zelfs na het ondergaan van de zon in de straten was blijven hangen.

'Rijk volk zeker', sneerde Van In.

'Dat valt nog mee.'

'Wat bedoel je in godsnaam met "dat valt nog mee"? Als ik goed ingelicht ben, kost een huis in dat nest meer dan achthonderdduizend euro.'

Versavel reageerde niet, omdat hij wist dat Van In zich altijd opwond als het over rijke mensen ging. Daarvoor was het veel te warm en het was bovendien slecht voor zijn bloeddruk. Het had evenmin zin hem proberen uit te leggen dat een huis van achthonderdduizend euro bezitten van iemand niet noodzakelijk een rijk mens maakte.

'Volgens Vlaeminck heeft het slachtoffer niets bij zich waardoor ze hem kunnen identificeren.'

Het was verstandiger het geweer van schouder te veranderen voor het tot een discussie kwam. Versavel had ook geluk dat Hannelore erbij was. Haar aanwezigheid had meestal een kalmerende werking op Van In.

'Dan zit er niets anders op dan te wachten tot iemand hem als vermist opgeeft', reageerde Van In ongeïnteresseerd.

Ze staken de brug over, reden langs de Katelijnepoort en sloegen de Colettijnenstraat in. De Colettijnenhof, die er ook als een gewone straat uitzag, lag in het verlengde ervan. De enclave was met de auto alleen toegankelijk via de vroegere kloosterpoort. De politiewagens stonden op een pleintje aan de andere kant van de chique woonwijk. Het was er een drukte van belang. Een aantal bewoners, de meesten hadden snel een kamer- of badjas over hun pyjama aangetrokken, stonden in kleine groepjes met elkaar te praten. De gesprekken werden op gedempte toon gevoerd en er was niet echt sprake van nervositeit. Het leek meer een onderonsje. Tenslotte woonden hier alleen beschaafde mensen.

'Ik zie dat Zlotkrychbrto ondertussen ook gearriveerd is', zei Hannelore.

De imposante Poolse politiearts stond rustig te keuvelen met een man in een driedelig pak. Van In herkende hem onmiddellijk.

'Wat doet Albert Snoeck hier?'

'Hij woont hier', zei Versavel rustig. 'Ik heb toch gezegd dat ik een aantal bewoners ken.'

‘Ja, maar je hebt niet gezegd wie.’

‘Je hebt het me ook niet gevraagd.’

Van In reageerde niet. Versavel had gelijk. Hij had het hem moeten vragen. Hannelore bracht haar hand naar haar mond, ze wilde niet dat hij zag dat ze moest glimlachen. Ze stapte snel uit en beende energiek naar Zlotkrychbrto, die haar met ‘goedemorgen, mevrouw de procureur’ begroette voor hij haar een zoen gaf. De innige verwelkoming deed Snoeck de wenkbrauwen fronsen. Martens mocht een knappe vrouw zijn, je zoende de procureur niet zomaar.

‘Ik hoef je meneer Snoeck wellicht niet voor te stellen’, zei de Poolse politiearts breed glimlachend. ‘Ik neem aan dat jullie elkaar kennen.’

‘Kennen is een groot woord, maar je hoeft meneer Snoeck inderdaad niet voor te stellen.’

Hannelore stak haar hand naar hem uit. Zijn ogen glinsterden en hij trok zijn mondhoeken op terwijl hij haar bekeek. Van In, die er ondertussen ook bij was komen staan, had de indruk dat hij haar aan het keuren was, de viespeuk. Snoeck genoot immers een slechte reputatie wat vrouwen betrof. Het had een paar jaar geleden zelfs geen haar gescheeld of hij had zich voor de rechter mogen verantwoorden voor ongewenste intimiteiten met een van zijn medewerksters. De hele zaak was met een sisser afgelopen nadat de vrouw in kwestie haar klacht weer had ingetrokken. Onder druk van Snoeck, werd er toen gefluisterd.

‘Meneer Snoeck heeft het slachtoffer gevonden’, zei Zlotkrychbrto. ‘Toen hij thuiskwam van een feestje’, voegde hij er volledigheidshalve aan toe.

Een feestje, dacht Van In. Heeft die kerel dan werkelijk niets anders te doen dan feestjes afschuimen. Iedereen die hem kende, wist dat hij niet veel ophad met politici. Albert Snoeck zetelde al ruim tien jaar in het parlement, waar hij zelden of nooit opdaagde. Hoe kon het anders als je hele nachten met feesten doorbracht?

'Hebt u hem aangeraakt?'

De gehaaide politicus trok een verongelijkt gezicht.

'Natuurlijk heb ik hem aangeraakt. Ieder normaal mens doet in die omstandigheden toch een poging om iemand te reanimeren.'

Van In wierp een blik naar het silhouet dat met krijt op de straatstenen was getekend en wees daarna naar het huis waarvan de deur aanstond.

'Daar woont u dus.'

'Inderdaad', knikte Snoeck.

Het was een van de ruimere huizen van de Colettijnenhof. Van In wist wel zeker dat dit pand in typisch Brugse trapgevelstijl meer dan achthonderdduizend euro had gekost. Een volksvertegenwoordiger verdiende behoorlijk de kost, maar verdiende hij ook voldoende om zich een dergelijke investering te permitteren?

'Woont u hier al lang?'

'Acht jaar. Waarom vraagt u dat?'

'Zomaar', antwoordde Van In luchtig.

Snoeck was voor hij in de politiek stapte, politiek verslaggever geweest bij een landelijke krant. Ook geen vetpot. Het geld moest ergens anders vandaan komen.

'Zou u het erg vinden als we straks nog bij u langskomen om een verklaring af te nemen, meneer Snoeck?'

Hij legde de nadruk op 'meneer'. De blijk van respect stemde de politicus milder. Hij knikte welwillend en maakte een uitnodigend gebaar.

'Ik houd me tot uw beschikking', zei hij stijfjes.

'Dan komen we bij u langs zodra de rest van het onderzoek is afgerond.'

Van In nam Hannelore bij de arm en leidde haar zachtjes met zich mee. Ze stribbelde niet tegen. Integendeel. Ze vond het heerlijk dat hij nog jaloers was.

Het slachtoffer lag in een lijkwagen van de brandweer. Een van de ambulanciers klapte op verzoek van Van In het achterportier open. Een collega hielp hem bij het uitschuiven van de draagberrie. Het slachtoffer lag op zijn rug. Van In schatte hem een jaar of vijftig. Hij was slank, gebruind, gespierd en had een volle ringbaard. Van In bekeek zijn handen en zijn polsen. Geen ringen, geen horloge.

'Had hij werkelijk niets bij zich?'

'Nee', zei Zlotkrychtbrto. 'Ik heb hem persoonlijk gefouilleerd.'

De Poolse politiearts was nonchalant, behalve als het zijn werk betrof. Daarom vond Van In het niet nodig het slachtoffer opnieuw te fouilleren. Als Zlotkrychbrto beweerde dat hij niets bij zich had, dan was dat ook zo.

'Merkwaardig. Vind je niet?'

Iedereen had wel iets bij zich. Al was het maar een kassaticket van de supermarkt, een muntje of een aansteker.

'Hij kan beroofd zijn', opperde Hannelore voorzichtig.

'Dan neemt de dief alleen geld en waardevolle voorwerpen mee.'

De kleding van het slachtoffer was van meer dan behoorlijke kwaliteit: een polohemdje van Boss, een spijkerbroek van Calvin Klein en sportschoenen van Puma.

'Het zou een toerist kunnen zijn die een ommetje maakte omdat hij de slaap niet kon vatten', zei Versavel.

'Dat zou kunnen verklaren waarom hij niets bij zich heeft', beaamde Van In. 'We kunnen straks beter alle hotels in de omgeving bellen. Wie weet levert het iets op.'

'Je gaat er dus nu al van uit dat hij een natuurlijke dood is gestorven', merkte Hannelore verbaasd op.

'Niets wijst erop dat hij vermoord is. Tenzij Zlot er een andere mening op na houdt.'

De forse politiearts keek Hannelore aan. Hij wilde haar wel bijtreden, maar beschikte over geen enkele aanwijzing om het tegendeel te beweren. Het overlijden mocht verdacht lijken, er was geen enkele reden om aan te nemen dat het slachtoffer vermoord was.

'Volgens mij is hij bezweken aan een hartaanval.'

'Weet je dat zeker?'

Ze klonk heel sceptisch. Zlotkrychbrto wilde haar niet kwetsen. Hij durfde er bijna zijn hand voor in het vuur te steken dat het slachtoffer een natuurlijke dood was gestorven. Toch gaf hij haar niet helemaal ongelijk.

'Niets is zeker in deze wereld', gaf hij met een grijns toe. 'Tegenwoordig...'

Hij hield zich in omdat hij even vergeten was dat Hannelore een vrouw was en ze waarschijnlijk geschokt zou reageren als hij zijn zin afmaakte.

'Tegenwoordig wat?'

'Het was niet belangrijk.'

'Je hebt ons wel nieuwsgierig gemaakt, Zlot', plaagde Van In.

Hij had zo'n vermoeden dat de wetsdokter op het punt had gestaan iets te zeggen dat niet voor de oren van Hannelore bestemd was, want hij had de Pool zelden zien blozen. De vraag van Hannelore had hem duidelijk in verlegenheid gebracht.

'Ik luister, meneer de politiearts.'

Ze was niet van plan hem met rust te laten. Haar stem klonk strijdlustig en haar ogen flikkerden onheilspellend. Van In had een beetje medelijden met Zlotkrychbrto. Hij wist hoe verbeten ze was, haar temperament had niets aan heftigheid ingeboet sinds ze procureur was geworden. De Pool probeerde wanhopig zich eruit te redden.

‘Tegenwoordig kun je nog amper het verschil zien tussen een BMW en een Audi’, zei hij krampachtig.

Ze trapte er niet in, maar hoezeer ze ook bleef aandringen, hij veranderde zijn versie niet. De discussie dreigde uit de hand te lopen. Van In greep in toen de bewoners die nog buiten stonden te keuvelen, verstoord in hun richting keken.

‘Het wordt laat’, zei hij. ‘En we moeten onze vriend het parlementslid nog verhoren.’

Albert Snoeck had ondertussen zijn deftige pak verruild voor een sportieve broek en een T-shirt, waardoor hij er een heel stuk jonger uitzag. Hij begroette hen met een professionele glimlach en nodigde hen uit plaats te nemen in de zitkamer. Het meubilair was modern en zag er bijzonder kostbaar uit. Versavel herkende een paar merken waarvan je de advertenties alleen in de betere magazines zag staan. Het parlementslid was ook niet vies van een goed glas. Op een tafel die als bar dienstdeed stond een uitgelezen collectie Schotse maltwhisky’s en VSOP-cognacs. Van In had best trek in een opkikkertje, maar hij durfde zijn voorkeur niet te laten blijken toen Snoeck voorstelde koffie te zetten.

‘Het wordt stilaan licht’, zei Hannelore, die bij het raam stond. ‘Straks worden we weer geroosterd.’

De hitte hield al meer dan tien dagen aan. Het record van de warmste dag ooit was eergisteren gesneuveld, maar dat vonden weinig mensen goed nieuws. Er waren al meer dan de helft meer senioren aan de hitte bezweken dan gemiddeld en het zag er niet naar uit dat er snel een einde zou komen aan de hondsdagen. Zlotkrychbrto had haar in normale omstandigheden uitgelegd dat mensen met een zwak hart bij dergelijke temperaturen merkelijk meer kans hadden om aan een hartaanval te bezwijken, maar hij hield wijselijk zijn mond omdat hij bang was dat ze weer over zijn verspreking zou beginnen te zeuren.

'Ik stel voor dat we een paar uur gaan rusten als dit achter de rug is', stelde Van In voor. 'Zlot kan ondertussen de autopsie uitvoeren.'

Niemand lachte, wat bewees dat Van In gelijk had. De vermoeidheid begon te wegen. Ze hadden allemaal dringend slaap nodig, behalve Snoeck, op wie het nachtelijk leven geen vat leek te hebben.

'Neemt er iemand melk of suiker?'

Hij bewoog soepel en zijn ogen stonden bijzonder helder. Hannelore nam melk en suiker, de anderen alleen suiker. Snoeck serveerde de koffie met een schaal koekjes, installeerde zich in een knalrode fauteuil en vouwde zijn handen in zijn schoot. Van In krabde nadenkend achter zijn oor. Een politicus verhoren was geen sinecure. Ze hadden altijd iets aan te merken of beriepen zich op hun onschendbaarheid als ze een lastige vraag kregen voorgeschoteld. Snoeck reageerde anders dan verwacht.

'Zegt u het maar, commissaris, ik zal mijn best doen u zo goed mogelijk te helpen.'

Van In nipte van de koffie en wierp ondertussen een steelse blik naar Hannelore. Was het haar aanwezigheid die indruk maakte op de volksvertegenwoordiger, of meende hij echt wat hij zei?

'U hebt net verklaard dat u het slachtoffer voor uw deur hebt aangetroffen. Zou het kunnen dat hij u kwam opzoeken?'

'Daar heb ik eerst ook aan gedacht', knikte Snoeck. 'Het is niet de eerste keer dat een wildvreemde me wil spreken. Weet u dat ik soms op de onmogelijkste uren gebeld word door mensen die per se willen weten of ze in aanmerking komen voor een of andere subsidie? Maar het is me nog nooit overkomen dat iemand me voor dag en dauw thuis komt lastigvallen.'

'U hebt het slachtoffer dus eerder nooit ontmoet?'

Snoeck tuitte zijn lippen en keek naar een punt boven Hannelores hoofd. Het duurde een paar seconden voor hij antwoordde.

'Ik ontmoet dagelijks tientallen mensen die ik later nooit meer terugzie. Sommigen druk ik alleen de hand, met anderen wissel ik een paar woorden. Daarom mag u het mij niet kwalijk nemen dat ik uw vraag niet met ja of nee kan beantwoorden, hoewel ik denk dat het eerder nee is.'

'Dat neem ik u inderdaad niet kwalijk.'

Van In deed zijn uiterste best om niet te laten merken dat hij het nu al op de heupen kreeg van dit verhoor.

'Heeft iemand van de omwoners iets over het slachtoffer gezegd?'

'Niet dat ik weet.'

'Ik kan me voorstellen dat u iedereen kent die hier woont.'

Snoeck glimlachte fijntjes. De bewoners van de Colettijnenhof vormden een select groepje dat meer met elkaar gemeen had dan geld.

'Mijn buurman is een gerenommeerde kunstschilder. Zegt de naam De Nul u niets?'

Versavel voelde de blik van zijn baas die om hulp schreeuwde.

'Als ik me niet vergis, stelt meneer De Nul momenteel tentoon in Amsterdam', zei hij.

Het gezicht van Snoeck klaarde nu helemaal op. Hij was er steeds van uitgegaan dat alle flikken per definitie cultuurbarbaren waren. De reactie van Versavel bewees dat hij de hoop niet mocht laten varen.

'Wie weet was het slachtoffer een klant?'

De suggestie was aannemelijk. Kunstenaars waren rare

vogels, mensen die kunst kochten meestal ook. Een nachtelijke ontmoeting tussen een kunstschilder en een verzamelaar was best mogelijk.

'Is meneer De Nul momenteel thuis?'

'Dat weet ik niet.'

'Werkt hij dan niet 's nachts?' vroeg Van In.

Snoeck bekeek Van In met een zelfvoldaan lachje. De tijd was voorbij dat schilders en schrijvers zich 's nachts in duistere zolderkamers opsloten. Succesvolle kunstenaars waren tegenwoordig evenzeer zakenman als kunstenaar. Johannes De Nul beschikte over een ruim atelier in de binnenstad en hij had twee assistenten in dienst die zijn ideeën vorm gaven als hij er niet was.

'Johannes is een vroege vogel. Het zou best kunnen dat je hem nu in zijn atelier treft. Ik heb hem daarstraks even gezien, maar je weet hoe kunstenaars zijn. Dode mensen interesseren hen niet. Een lijk in de straat is bovendien slechte publiciteit, als u begrijpt wat ik bedoel. Ik kan me voorstellen dat hij het zo snel mogelijk is afgetrapt na wat er vannacht allemaal is gebeurd. Maar dat weet ik natuurlijk niet zeker. Het zou best kunnen dat hij weer onder de wol is gekropen. Kunstenaars zijn ook onvoorspelbaar, moet u weten.'

Snoeck wierp een vluchtige blik op zijn dure horloge en schrok zichtbaar.

'Hemeltje. De tijd vliegt. Het is bijna zeven uur. Straks komt Silvia.'

'Wie is Silvia?'

Het was een onbeschofte vraag. Snoeck was geen verdachte, Van In had zich niet te bemoeien met zijn privéleven. De volksvertegenwoordiger deed echter alsof de vraag hem niet stoorde.

'Silvia komt hier één keer per week de boel een beetje opruimen', zei hij gespeeld luchtig. 'En ze begint ook graag vroeg. Kijk. Daar is ze al.'

Van In keek door het raam naar buiten. Een bijzonder knappe vrouw van een jaar of vijfendertig stapte van haar fiets en stalde hem tegen de gevel. Ze droeg een strakke spijkerbroek, een topje met vierkante hals en een loshangend denimjasje. Het was bijzonder vrouwonvriendelijk te denken dat poetsvrouwen er meestal anders uitzagen dan het goddelijke schepsel dat net haar fiets tegen de gevel had gezet, maar aan de uitdrukking op haar gezicht te zien was Hannelore eveneens onder de indruk. Versavel stond erbij en keek ernaar. Silvia had een sleutel van de voordeur. Ze kwam binnen en begroette iedereen met een bescheiden glimlach. Snoeck vertelde in een paar woorden wat er gebeurd was.

'Dat we zoiets nog moeten meemaken. En dan nog uitgerekend hier. Tegenwoordig is een mens nergens nog veilig.'

Ze trok haar jasje uit en gooide het met een nonchalant gebaar op de bank. De vierkante halsopening van haar topje was zo breed dat het een groot deel van haar schouders liet zien.

'Maar tja', voegde ze eraan toe. 'Wat stelt één dode voor in vergelijking met het leed in de wereld?'

'Silvia is een fijne meid', zei Snoeck toen ze weg was. 'En ze is ontzettend efficiënt.'

Die mannen toch, dacht Hannelore. Ze had Van In zien opkijken toen ze binnenkwam en ze kon moeilijk geloven dat Snoeck met 'ontzettend efficiënt' op de huishoudelijke kwaliteiten van zijn poetsvrouw doelde.

'Als jullie het niet erg vinden, ga ik nu naar huis', zei ze toen Van In ook nog eens voorstelde bij de kunstschilder aan te bellen. Ze deed zelfs geen moeite om zich af te vragen waarom hij zijn plannen plotseling had gewijzigd.

'Dan zie je me straks, schat.'

Ze gaf hem een zoen, drukte Snoeck de hand, wuifde naar Versavel en Zlotkrychbrto voor ze met een lichtjes gebogen hoofd naar buiten liep. Ze was doodmoe en een klein beetje boos omdat Van In haar in de steek had gelaten.

'Kan ik jullie nog een kopje koffie aanbieden?' stelde Snoeck voor.

'Waarom ook niet', glimlachte Van In. 'Het spul houdt ons tenminste wakker.'

Hij hoopte heimelijk dat Silvia weer zou binnenkomen. De onconventionele poetsvrouw intrigeerde hem. Versavel zat een beetje wezenloos voor zich uit te staren. Hij was doodmoe, net als Hannelore, en hij begreep evenmin waarom Van In niet met haar mee naar huis was gegaan.

'En nu wil ik eindelijk weten wat je voor Hannelore hebt proberen te verzwijgen, Zlot.'

De Pool draaide zijn massieve kop. De blik in zijn ogen sprak voor zich. De herinnering aan de nare ervaring vervulde hem nog altijd met afschuw.

'Toen ik zei dat er tegenwoordig niets nog zeker was in deze wereld?'

'Ja, vertel het ons. Wat heb je nu weer uitgespookt?'

Zlotkrychbrto was getrouwd met een lieve, ietwat teruggetrokken vrouw die hem nooit een strobreed in de weg legde en geduldig zijn amoureuze escapades met de mantel der liefde bedekte, omdat hij telkens toch weer bij haar terugkwam. Het kon bijna niet anders of het had daarmee iets te maken, anders had hij het niet voor Hannelore verzwegen. De wetsdokter keek vluchtig om zich heen. Snoeck was nog in de keuken met de koffie bezig en voor Versavel hoefde hij zich niet in te houden.

'Ik heb vorige week kennisgemaakt met een allercharmantste dame', zei hij op gedempte toon. 'Een godin met benen tot aan de hemelpoort en een figuur waarvan iedere gezonde man wakker ligt.'

'Maar...' grinnikte Van In, die een addertje onder het gras vermoedde.

'Ik durf het haast niet toe te geven, Pjetr.'

Hij boog zich naar voren en maakte een trechter van zijn handen.

'Toen het eenmaal zover was, bleek zij een hij te zijn', fluisterde hij. 'Man, man, man. Ik heb me nog nooit zo beroerd gevoeld.'

Ze dronken elk nog twee koppen koffie voor ze afscheid namen van Snoeck, die hen met een brede glimlach tot aan de voordeur begeleidde.

'Ik ben benieuwd of hij thuis is', zei Van In terwijl hij bij De Nul aanbelde.

Seconden verstreken en werden minuten, maar er kwam niemand opendoen. Van In stak een sigaret op en nam gulzig een paar trekken voor hij het opnieuw probeerde. De zon scheen ondertussen weer onbarmhartig. Een straaltje zweet liep over zijn voorhoofd langs zijn neus naar beneden. Silvia stond in de slaapkamer van Snoeck met de stofzuiger in de aanslag voor het geval hij onverwachts zou binnenkomen en keek door het raam naar de mensen van de politie onder haar. Ze was net als zij benieuwd of De Nul de deur zou komen opendoen. Ze wachtte net zo lang bij het raam als Van In en Versavel bij de voordeur, maar De Nul kwam niet opdagen, hoewel ze zeker wist dat hij thuis was.

2

Eddy Demaeght was gelukkig getrouwd met zijn tweede vrouw. Hij werkte hard, maakte twee keer per jaar een exotische reis en ging iedere vrijdagavond met een paar vrienden kaartspelen in zijn stamkroeg op de Vismarkt. Kortom, Eddy Demaeght was een modelburger en een voorbeeld voor hen die niet meer geloofden in the American Dream die hij had waargemaakt. De eenvoudige jongen van weleer had het ver geschopt in het leven. En daar was hij bijzonder trots op. De zon scheen nog niet zo lang toen hij de wekker afzette. Een blik op de thermometer die de buitentemperatuur registreerde, deed hem glimlachen. In de slaapkamer was het zes graden frisser dan in de tuin. Dat bewees eens te meer dat de airco die hij tegen het advies van zijn architect in had laten installeren, geen overbodige investering was geweest. Zijn vrouw draaide zich op haar zij toen hij op de rand van het bed ging zitten. De eikel van zijn piemel glansde in het zonlicht.

'Moet je vandaag werkelijk zo vroeg opstaan?' kreunde ze zonder haar ogen te openen.

Hij draaide zich half om en legde zijn hand op haar koele schouder. Hij had zich van zijn eerste vrouw laten scheiden omdat ze de hele dag liep te zeuren, Rita was alleen bezorgd om zijn welzijn. Ze vond dat hij te hard werkte en dat ze beter wat meer van het leven konden profiteren, ze zeurde niet zoals zijn eerste vrouw. En ze was goed in bed. Hij dacht er een ogenblik aan om zich weer tegen haar aan te schurken en van de zaligheid van haar lichaam te proeven. Het was een verleidelijke gedachte, maar hij gaf er niet aan toe.

'Ik probeer vanavond vroeg thuis te zijn.'

Hij drukte zijn lippen zacht op haar voorhoofd voor hij zijn badjas aantrok en de kamer uit liep.

'En vergeet niet dat Silvia vandaag komt', zei hij voor hij de deur achter zich dichttrok.

Rita hoefde niet op te staan om haar binnen te laten, Silvia had een sleutel van de voordeur, hij wilde Rita er alleen aan herinneren dat ze vandaag langskwam. Eddy Demaeght ging voor de spiegel staan en liet de badjas van zijn schouders glijden. Hij was vroeger dikker geweest, totdat hij een jaar geleden was beginnen te joggen. In het begin had hij het na een paar honderd meter moeten opgeven, nu liep hij gemakkelijk tien kilometer en dat was hem aan te zien. De vetlaag op zijn buik was geslonken, zijn kuiten en dijen hadden weer vorm gekregen en zijn gezicht was volledig ontzwollen, waardoor hij er stilaan als een echte zakenman begon uit te zien. Hij douchte zich ook met koud water en ontbeet met meergranenbrood en vers fruit. En hij rookte niet meer. Volgens zijn huisarts zou hij daardoor langer leven, wat hij niet in twijfel trok, maar hoe verklaarde je dan de dood van Pierre die, als ze de wetsdokter mochten geloven, aan een hartaanval was bezweken? Niemand leefde gezonder dan hij en toch was hij dood. Niet dat hij er een traan om zou laten. Integendeel. De dood van Pierre was een zegen voor iedereen, het was alleen vervelend dat hij uitgerekend in de Colettijnenhof was gestorven. En ook een beetje vreemd. Wat was hij hier in godsnaam komen zoeken? Eddy Demaeght kleedde zich aan en liep in gedachten verzonken naar beneden. Silvia was ondertussen ook gearriveerd. Ze was waarschijnlijk binnengekomen toen hij nog onder de douche stond, anders had hij haar zeer zeker de deur horen openmaken.

'Goedemorgen.'

Silvia was de ramen aan het zemen. Ze draaide zich om en glimlachte.

'Goedemorgen, Eddy', zei ze op haar beurt.

Hij liep naar haar toe. Ze gaf hem een zoen. Dat deed ze ook als zijn vrouw er was.

'Rita slaapt nog.'

'Zal ik je ontbijt klaarmaken?'

Ze gooide haar spons in de emmer en droogde haar handen af aan haar spijkerbroek. Het gebeurde zelden dat Rita nog niet op was als zij al aan het werk was, maar ze stelde geen vragen. Hij liep naar de keuken en zij liep hem achterna. Hij had haar één keer proberen te versieren en zij had hem rustig duidelijk gemaakt dat het vergeefse moeite was. Sindsdien had hij haar met rust gelaten. Eigenlijk was Eddy een lieve man die zielsveel van zijn vrouw hield, maar een man bleef een man. Ze ging aan het aanrecht staan, bukte zich om de fruitpers uit de kast te halen. Je kon er donder op zeggen dat hij naar haar kont zat te gluren.

De hitte hing al dagen in de slaapkamer, hoewel ze de gordijnen overdag dicht lieten en de ramen 's nachts wagenwijd openstonden. Hannelore lag languit op haar buik. Ze voelde aan het bewegen van de matras dat hij opstond, maar ze zei niets omdat ze nog een paar minuten wilde profiteren van het lege bed. Het werd haar niet gegund. De voordeurbel haalde haar ruw uit haar gesoes. Ze stond op met dikke ogen, kleedde zich haastig aan en liep naar de kinderkamer. Simon en Sarah sliepen nog, ze was even vergeten dat het vakantie was. Julien in de kamer ernaast zat op bed te spelen. Hij strekte zijn armen uit toen ze binnenkwam.

‘Mama, mama.’

Ze tilde haar jongste uit het bed en liep voorzichtig de trap af. Versavel zat aan de keukentafel. Hij zag er frisser uit dan zij.

‘Ik vrees dat we ons weer verslapen hebben’, zei Van In, die net een sigaret had opgestoken.

‘Ik begrijp niet dat jullie in deze hitte kunnen slapen.’

Versavel sliep al slecht sinds Luk er met een jongere kerel vandoor was gegaan, de aanhoudende hondsdagen hadden het probleem nog erger gemaakt. Hij sliep veel te kort maar het was hem niet aan te zien. Versavel bleef zijn stoïcijnse zelf. Hij wilde niet dat iemand merkte hoezeer hij nog leed onder de gedwongen scheiding.

‘Slapen?’ geeuwde Van In. ‘Ik heb de hele nacht geen oog dichtgedaan.’

Hij dukte zijn sigaret uit en stak onmiddellijk een nieuwe op. De nicotinestoot kikkerde hem op.

‘Zal ik koffie zetten?’ stelde Versavel voor.

Hannelore protesteerde niet. Ze liet zich met Julien in haar armen neerzakken op een stoel.

‘Is er al nieuws over het verdachte overlijden in de Colettijnenhof?’ vroeg ze om het gesprek gaande te houden dat dreigde stil te vallen.

‘Nee’, zei Versavel. ‘We hebben een opsporingsbericht laten verspreiden maar daar is tot nu toe geen reactie op gekomen. En niemand heeft hem als vermist opgegeven.’

‘Is Zlot al klaar met het autopsieverslag?’

Versavel gaf hoofdschuddend antwoord. De sympathieke Pool was een uitstekende politiearts, zolang je hem niet onder druk zette.

‘Hij heeft beloofd om vandaag langs te komen, wat niet betekent dat hij klaar is met het autopsieverslag.’

‘En het buurtonderzoek?’

'Dat hangt van de ijver van uw echtgenoot af', grapte Versavel.

'Wat hebben jullie gisteren dan uitgevoerd?'

'Geef ik een antwoord of doe jij het?'

Van In haalde zijn schouders op. Ze hadden een poging ondernomen de buurman van Albert Snoeck te verhoren, maar de kladschilder had niet thuis gegeven en daarna waren hij en Zlot iets gaan drinken op het Zand in plaats van te gaan rusten zoals Versavel en Hannelore. Het feest had zoals gewoonlijk de hele nacht geduurd.

'We hebben vandaag tijd zat om het onderzoek af te ronden', zei hij met een onderdrukte geeuw. 'Waarom zouden we ons haasten. Volgens Zlot is het slachtoffer een natuurlijke dood gestorven.'

'Zegt de speurder die zelf geen geloof hecht aan die these', smaalde Hannelore.

'Oké, mevrouw de procureur. We maken er onmiddellijk werk van. Ben je nu tevreden?'

'Beloofd?'

'Moet ik dat werkelijk beloven?'

'Ik ken je, Van In. Als je het niet belooft, komt er niets van terecht.'

'Vooruit dan maar.'

Journalisten mochten zich tegenwoordig gelukkig prijzen dat ze thuis konden werken en zich niet iedere ochtend op weg naar de redactie door een eindeloze file hoefden te wurmen. Lieven Deckmyn was een van die bofkonten. Hij werkte freelance voor een belangrijke krant, schreef één keer per week een culinaire rubriek voor een gezaghebbend blad en was auteur van een reeks bestsellers. Daarom kon hij zich veroorloven eerst uitgebreid te ontbijten voor hij zijn laptop opstartte en deed wat het publiek van hem verwachtte: stukken over eten en drinken schrijven. Hij had zich in de loop der jaren een stevige reputatie opgebouwd en werd algemeen als de beste culinaire journalist van Vlaanderen beschouwd. Dat had hem samen met de royalty's op zijn boeken geen windeieren gelegd. Ook hij had zich een woning in de prestigieuze Colettijnenhof kunnen kopen en daar was hij net als de meeste andere bewoners van de enclave bijzonder trots op.

'Nog een glaasje perensap, schat?'

Roos was vijftien jaar jonger dan hij. Ze had een mooi gezicht en ze was slank. Tot daar haar pluspunten. Als hij met iemand wilde praten, nodigde hij vrienden uit bij wie hij ongestoord de kennis kon etaleren die hij dagelijks van het internet plukte. Hij bekeek haar met een keurende blik. Haar borsten waren iets slapper geworden en ze kreeg kraaienpootjes om haar ogen, maar dat kon verholpen worden. Een van zijn talrijke vrienden was esthetisch chirurg. Hij zou hem het probleem bij gelegenheid voorleggen.

'Een glaasje perensap is super, schat.'

Hij gaf haar een klap voor haar billen. Zij lachte schaapachtig. Lieven was de kwaadste niet. Je moest hem een beetje kennen, maar eigenlijk viel hij best mee, zolang je hem niet boos maakte en hij kon het ook niet verhelpen dat hij zo lichtgeraakt was. Journalisten stonden onder grote druk. Het was haar taak het hem naar zijn zin te maken. Dat vertelde ze toch tegen de mensen die zich afvroegen hoe ze met zo'n arrogante klootzak kon samenleven.

'Wil je ook nog een stukje toast, schat? Er is nog wat ganzenlever over van gisteren.'

'Heb ik gezegd dat ik nog een stuk toast wilde?'

'Nee, schat.'

'Waarom vraag je het dan, trut.'

Roos reageerde niet, ze was het gewend om afgesnauwd

te worden. Ze leed er ook niet meer onder en stelde er zich allang geen vragen meer bij. Het gezoem van de voordeurbel deed haar opschrikken. Ze wierp een blik op haar dure horloge dat Lieven haar met Kerstmis cadeau had gedaan. Het was halftien. Wie belde er in godsnaam om halftien bij hen aan? Ze durfde hem niet te vragen wat ze moest doen, want wat ze ook deed, het was nooit goed.

'Roos.'

Zijn stem sneed door het huis. Ze snelde van de keuken weer naar de woonkamer.

'Hoor je dan niet dat er gebeld wordt?'

'Ik denk dat er iemand aankomt', zei Versavel.

Van In nam haastig een paar lange trekken van de sigaret die hij net had opgestoken. Zijn haar was nat van het zweet en hij voelde zich opgelaten omdat zijn onderbroek niet goed zat. Hij was voor één keer liever op kantoor gebleven, waar het lekker koel was, in plaats van een getuige te gaan verhoren die waarschijnlijk niets te vertellen had. Maar beloofd was beloofd. Saskia had een lijst opgesteld met de namen van alle bewoners die naar buiten waren gekomen in de bewuste nacht dat de onbekende dood was aangetroffen in de Colettijnenhof. Lieven Deckmyn was er een van.

'Ik ben hoofdinspecteur Versavel en dit is commissaris Van In', zei Versavel toen Roos de voordeur opendeed. 'Mogen we binnenkomen?'

Roos probeerde zich als een goede gastvrouw te gedragen. Ze glimlachte en maakte een uitnodigend gebaar, terwijl ze zich afvroeg of ze de juiste beslissing had genomen. Waarschijnlijk niet, maar wat moest ze doen? Hem straks gaan vertellen dat ze de politie wandelen had gestuurd?

'Ik zeg mijn man dat jullie er zijn', zei ze in de hal. 'Willen jullie hier even wachten?'

Ze verdween. Van In keek haar ongegeneerd na. Ze had een strakke kont en een figuur waar mannen van middelbare leeftijd een moord voor zouden begaan, maar hoe lang bleef fysieke aantrekkingskracht spannend in een relatie? Van In had, bij de kapper, zoals meer dan een miljoen andere Vlamingen, in een of ander societyblad gelezen hoe ze elkaar hadden leren kennen en hij had zich net zoals nu afgevraagd waarom oudere mannen die af en toe met hun smoel op de televisie kwamen, dachten dat ze recht hadden op een jongere vrouw. En ook waarom knappe jonge vrouwen erin trapten. Omdat ze dom waren? Versavel hoorde zijn vriend nadenken.

'Zijn je fantasieën voor publicatie vatbaar?' vroeg hij.

Van In bekeek zijn vriend meewarig. Een andere vrouw keuren was geen overspel. Integendeel. Het was zijn taak als speurder om mensen correct te evalueren.

'Nee, Guido. Het is niet wat je denkt. Ik dacht aan een oude Portugese spreuk die zegt dat na een storm ieder gat een veilige haven is.'

'Wat bedoel je daarmee?'

Hij kreeg geen tijd om uit te leggen dat Lieven Deckmyn zijn eerste vrouw na een hooglopende ruzie had ingeruild voor Roos en amper een week later met haar was gaan samenwonen. Ook dat had hij in het societyblad gelezen.

'Willen jullie mij volgen, heren?'

Roos ging hen voor naar het kantoor waar de Meester zijn hooggewaardeerde stukken schreef. Lieven Deckmyn was ongeveer een meter tachtig groot. Hij had een vierkante kop, borstelige wenkbrauwen en een bierbuik die Hannelore nachtmerries had bezorgd. Roos wist niet goed wat haar te doen stond. Een duistere blik van zijn kant maakte haar duidelijk dat ze beter kon ophoepelen.

'Wat kan ik voor jullie doen, heren?'

Hij probeerde joviaal over te komen en zijn glimlach zag er gemeend uit, maar dat kon Van In noch Versavel overtuigen. De duistere blik was hun allebei opgevallen.

'We komen in verband met de man die eergisteren dood werd aangetroffen in uw straat', zei Van In. 'Als ik goed ben ingelicht was u een van de eerste bewoners die naar buiten is gekomen.'

Als journalist kende Deckmyn de interviewtechnieken, bovendien was hij gewend ook zelf geïnterviewd te worden en hij had een dure cursus mediatraining gevolgd. Hij hoefde bijgevolg niet lang na te denken voor hij repliceerde.

'En u vraagt zich waarschijnlijk af wat ik nog zo laat op deed?'

'Laat me raden', zei Van In. 'U moest dringend plassen.'

De mondhoeken van Deckmyn gingen naar beneden, even maar. Toen glimlachte hij weer zoals zijn mediacoach het hem had aangeleerd.

'Nee, commissaris. Ik was nog aan het werken. Journalisten zijn geen ambtenaren, ze moeten nu eenmaal rekening houden met deadlines.'

Van In haatte mensen die zichzelf belangrijk vonden en hij viel liever dood dan te laten merken dat de sneer naar de ambtenaren hem irriteerde.

'Tiens', zei hij. 'Worden kranten dan niet 's nachts gedrukt?'

'Kranten wel, voor weekbladen gelden andere regels, commissaris.'

Versavel voelde aan dat er weldra een storm zou losbarsten en hij kon Van In geen ongelijk geven dat hij de arrogante kerel van antwoord zou dienen, het was de vraag of zoiets verstandig was. Zijn voorgevoel werd bewaarheid. Van In reageerde giftig.

'Voor weekbladen schrijven is dus een bijverdienste. Mag ik vragen wat u overdag doet?'

Daar was de boze blik weer en het duurde merkelijk langer dan de eerste keer voor Deckmyn zich herstelde. Van een glimlach was echter geen sprake meer en zijn stem beefde.

'Ik ben een kleine zelfstandige, commissaris. Ik werk wanneer ik wil en hoe lang ik wil. Als u mij niet gelooft, vraag het dan aan de buren.'

Van In probeerde begripvol te kijken. Mensen met kapsones voelden zich goed in de schijnwerpers omdat ze iets misten. Liefde bijvoorbeeld. Of gewoon omdat ze dom waren.

'Hoe goed kennen uw buren u eigenlijk, meneer Deckmyn, als u zowel 's nachts als overdag moet werken? Ik weet dat dit een dure buurt is, maar loont het wel de moeite om u dag en nacht uit te sloven om hier te kunnen wonen?'

Van In had evengoed kunnen zeggen dat journalisten armoedzaaiers waren die zich geen huizen van meer dan achthonderdduizend euro konden permitteren. Deckmyn stond op het punt om te ontploffen en hij was zeer zeker uitgebarsten als Roos niet onverwachts was binnengekomen.

'Meneer De Nul vraagt of hij jullie even kan spreken', zei ze benepen.

'Heb je dan niet gezegd dat ik bezoek heb?'

Haar gezicht trok wit weg en ze durfde hem niet aan te kijken. Ze had De Nul proberen uit te leggen dat haar man bezet was, maar hij was blijven aandringen. Bovendien wilde hij hem niet spreken, maar de politie. Daarom had ze 'jullie' gezegd. De oudere politieman schoot haar gelukkig te hulp.

'Misschien wil hij ons wel spreken', zei Versavel.

Roos haastte zich om ja te knikken. Daarna verdween ze.

Kunstenaars kleedden zich niet als gewone stervelingen. Johannes De Nul droeg een gifgroene harembroek, een knalrood hemd en een met goudbrokaat bestikt vest. Hij had krulhaar en een spits baardje dat hem op een sater deed lijken. Van In schatte hem een jaar of vijfenveertig.

'Wat kan ik voor u doen, meneer De Nul?'

'Goede vraag.'

De Nul klakte met zijn tong en zette een excentriek brilletje op dat hij uit zijn binnenzak haalde. Van In keek naar Versavel. Ze vroegen zich allebei hetzelfde af. Wat is hier in godsnaam aan de hand?

'Ik veronderstel dat jullie kunnen lezen en niet kleurenblind zijn', zei hij op een aanmatigende toon. 'Geloof me. Zelfs als het zo was, zou het me niet kunnen schelen. Een mens weet immers nooit of flikken beide kwalificaties kunnen voorleggen, maar ik ga ervan uit dat het óf is en niet én, anders valt het niet te verklaren waarom jullie auto op een plek staat waar een verkeersbord dat verbiedt. Ben ik duidelijk of moet ik het nog één keer herhalen?'

Zijn ogen gingen heen en weer als de ballen in een flipperkast. Van In had in zijn leven al heel wat excentrieke mensen ontmoet, als hij ze ooit zou moeten rangschikken verdiende De Nul zeker een plaats in de top drie. Gek of geniaal, het maakte tegenwoordig niet meer uit zolang het geld opbracht, en wie veel geld verdiende ging ervan uit dat hij zich meer kon permitteren dan de werkbijen die iedere dag urenlang in de file stonden. Normaal kon Van In sympathie opbrengen voor excentrieke mensen die zich niet lieten gijzelen door het systeem, maar er waren grenzen.

'Ik zal u eerst één ding duidelijk maken, meneer De Nul. Als wij met een ernstige zaak bezig zijn, parkeren wij onze auto waar het ons uitkomt. Ben ik duidelijk of moet ik het nog één keer herhalen?'

Versavel hield zijn adem in. Hij vreesde een titanenstrijd, maar hij kwam bedrogen uit. De stoute sater veranderde abrupt van tactiek.

'Oké', zei hij. 'Laat het me anders formuleren. Wilt u alstublieft uw auto verplaatsen, anders krijg ik mijn fiets niet binnen zonder uw kostbare voertuig te beschadigen.'

Zelfs Deckmyn keek verbaasd op. Hij kende De Nul niet zo goed. Ze groetten elkaar als ze elkaar tegenkwamen en heel af en toe zeiden ze iets over het weer of over de politieke toestand in België, maar voor de rest onderhielden ze geen contact met elkaar, hoewel ze buren waren. Deckmyn was immers niet geïnteresseerd in moderne kunst en De Nul was zich er waarschijnlijk niet eens van bewust dat Deckmyn de meest gereputeerde culinaire journalist van Vlaanderen was. Het enige wat ze met elkaar deelden, was een geheim dat ze liever niet ter sprake brachten. Van In reageerde bijzonder rustig.

'Mijn medewerker zal de wagen onmiddellijk verplaatsen, meneer De Nul. Op voorwaarde dat we u daarna een paar vragen mogen stellen.'

'Vragen, vragen. Wat moet ik met vragen? Wat is de zin van het leven, dat is pas een vraag waarop ik een antwoord wil zoeken.'

'En wat doen we met de dood?'

De Nul pulkte aan zijn spitse baardje. Zijn ogen fonkelden. Hij zette zijn brilletje op en tuurde door het raam naar boven.

'U hebt gelijk, commissaris. Zonder leven, geen dood. Daar wil ik op drinken. Kom mee. Dan haal ik mijn beste fles uit de kelder.'

'Ik ben uw man', reageerde Van In enthousiast.

Kunstenaars kleedden zich niet alleen excentriek, ze hadden ook een aparte smaak wat de inrichting van hun huis betrof. In de hal eiste het skelet van een of andere loopvogel alle aandacht op en op de rechter zijmuur waren honderden veelkleurige glazen knikkers gekleefd die een vreemd patroon vormden dat de verbeelding activeerde, het was een beetje te vergelijken met de vlekken van Rorschach, maar dan met knikkers. De Nul liet hen plaatsnemen op stoelen waarvan de rugleuning en de zitting van fietskettingen waren gemaakt. De rest van de ruimte was vrij kaal. Er hing een groot schilderij waarop tientallen figuurtjes stonden afgebeeld die allerlei dingen met elkaar deden en er stond ook nog een gigantische schaal met fruit op de grond. De betonnen vloer was bedekt met een laagje fijn zand.

'Bijzonder handig voor rokers', zei De Nul. 'Hoef ik geen asbakken te voorzien.'

Van In kon zijn oren bijna niet geloven. De plekken waar je binnen nog mocht roken, waren even zeldzaam geworden als maagden op een middelbare school. Hij haalde onmiddellijk zijn pakje sigaretten uit zijn broekzak en stak er eentje op. Waarom hield hij plotseling van excentrieke kunstenaars? Versavel keek hoofdschuddend toe.

'Wat dacht u van een Petrus 2005?'

De Nul zwaaide oneerbiedig met de dure fles, een kenner had hem er zeer zeker op gewezen dat je zoiets niet deed met een van de kostbaarste wijnen van de wereld, het kon hem geen zier schelen. Hij had geld zat en hij had lak aan zogezegde specialisten die hem de les wilden lezen. Als hij zin had om met een fles Petrus te zwaaien, dan deed hij dat.

'U wilt me dus vragen stellen over het leven en de dood', grinnikte hij. Ondertussen had hij de fles ontkurkt en schonk de glazen vol.

Versavel trok een vies gezicht. Hij hield van een goed glas wijn, maar wie dronk er nu Petrus om kwart over tien?

'Inderdaad', knikte Van In. 'Het betreft de man die dood werd aangetroffen voor het huis van uw buurman. Als ik me niet vergis, was u ook een van de bewoners die op straat kwam toen de hulpdiensten arriveerden.'

De ambulance en de politiewagens hadden hun sirene niet aangezet vanwege het nachtelijke uur. Een gezonde slaper had nooit opgemerkt dat ze er geweest waren. Van In was benieuwd hoe De Nul zijn aanwezigheid op straat zou verklaren. Hij kon in ieder geval niet zeggen dat hij aan het werk was zoals Deckmyn, om de eenvoudige reden dat zijn atelier in het centrum van de stad was gelegen.

'Heeft Snoeck dan niet verteld dat hij me heeft gebeld?'

'Nee', zei Van In. 'Dat heeft hij me niet verteld.'

De Nul nam grijnzend een slok van de wijn en slikte de godendrank door alsof het ordinaire limonade was.

'Dat heb je met politici. Ze houden altijd informatie achter. Maar geen nood. In deze binaire instantwereld valt alles onmiddellijk te bewijzen.'

Hij zette zijn glas op de grond en liep naar een andere ruimte die als eetkamer was ingericht. Er stonden een tafel van meer dan zes meter lang en twee stoelen. Geen kasten. Hij kwam terug met een iPhone.

'Kijk zelf maar', zei hij tegen Van In.

Versavel wist zo goed als zeker dat zijn vriend hulpeloos in zijn richting zou kijken. Geavanceerde elektronische spullen waren zijn ding niet. Hij kon amper met zijn eigen mobieltje overweg dat al meer dan tien jaar oud was.

'Wil jij even kijken, Guido? Ik heb mijn bril niet bij me.'

Versavel nam het toestel aan, zette het aan en raadpleegde de lijst met recente oproepen. Snoeck had De Nul om tweeëntwintig minuten over drie gebeld en het gesprek had achttien seconden geduurd.

'Meneer De Nul heeft gelijk', zei hij.

'Natuurlijk heb ik gelijk. Waarom zou ik over zoiets prozaïsch liegen?' Het gezicht van de excentrieke kunstenaar verstarde. Zijn ogen leken te knetteren. De Nul was niet alleen excentriek, hij was ook bijzonder ontvlambaar.

'Bij een verdacht overlijden zijn we verplicht het tijdsgebruik van iedereen in de omgeving te reconstrueren. Het is routine, maar we kunnen helaas niets anders dan alle mogelijke gegevens nagaan. Ik weet zeker dat u daarvoor begrip kunt opbrengen, en we zijn u heel dankbaar dat u spontaan wilt meewerken aan het onderzoek.'

Het was een mondvol, maar het hielp. De Nul pakte de fles Petrus en schonk ongevraagd de glazen bij.

'Tiens, tiens', zei hij binnensmonds. 'Een verdacht overlijden. Wie had dat gedacht?'

Van In had hem niet verstaan. Versavel wel.

'Wat had u gedacht, meneer De Nul?'

'Ik dacht dat hij dronken was.'

'Dat weten we nog niet', zei Versavel.

'Dan weet u nog niet veel.'

'Nee', gaf Versavel toe. 'We kennen zelfs zijn naam niet.'

De Nul keek verbaasd op. Hij keek af en toe naar politieseries op de televisie en daar vonden ze altijd een manier om een onbekende te identificeren. Of lukte zoiets alleen in Amerika?

'Ik ken hem in ieder geval ook niet', reageerde hij een beetje verontwaardigd.

'Dat wilden we u ook nog vragen', zei Versavel. 'Blijkbaar lijkt niemand hem te kennen. De vraag is, wat kwam hij hier dan doen? Ik kan me niet voorstellen dat mensen die niets in de Colettijnenhof te zoeken hebben, hier een ommetje maken. Toch zeker niet om halfvier 's ochtends.'

'Dat is waar', zei De Nul. 'Ik zou me die vraag ook stellen als ik jullie was.'

'Hebt u veel contact met de buren?'

'Waarom vraagt u dat?' klonk het scherp.

'Zomaar', zei Van In.

'Het interesseert u dus niet echt.'

'Toch wel, meneer De Nul. Als er een verband zou bestaan tussen het slachtoffer en een van de bewoners werpt dat een heel ander licht op de zaak.'

'U denkt toch niet dat iemand van ons hem heeft vermoord?'

Het was een merkwaardige reactie. De Nul was duidelijk een einzelgänger en hij had niet enthousiast gereageerd op de vraag of hij contact had met de buren, en nu zei hij: u denkt toch niet dat iemand van ONS hem vermoord heeft.

'Dat hij vermoord is, zal de autopsie moeten uitwijzen. Wie hem vermoord heeft, is uiteraard een andere zaak. En ik verzeker u, meneer De Nul, dat ik nooit opgeef als ik me in een zaak vastbijt.'

'Is dat een dreigement?'

'Natuurlijk niet', glimlachte Van In. 'Ik probeerde alleen een antwoord te geven op uw vraag.'

'Dan is het goed, commissaris. Nog een glaasje wijn?'

De voordeur ging open terwijl De Nul de rest van de fles verdeelde. Silvia droeg een strakke spijkerbroek en een hagelwit topje dat haar gebruinde schouders verleidelijk benadrukte. De Nul begroette haar met een zoen op haar wang.

'Mag ik u Silvia voorstellen', zei hij. 'Dit zijn commissaris...'

'We hebben elkaar al ontmoet', onderbrak ze hem.

Van In stak een sigaret op voor ze in de auto stapten. Versavel wachtte geduldig af omdat ze onlangs hadden afgesproken dat er niet meer werd gerookt in de auto.

'Wat denk je?' vroeg hij.

'Het is niet abnormaal dat twee alleenstaande mannen dezelfde poetsvrouw delen, het probleem is dat Silvia er niet uitziet als een poetsvrouw. En het is me een raadsel wat ze bij De Nul komt doen. Er ligt zand op de vloer en in de eetkamer staan alleen een tafel en twee stoelen.'

'Ze komt misschien voor iets anders. En zeg nu niet dat jij daar niet aan gedacht hebt.'

'Ja, maar ik had de indruk dat hij haar niet verwachtte.'

'Bedoel je daarmee dat ze komt en gaat wanneer ze wil.'

'Geen idee, maar het is vreemd.'

'De Nul heeft ook een paar merkwaardige dingen gezegd', knikte Versavel. 'Waarom zou ik over zoiets prozaïsch liegen, bijvoorbeeld.'

'En zijn reactie toen ik hem vroeg of hij contact had met de andere buren', vulde Van In aan.

Hij gooide zijn halfopgerookte sigaret weg en stapte in de auto. Het duurde een eeuwigheid voor Versavel naast hem kwam zitten.

'Waar bleef je zo lang?'

'Sorry, ik had net Zlot aan de lijn. Hij is klaar met de autopsie.'

'Heb je met hem afgesproken?'

'Wat dacht je? Hij zit op het terras van Vlissinghe.'

'Prima idee. Ik ga dood van de dorst.'

Versavel zei niets over het feit dat Van In al drie glazen wijn naar binnen had gekiept. Hij startte de wagen en nam de kortste weg naar café Vlissinghe. Nog geen tien minuten later installeerden ze zich op het terras, waar Zlotkrychbrto op hen zat te wachten. Van In bestelde Duvel, de Pool volgde zijn voorbeeld, hoewel zijn glas nog halfvol was. Versavel hield het bij perrier. Pas daarna gingen ze over tot de orde van de dag.

'Is hij vermoord of is hij niet vermoord? That's the question', stak Van In goedgeluimd van wal. Want wat is er aangenamer dan werken op een zonovergoten terras met een Duvel binnen handbereik?

'Ik denk het niet', zei Zlotkrychbrto. 'Wat nog niet betekent dat hij niet in verdachte omstandigheden gestorven is.'

Zowel Van In als Versavel trok een wenkbrauw op, terwijl ze zich allebei afvroegen hoeveel Duvels Zlotkrychbrto al ophad.

'Laat me het eerst uitleggen voor jullie me van iets beschuldigen', grinnikte de Pool. 'Het slachtoffer is bezweken aan een overdosis bètablokkers, waarschijnlijk propranolol.'

'Kan iemand dat voor mij vertalen?'

'Niet ongeduldig worden, Pjetr. Propranolol is een krachtig bloeddrukverlagend middel dat voorgeschreven wordt aan mensen met een hoge bloeddruk en/of een hartkwaal. Het voordeel is dat het heel snel opgenomen wordt in het lichaam. Bij een overdosis vertraagt de polsslag en verlaagt de bloeddruk dramatisch, waardoor de patiënt in shock raakt, het bewustzijn verliest en ademhalingsdepressie kan optreden of erger nog, de patiënt raakt in een coma.'

'Tot zover kunnen we volgen. Maar is zoiets dodelijk?'

'In bepaalde gevallen wel. Het effect wordt ook versterkt als de patiënt gedronken heeft of als het erg warm is.'

'Warm was het heel zeker', knikte Van In. 'En had hij gedronken?'

'Behoorlijk.'

'Wat is behoorlijk?'

'Het volume dat wij normaal verzetten als we een nachtje gaan stappen.'

'Dat is inderdaad behoorlijk', glimlachte Versavel. 'Met dat soort dosissen heb je normaal geen pillen meer nodig.'

'Niet zeuren, Guido. We zijn aan het werken. Conclusie, Zlot?

'Een ongeluk of zelfmoord.'

'Geen moord dus.'

'Ik denk het niet, Pjetr.'

3

Sommige advocaten negeerden Van In, anderen knikten goedendag of glimlachten. Zij die hem negeerden, waren jaloers omdat hij met de procureur getrouwd was. Zij die goedendag knikten of glimlachten, waren gewoon beleefd of onverschillig. Het kon Van In geen zier schelen wat zij van hem vonden. Hij was apetrots dat zijn vrouw de baas was van het parket. Het was druk in het gerechtsgebouw, een onervaren toeschouwer zou gedacht hebben dat hier hard gewerkt werd. Van In en Versavel wisten beter. De meesten die met dossiers onder de arm door de gangen zeilden, probeerden de indruk te wekken dat ze hard aan het werk waren. Het systeem draaiende houden was immers belangrijker dan het efficiënt te laten functioneren. De logge machine hield zich op een of andere manier zelf in stand. Ze produceerde in haar eigen tempo bedrukt papier. Hannelore had gezworen dat ze hervormingen zou doorvoeren, zoals haar voorgangers zich ook al eens hadden voorgenomen. Zij wisten echter dat het een kwestie van tijd was voor het systeem je tot de orde riep en je verplichtte weer in de pas te lopen. Het was gelukkig nog niet zover. Hannelore blaakte nog van zelfvertrouwen en ze straalde energie uit toen ze onverwacht bij haar binnenvielen.

'Komen jullie alleen maar dag zeggen of is het een werkbezoek?'

Ze wipte van haar stoel en begroette hen met een stevige zoen. Haar bureau lag bedolven onder de dossiers en haar laptop stond aan.

'We zitten met een probleem, schat. Het gaat om de onbekende man die eergisteren dood in de Colettijnenhof werd aangetroffen. Zlotkrychbrto denkt dat hij een natuurlijke dood is gestorven, maar ik ben het voor één keer niet met hem eens.'

Ze fronste haar voorhoofd en keek hem met grote, vragende ogen aan. Van In waardeerde de Poolse wetsdokter heel erg, hij had zijn conclusies voor zover ze zich herinnerde nog nooit in twijfel getrokken.

'Ik vrees dat ik je niet goed kan volgen, schat. Als Zlot in zijn rapport beweert dat het om een natuurlijke dood gaat, wie ben ik dan om hem tegen te spreken?'

'Ik vraag niet dat je hem tegenspreekt.'

'Wat wil je dan dat ik doe?'

'Ons het onderzoek laten voortzetten.'

Hannelore ging hoofdschuddend weer aan haar bureau zitten. Ze wist dat het niet uitmaakte of ze ja of nee zei, hij zou zijn willetje toch doordrijven. Het was wel lief dat hij haar eerst toestemming kwam vragen om zijn zin te doen.

'En hoe denk je te bewijzen dat er kwaad opzet mee gemoeid is als de wetsdokter officieel heeft vastgesteld dat het om een natuurlijk overlijden gaat?'

'Er kan een heleboel aan het licht komen als we erin slagen de man te identificeren.'

'We kunnen ook rustig afwachten tot iemand hem als vermist opgeeft.'

Het opsporingsbericht op de televisie had tot nu toe nog geen resultaat opgeleverd en hoe meer tijd er verstreek, hoe kleiner de kans werd dat iemand nog zou reageren.

'Ik denk dat een van de bewoners van de Colettijnenhof hem kent', zei Van In niet erg overtuigd.

'Maar je weet het niet zeker.'

'Nee.

'En toch wil je het onderzoek voortzetten.'

'Alleen als jij ermee akkoord gaat, schat.'

Versavel kon zijn oren niet geloven. Het was allemaal zo doorzichtig. Hannelore besefte toch dat hij haar aan het opvrijen was. Het duurde een paar seconden voor ze reageerde.

'Je krijgt je zin, Van In. Op één voorwaarde: jij doet de komende drie maanden de vaat.'

Het was een publiek geheim dat het parket het af en toe op een akkoordje gooide met de mensen van de recherche, maar dit was je reinste surrealisme. Versavel stond te gniffelen. Van In daarentegen bleef ernstig. Hij aanvaardde het voorstel zonder enig protest en nam afscheid met twee klinkende zoenen.

'Dat moet je me toch even uitleggen, Pieter.'

Ze liepen door de gang naar de trap. Van de drukte die ze bij het binnenkomen hadden ervaren, viel niets meer te merken omdat het ondertussen tien voor twaalf was geworden. Iedereen was gaan lunchen.

'Van dat afwassen bedoel je?'

Van In liep gezwind de trap af. Hannelore had een grapje gemaakt, maar hij wist perfect wat ze hem duidelijk had willen maken.

'Onze vaatwasmachine is al een paar weken stuk en ik heb haar al een hele tijd beloofd de hersteldienst te bellen.'

'En dat ga je nu zo snel mogelijk doen?'

'Ben je gek, Guido. Het kan weken duren voor een technicus de moeite doet om langs te komen en dan is het bijlange nog niet zeker dat hij de machine ter plaatse kan herstellen. Nee, dat risico wil ik niet lopen. Ik koop gewoon een nieuwe, dat gaat veel sneller.'

De verkoper in de elektrowinkel trok grote ogen toen Van In na amper twee minuten al een keuze had gemaakt. Doorsneeklanten deden er gemiddeld een uur over voor ze tot de aankoop van een vaatwasmachine overgingen.

'U weet toch zeker dat u het ding vanavond kunt leveren?'

De verkoper knikte enthousiast, hoewel hij onmogelijk kon garanderen dat de mensen van de technische dienst bereid zouden zijn om overuren te maken.

'Het kan wel laat worden', zei hij.

'Geen probleem', glimlachte Van In. 'Ik ga toch nooit vroeg slapen.'

Hij betaalde het apparaat met zijn Visa-kaart, herinnerde de verkoper nog eens aan zijn belofte en liep neuriënd de winkel uit. Versavel herkende de melodie van een hit van Roger Whittaker uit de jaren zestig: *If I Were A Rich Man.*

'Ben je nu tevreden?'

'Je weet hoe ik afwassen haat, Guido. En met geld valt alles op te lossen. Weet je welke vraag me eveneens blijft bezighouden? Wat bezielt een knappe vrouw als Silvia om voor poetsvrouw te spelen?'

'Mag een knappe vrouw dat dan niet?'

Het was niet Van Ins gewoonte om mensen in hokjes te stoppen en hij trok zich niets aan van clichés, maar Versavel kon hem dit keer niet helemaal ongelijk geven. Silvia was niet alleen een bijzonder knappe vrouw, ze gedroeg zich ook niet als een poetsvrouw.

'Natuurlijk, het maakt haar juist interessant. Eenzame mannen zijn geneigd knappe vrouwen in vertrouwen te nemen. Daarom denk ik dat we beter een afspraak met haar kunnen maken. Heb jij haar coördinaten?'

'Nee. Daarvoor moet ik Saskia bellen.'

Ze spraken af op een terras aan het Walplein. Van In en Versavel kozen een rustig tafeltje in de schaduw. Rust was natuurlijk een relatief begrip voor wie niet van huurkoetsen hield die om de paar minuten met ratelende wielen voorbijreden. Toeristen die maar een dag in de stad doorbrachten vonden zoiets fantastisch, de omwonenden hielden er een andere mening op na. Van In vond het lawaai net acceptabel.

'Daar komt ze.'

Silvia kwam uit de Wijngaardstraat. Ze droeg dit keer geen spijkerbroek, maar een eenvoudig zwart jurkje dat haar goddelijke figuur nog beter deed uitkomen. Van In bekeek haar als een kunstkenner. Hannelore hoefde zich niet ongerust te maken, zijn interesse was puur esthetisch. Of probeerde hij dat zichzelf wijs te maken?

'Goedemiddag, mevrouw Moerman. In ieder geval bedankt dat u zo snel wilde komen.'

Ze glimlachte, nam de uitgestoken hand aan en ging recht tegenover Versavel en Van In zitten. Op de vraag wat ze wilde drinken, antwoordde ze verrassend: Geef mij ook maar een Duveltje. Van In liet echter niet blijken dat ze hem verrast had. Hij stak een sigaret op en inhaleerde de rook tot in het diepste van zijn longen.

'U hoeft onze vragen niet te beantwoorden', zei hij. 'Maar u zou ons een groot genoegen doen als u het wel deed.'

Ze sloeg haar ogen op. Er speelde een mysterieus lachje om haar mondhoeken. Ze wist bijna zeker dat ze zich afvroegen waarom zij zich tevredenstelde met een baan als poetsvrouw.

'Ik neem aan dat het de dode betreft', zei ze mat.

'Inderdaad, mevrouw. We vinden het vreemd dat hij gestorven is op een plek waar normaal weinig mensen komen die daar niets te zoeken hebben.'

'Dat klopt. De mensen die daar wonen, houden niet van pottenkijkers.'

'Kent u nog bewoners behalve de heren Snoeck en De Nul?'

'Natuurlijk. Of wist u niet dat ik ook bij Demaeght en Deckmyn werk?'

'Nee, dat wist ik niet.'

Ze werkte dus ook voor de andere buren van Snoeck en De Nul. Dat kon toeval zijn, maar Van In geloofde niet in toeval. Dat ze voor Snoeck en De Nul werkte, viel nog te verklaren. Beide heren hadden geen partner die jaloers kon zijn, Demaeght en Deckmyn wel. Van In kon zich niet voorstellen dat een normale, getrouwde vrouw een godin als Silvia in dienst nam. Wie kon haar ongelijk geven? Het vlees was zwak, je zette de kat beter niet bij de melk.

'Kunt u ons dat uitleggen?'

'Wat uitleggen? Dat ik voor vier mensen werk die in dezelfde straat wonen?'

Ze klonk geïrriteerd omdat ze wist wat Van In en zijn collega dachten. Ze kon het hun echter niet kwalijk nemen. Mensen dachten makkelijk dat knappe vrouwen die zelf de kost moesten verdienen, gauw geneigd waren extra diensten aan te bieden om iets bij te verdienen. Ze was lang geleden opgehouden zich daarover nog op te winden.

'Het antwoord is heel eenvoudig', zei ze weer met een glimlach. 'De Nul heeft me aanbevolen bij Snoeck, Snoeck bij Demaeght en Demaeght bij Deckmyn.'

Ze vertelde er echter niet bij dat ze de vrouw van Demaeght tijdens het sollicitatiegesprek had toevertrouwd dat ze lesbisch was.

'Meneer De Nul was dus uw eerste werkgever. Mag ik vragen hoe u bij hem bent terechtgekomen?'

'Ik heb een paar keer voor hem geposeerd, maar dat doe ik nu niet meer.'

Van In had moeite om zijn fantasie in bedwang te houden. Ze had naakt voor hem geposeerd en hij had zich aan haar proberen te vergrijpen. Maar waarom was ze dan bij hem blijven werken? Een andere mogelijkheid was dat ze zijn minnares was geworden en bij hem werken een dekmantel was. Ook die veronderstelling hield geen steek. De Nul was vrijgezel. Hij had geen enkele reden om een relatie met Silvia geheim te houden. Integendeel. Welke man wilde niet gezien worden in het gezelschap van een vrouw als Silvia?

'Mag ik ook vragen waarom u niet meer voor hem poseert?'

'U bent wel heel nieuwsgierig, commissaris.'

Van In stak een sigaret op terwijl hij zich een beeld probeerde te vormen van de vrouw die voor hem zat. Ze was niet alleen knap, ze was ook intelligent en ze oefende een vreemde aantrekkingskracht op hem uit.

'Geef toe dat u een mens nieuwsgierig maakt.'

'Zijn mannen dan ook nieuwsgierig?'

Ze nipte van de Duvel en zette het glas met een elegant gebaar weer op tafel zonder haar ogen van hem af te wenden. Versavel keek bezorgd omdat hij bang was dat ze Van In aan het versieren was.

'U ontwijkt de vraag, mevrouw', zei hij.

Ze glimlachte. Versavel bleef haar ernstig aankijken, als een vleesgeworden bliksemafleider. Van In was zijn vriend, het was zijn plicht hem te behoeden voor allerlei onheil. Ze bleef glimlachen, haar blik gaf hem een onbehaaglijk gevoel.

'Jullie willen dus echt weten waarom ik niet meer voor Johannes wil poseren?'

Ze knikten allebei als schooljongens aan wie een spannend verhaal werd voorgelezen.

'Eigenlijk heb ik me verkeerd uitgedrukt', zei ze bijna verontschuldigend. 'Voor hem poseren viel best mee, het probleem is dat Johannes niet in staat is om een vrouw te schilderen. Kortom, het resultaat stelde niet veel voor en ik mag dan bitter weinig van kunst af weten, ik vind dat een vrouw er moet uitzien als een vrouw, anders heeft het niet veel zin om haar te vereeuwigen.'

Het klonk een beetje plechtstatig, maar ze leek het te menen en Van In was geneigd haar te geloven. Als er sterrenchefs bestonden die geen fatsoenlijk spiegelei konden bakken, waren er vast kunstschilders die geen vrouw konden tekenen. Van In nam een slok Duvel. De volgende vraag stellen kostte moeite omdat die bijna als een beschuldiging klonk. Hij probeerde net als zij te glimlachen.

'U beschikt over de voordeursleutel van De Nul en over die van Snoeck. Geldt dat ook voor de andere twee woningen?'

Ze reageerde niet geprikkeld zoals hij had verwacht. Integendeel, ze zwaaide berispend met haar wijsvinger en ze bleef glimlachen.

'Ik wil niet weten wat u denkt, commissaris, maar geloof me, ik heb met de hele zaak niets te maken.'

'De anderen wel dan?'

'Dat weet ik niet.'

Van In stak een nieuwe sigaret op. Een poetsvrouw die een tijdje bij iemand werkte, kwam automatisch een boel dingen te weten, zonder dat ze daarvoor in de kasten moest gaan snuffelen. In de meeste gevallen werden haar dingen toevertrouwd of deed men na verloop van tijd geen moeite meer om iets te verbergen.

'Welke band is er tussen uw vier werkgevers?'

'Waarom zou er tussen mijn vier werkgevers een band bestaan?' reageerde ze verbaasd.

'Hoe goed kennen ze elkaar?'
'Mag ik ook een sigaretje?'
'Natuurlijk.'
Van In reikte haar zijn pakje aan. Had zijn vraag haar in verlegenheid gebracht en probeerde ze nu wat tijd te winnen? Haar verhaal klonk tot nu toe heel aannemelijk, toch was ze er niet in geslaagd hem te overtuigen dat het allemaal een beetje toeval was. Hij gaf haar vuur en wachtte tot ze de eerste trek had genomen.
'Ik heb in ieder geval de indruk dat De Nul en Snoeck goed met elkaar kunnen opschieten.'
'Daar hebt u gelijk in', knikte ze. 'De Nul heeft ook een en ander aan Snoeck te danken.'
Snoeck had er in het verleden voor gezorgd dat De Nul een aantal belangrijke opdrachten toegewezen had gekregen. Opdrachten die hem geen windeieren hadden gelegd.
'En de anderen?'
'Buren kunnen maar beter altijd een beetje met elkaar opschieten. Roos en Rita zijn misschien niet de beste vriendinnen, maar ze drinken wel eens koffie samen.'
'Roos is de vrouw van Deckmyn en Rita die van Demaeght.'
'Dat klopt, commissaris. Wilt u nog iets weten?' voegde ze er plagerig aan toe.
'Graag, mevrouw Moerman.'
Roos was huisvrouw, Rita werkte halftijds als schoonheidsspecialiste. Ze hielden allebei van mooie kleren en gingen geregeld naar de kapper. Silvia bleef meer dan tien minuten aan het woord, maar ze gaf niets relevants prijs. Roos en Rita deden wat andere vrouwen ook deden. Ze roddelden tegen haar, klaagden over hun man en over hun kwaaltjes, ze maakten zich zorgen om pietluttigheden, dronken een beetje meer alcohol dan goed voor hen was en ze hadden een broertje dood aan schoonmaken.

'Daarom hebben ze mij aangenomen', besloot Silvia met een brede glimlach. 'Mag ik nog een sigaretje?'

'Wat denk je?' vroeg Van In.

Silvia was blijven zitten tot de vragen op waren en Van In haar te verstaan had gegeven dat het gesprek afgelopen was. Hij had haar nagekeken en daarna een nieuwe Duvel besteld.

'Ik denk dat ze meer weet dan ze kwijt wil', zei Versavel.

'Dan denken we hetzelfde, Guido.'

'Denk je dat ze er iets mee te maken heeft?'

'Heb je op haar schoenen gelet?'

Versavel keek verbouwereerd. Van In kon zich meestal niet herinneren welke jurk Hannelore 's ochtends had aangetrokken.

'Guess. Die kosten minstens honderdvijftig euro.'

'Hoe weet jij dat in godsnaam?'

'Omdat Hannelore onlangs een paar heeft gekocht. En je weet toch dat ze niet gauw dure spullen koopt.'

'Bedoel je daarmee dat Silvia boven haar stand leeft?'

'Ze kan ook spaarzaam zijn, hoewel me dat zou verbazen.'

'Wat stel je voor? Dat we een moraliteitsonderzoek doen?'

'Je raadt mijn gedachten, Guido.'

'En ik vraag me af hoe Hannelore zal reageren als ze erachter komt dat je iemands doopceel gaat lichten vanwege een paar dure schoenen', lachte Versavel.

'Niemand zegt dat Hannelore erachter hoeft te komen. Ik kan toch op jouw discretie rekenen, vriend?'

Versavel trok een bedenkelijk gezicht omdat hij twijfelde aan Van Ins goede bedoelingen. Hij hoopte dat het moraliteitsonderzoek geen voorwendsel was om Silvia beter te leren kennen.

'Is dit geen taak voor Saskia?' stelde hij voorzichtig voor.

Het spontane antwoord boorde zijn twijfels de grond in. Van In ging onmiddellijk akkoord met zijn voorstel.

'Bel jij Saskia maar, dan bel ik Zlotkrychbrto. Ik ben benieuwd of hij nog iets te melden heeft.'

Van In gaf de ober die een andere tafel aan het bedienen was een teken dat hij nog een Duvel wilde. Het was tien voor vier. Zijn dienst zat er bijna op en de zon scheen royaal. Waarom zou hij nog naar kantoor gaan? De wetsdokter daagde twintig minuten later op. Ook hij zag er goedgeluimd uit. En hij had voor één keer zijn slonzige pak geruild voor een linnen broek en een polohemdje, dat jammer genoeg aan de krappe kant was, maar daar trok hij zich schijnbaar niet veel van aan want hij deed geen enkele moeite om zijn embonpoint te verbergen.

'Ik stond op het punt je te bellen toen jij me belde', riep hij met luide stem.

'Ga zitten, vriend. En vertel me welke geheimen het slachtoffer nog heeft prijsgegeven.'

De Poolse wetsdokter had aan de telefoon al een tipje van de sluier opgelicht, maar hij gaf er zoals altijd de voorkeur aan belangrijke dingen persoonlijk met Van In te bespreken en dan nog het liefst in het gezelschap van een goed glas.

'Hij heeft kort voor zijn dood nog seks gehad en ik beschik over een boel DNA. Huidschilfers, haartjes, speeksel en vaginaal vocht. Wat denk je ervan?'

'Dat je je prima geamuseerd hebt.'

'Me geamuseerd met een man? Ben je gek geworden?'

'Niet met de man zelf, met wat hij een paar uur voor zijn dood heeft uitgespookt.'

Van In nam een slok Duvel, stak zijn hand op en bestelde er een voor Zlotkrychbrto. Als het slachtoffer kort voor zijn dood de liefde had bedreven, was de eerste vraag: met wie? De tweede: waar? Hij dacht onwillekeurig aan Silvia en daarna pas aan Roos en Rita. Zou het kunnen dat het slachtoffer een relatie had met een van hen? Had zijn hart het begeven omdat hij te onstuimig was geweest of...

'Zou het kunnen dat iemand hem een overdosis van het spul heeft toegediend? Hoe heette dat goedje ook weer?'

'Propranolol.'

'Dat bedoel ik. Propr... Verdomme. Waarom krijg jij dit soort woorden over je lippen zonder je tong te breken en ik niet?'

Zlotkrychbrto schoot in een bulderende lach en hij gaf Van In een harde mep op zijn schouder.

'Ik heb eerst mijn eigen naam leren uitspreken, Pjetr. Daarna is de rest kinderspel.'

'Beantwoord mijn vraag in plaats van me uit te lachen.'

Zlotkrychbrto nam de Duvel aan die de ober hem aanreikte en probeerde weer ernstig te kijken. Hij had ook aan de mogelijkheid gedacht die Van In had gesuggereerd.

'Ik sluit geen enkele mogelijkheid uit, vriend', zei hij. 'Maar wie iemand op die manier uit de weg wil ruimen, moet over voldoende medische kennis beschikken, wat natuurlijk perfect kan. Het nadeel is dat iemand die over die kennis beschikt ook weet dat iemand een overdosis propranolol toedienen geen sluitende methode is om iemand te vermoorden, tenzij je de medische geschiedenis van het slachtoffer kent.'

'Het lijkt me logisch dat je de man met wie je naar bed gaat een beetje kent', zei Van In luchtig, alsof hij zelf veel ervaring had op dat gebied.

'Je denkt dus dat de vrouw met wie hij heeft gevreeën er voor iets tussen zit?'

'Iemand een overdosis bloeddrukverlagende middelen toedienen die net is klaargekomen, lijkt me een typisch vrouwelijke modus operandi.'

'Propranolol zul je bedoelen?'

'Stik niet', reageerde Van In verontwaardigd.

Hij pakte zijn glas, dronk het in één teug voor de helft leeg en zette het met een harde smak weer op tafel. Zlotkrychbrto zat hem stoïcijns aan te kijken.

'Ik weet niet of de vrouwen die jij verdenkt vrijwillig aan een DNA-test zullen meewerken', zei hij.

Zlotkrychbrto had gelijk. Geen enkele onderzoeksrechter zou een DNA-test bevelen op basis van vermoedens en het was inderdaad onwaarschijnlijk dat de vrouwen spontaan aan een dergelijk onderzoek zouden meewerken. Van In liet zich echter niet ontmoedigen.

'Niemand kan voorspellen wat er gebeurt als ik hen met de feiten confronteer', zei hij.

'Feiten, feiten. Veronderstellingen, ja.'

Zlotkrychbrto kreeg onmiddellijk de steun van Versavel, die dezelfde mening was toegedaan, maar ook hij kon Van In niet op andere gedachten brengen.

'Onderschat mijn overtuigingskracht niet, jongens. Het is niet de eerste keer dat ik een verdachte een bekentenis weet te ontfutselen op basis van veronderstellingen.'

'Oké', zuchtte Versavel. 'Maar wacht dan ten minste tot Saskia klaar is met het moraliteitsonderzoek.'

Dit keer gaf Van In zich wel gewonnen. Sterker nog, hij belde Saskia en vroeg haar ook het verleden van Roos en Rita uit te pluizen. Daarna gaf hij nog een rondje.

Albert Snoeck herkende de auto's op de parking. De groene BMW X5 van Deckmyn, de gitzwarte Jaguar van De Nul en de beige Range Rover van Demaeght. Was hij te laat of waren zij te vroeg? Hij keek achteloos op zijn horloge. Hij was te laat. Zijn buren waren het gewoon dat hij nooit op tijd was. Niemand maakte er een opmerking over toen hij bij hen op het terras kwam zitten.

'Fijn dat jullie er al zijn', zei hij met enige flair.

Deckmyn wenkte de ober, bestelde een fles witte wijn en keek ondertussen schichtig om zich heen. Hij was de enige van de vier die regelmatig op de televisie kwam.

'Mensen die me herkennen zijn meestal geneigd om mee te luisteren en dat is de bedoeling niet', fluisterde hij toen Snoeck hem vroeg wat er scheelde.

De Nul haalde meewarig zijn schouders op.

'Zo bekend ben je ook weer niet, Lieven.'

'Je bent toch niet jaloers?'

'Ik jaloers? Je kunt een hele straat plaveien met bekende Vlamingen die geen nagel hebben om...'

'Laten we alstublieft geen ruzie maken, heren', onderbrak Demaeght. 'Daarvoor is de situatie te ernstig.'

'Oké', knikte Deckmyn. 'Maar hij is begonnen.'

De Nul glimlachte sardonisch. De toestand was inderdaad ernstig, maar dat wilde niet zeggen dat hij niet de draak mocht steken met een omhooggevallen journalistje dat 's avonds waarschijnlijk te moe was om zijn vrouw een beurt te geven.

'Proef jij ondertussen de wijn maar', zei hij.

De ober die de wijn serveerde had Deckmyn wel herkend. Hij knikte, schonk een bodempje in en zei: Alstublieft, meneer Deckmyn. Hij kreeg een verontruste blik terug. Daarna schonk hij de andere glazen in en verdween discreet.

'Dan kunnen we nu beginnen', zei Snoeck. 'Pierre is dood, maar daarmee is ons probleem niet opgelost.'

Hij tastte in zijn binnenzak en haalde er een envelop uit. In de envelop zat een brief. Hij hoefde die niet voor te lezen omdat zijn drie andere buren er ook een hadden ontvangen.

'Wat doen we ermee?' vroeg hij.

Het bleef een tijdje stil. Ze hadden Pieters destijds stipt

betaald omdat zijn eis redelijk was en de som op zich geen echt probleem vormde. Pieters had ook woord gehouden, hij had hen daarna met rust gelaten. De persoon die zijn plaats had ingenomen had duidelijk andere bedoelingen. In de brief was sprake van jaarlijkse betalingen van vijfentwintigduizend euro.

Deckmyn, de armste van de vier hoewel hij niet onbemiddeld was, nam als eerste het woord.

'Ik zal eerlijk zijn', zei hij. 'Ik kan niet ieder jaar vijfentwintigduizend euro blijven ophoesten. Ik vind dat we een andere oplossing moeten zoeken.'

De Nul had moeite om zijn mond te houden, maar als hij eerlijk was moest ook hij toegeven dat vijfentwintigduizend euro een behoorlijk bedrag was.

'Lieven heeft gelijk', zei Demaeght. 'Maar er is nog een probleem. Wie van jullie kan er ieder jaar een dergelijk bedrag in het zwart uitbetalen? Ik in ieder geval niet.'

'Gaat het dan zo slecht met de zaken?' schamperde De Nul.

'Nee, Johannes. Zelfs ik kan niet ieder jaar vijfentwintigduizend euro verdonkeremanen voor de fiscus. En dat kunnen de anderen waarschijnlijk ook niet. Behalve jij natuurlijk. Jij betaalt geen cent belasting over de helft van wat je verkoopt.'

'Omdat ik een goede boekhouder in dienst heb.'

'Rustig, heren.' Snoeck maakte een bezwerend gebaar met zijn armen. Dat deed hij vroeger ook als een discussie uit de hand dreigde te lopen. 'Het is absoluut noodzakelijk dat we eensgezind blijven. Laten we even recapituleren.'

'Recapituleren', grijnsde De Nul. 'We zijn amper vijf minuten bezig. Maar goed. Ik ga me gedeisd houden.'

Snoeck glimlachte minzaam. Een politicus diende onder alle omstandigheden het hoofd koel te houden. Het was zijn taak om de partijen te verzoenen en een consensus te bereiken. Dat begreep De Nul ook. Hij mocht dan de rijkste van hun vieren zijn, niemand vond het fijn om gechanteerd te worden.

'Iedereen is het erover eens dat een jaarlijkse afkoopsom niet kan en dat we iets moeten ondernemen. Maar wat? De politie inschakelen is geen optie. Het enige wat we kunnen doen is de afperser proberen te ontmaskeren.'

'Ontmaskeren? Ik denk dat we het niet ver moeten zoeken. Volgens mij is het die kerel die ons met de boot naar het eiland bracht.'

'Le Tzigane?'

'Ja. Wie anders?'

'Pierre heeft steeds beweerd dat niemand anders op de hoogte was van zijn activiteiten', probeerde Snoeck de anderen te sussen.

'Je gaat die kerel toch niet verdedigen?'

'Nee, maar als Le Tzigane de nieuwe afperser is, heeft hij verdomd snel Nederlands geleerd.'

Het argument sneed hout. De brieven waren in foutloos Nederlands opgesteld.

'Wie kan garanderen dat het niet iemand van ons is?' vroeg de De Nul zich sarcastisch af.

De anderen keken verbaasd op, maar ze durfden hem niet onmiddellijk tegen te spreken. Snoeck reageerde als eerste.

'Dat zou de zaak inderdaad heel erg bemoeilijken. Als we elkaar niet meer kunnen vertrouwen, is het zinloos om maatregelen te nemen.'

'Wat denken jullie van een privédetective?' stelde Demaeght voor.

'Geen slecht idee', knikte Deckmyn. 'Maar aan wie moet die kerel verslag uitbrengen als we elkaar niet eens kunnen vertrouwen.'

De discussie over wat ze zouden ondernemen bleef eindeloos aanslepen, tot ze alle vier een beetje dronken werden. Zelfs Demaeght dronk, hoewel minder dan de anderen. Alcohol maakte mensen roekelozer en in zeldzame gevallen ook creatiever. In hun geval lukte het allebei.

'Dan moeten we voor een drastische oplossing kiezen', zei Snoeck met een dubbele tong.

'Wat noem jij een drastische oplossing?' klonk het in koor.

'We stellen een huurmoordenaar aan en geven hem de opdracht de afperser uit de weg te ruimen. Zo simpel is dat.'

'Ook als het een van ons betreft?' vroeg Deckmyn angstig.

'Ook als het een van ons betreft. Je bent toch niet bang, Lieven?'

Het gezicht van Deckmyn verkrampte. Zijn oogballen puilden uit hun kassen en hij greep naar zijn borst.

'Scheelt er iets?'

Deckmyn leidde een jachtig leven, hij werkte zich te pletter en ging bijna dagelijks in een restaurant eten. Hij kwam in aanmerking om aan een hartinfarct te bezwijken, wat de anderen bijzonder goed zou uitkomen als later zou blijken dat hij de afperser was. Ze bleven alle drie zitten. Ze hadden geen geluk. Deckmyn herstelde zich na vijftien seconden. Hij was gewoon geschrokken.

'Jullie denken toch niet dat ik de afperser ben?'

'Even wel', reageerde De Nul cynisch.

Snoeck, die vreesde dat de woordenwisseling weer zou escaleren, kwam onmiddellijk tussenbeide. Hij stelde voor de vergadering een halfuur te staken en ondertussen koffie te drinken. Het voorstel werd niet aanvaard, maar de korte onderbreking bedaarde de gemoederen. Demaeght heropende de discussie.

'Ik zie geen andere uitweg dan de optie van Albert', zei hij rustig. 'Maar ik denk dat we iets vergeten zijn. Hoe komen we achter de identiteit van de afperser? Op basis van geruchten of van bewijzen? Stel je voor dat we ons vergissen.'

'Als we bewijzen willen, zullen we toch een beroep op een privédetective moeten doen', zei De Nul. 'De vraag is wie we een dergelijke delicate opdracht kunnen toevertrouwen.'

'Er is misschien nog een andere mogelijkheid', opperde Snoeck.

Hij liet zijn stem zakken en deed zijn plan fluisterend uit de doeken. Ze knikten alle drie toen hij klaar was.

'Prima idee', zei Demaeght.

'Vind ik ook', beaamde De Nul.

Deckmyn, die nog altijd onder de indruk was van de opmerking van De Nul, beperkte zich tot een droge knik. De venijnige steek in zijn borst had hem behoorlijk ongerust gemaakt.

'Nu nog de kwestie van de huurmoordenaar. Hoe vinden we in godsnaam een kerel die bereid is om zoiets voor ons te doen?' zuchtte Demaeght.

Snoeck glimlachte geheimzinnig. Als politicus kwam hij in kringen waar dergelijke dingen in achterkamers werden besproken. Rijke en invloedrijke mensen kampten soms met problemen die ze maar op één manier konden oplossen. Een van die mensen had hem ooit gezegd dat hij hem altijd mocht bellen als er zich een dergelijk probleem voordeed. Snoeck had contact met hem opgenomen voor hij thuis was vertrokken.

'Daar moeten jullie je geen zorgen over maken', zei hij. 'Ik ken iemand.'

'Wie dan?'

'Ze noemen hem de Maltees', fluisterde Snoeck. 'Naar verluidt is hij de beste in zijn vak.'

4

'Je ziet er zo vrolijk uit, Sas. Heeft Jan je ten huwelijk gevraagd of ben je gewoon met het goede been uit bed gestapt?'

Saskia draaide zich om naar Van In, die aan zijn bureau de krant zat te lezen. Ze zag er inderdaad goed uit. Haar ogen straalden en ze bewoog speels en gracieus.

'Jan heeft me al ten huwelijk gevraagd. Of ben je dat al vergeten? En ik stap meestal met het goede been uit bed. Dat zou je ook moeten weten.'

'Wat is het dan wel?'

Ze bloosde. Ze hadden afgesproken het nog aan niemand te vertellen, maar waarom nog zwijgen als de mensen zich vragen begonnen te stellen.

'Ik ben zwanger', zei ze bijna verlegen.

Van In reageerde onmiddellijk. Hij sprong van zijn stoel, liep naar haar toe en gaf haar drie klinkende zoenen.

'Proficiat, meid. En Jan ook natuurlijk.'

Versavel, die net binnenkwam, krabde zijn snor toen hij hen zo zag staan. Toch niet weer, dacht hij. Saskia had Van In destijds proberen te verleiden, ze was er gelukkig mee gestopt sinds ze Jan had leren kennen. Van In zag Versavel bezorgd kijken.

'Het is niet wat je denkt', glimlachte hij. 'Saskia is zwanger. Als ik jou was gaf ik haar ook een knuffel.'

Hoofdcommissaris Duffel hield de pas in. Nu overdrijven die twee toch, dacht hij. Iedereen die door de gang passeerde en door het raam naar binnen keek, kon hen zien staan. En dan nog met Versavel erbij. Er waren tegenwoordig geen zekerheden meer. Hij stapte resoluut kamer 204 binnen, maar in plaats van op te schrikken, gaf Van In haar nog een zoen.

'Mag ik vragen wat er...?'

'Saskia is zwanger', onderbrak Van In. 'Wat zou u doen in onze plaats?'

Het was duidelijk dat zij verwachtten dat hij haar ook zou zoenen. Hij twijfelde, maar beperkte zich uiteindelijk tot een stevige handdruk en een welgemeend proficiat. Stel je voor dat een van zijn medewerkers hem betrapte terwijl hij Saskia omhelsde.

'Hoe staat het eigenlijk met het onderzoek naar het verdachte overlijden van die onbekende man in de Colettijnenhof?' vroeg hij toen de situatie weer normaal was.

Van In legde in het kort uit dat ze tot dusver over geen enkel tastbaar bewijs beschikten dat de man vermoord was. Hij repte er met geen woord over dat Zlotkrychbrto van mening was dat de man een natuurlijke dood was gestorven.

'Het enige verdachte tot nu toe is dat het slachtoffer niets bij zich had en dat de man die hem dood heeft aangetroffen en zijn drie buren dezelfde poetsvrouw hebben.'

Duffel trok zijn neus op. Was het de aanhoudende hitte die het beoordelingsvermogen van zijn beste speurder parten speelde of waren zijn hersenen door een of andere geheimzinnige bacterie aangetast, zoals je de laatste tijd steeds vaker hoorde?

'Je bent toch niet vergeten dat je aan het hoofd van de LOD staat, Van In. Zwartwerk is een zaak is voor de sociale inspectie, niet voor jullie.'

'Het gaat niet over zwartwerk, meneer de hoofdcommissaris. Mevrouw Moerman, de poetsvrouw in kwestie, gedraagt zich niet als een poetsvrouw en we vermoeden dat ze boven haar stand leeft.'

'Wat heeft dat in godsnaam te maken met het verdachte overlijden van een onbekende?'

'Waarschijnlijk niets, meneer de hoofdcommissaris. Maar we roeien met de riemen die we hebben. We kunnen niet veel meer doen zolang we niet over de identiteit van het slachtoffer beschikken. À propos,' Van In wendde zich tot Saskia, 'weet jij al iets meer over onze geheimzinnige poetsvrouw?'

Saskia had gisteren contact opgenomen met de banken waar Silvia klant was en ze had een discreet buurtonderzoek laten uitvoeren. De banken hadden niet veel prijsgegeven. Dat was natuurlijk te verwachten. Zonder uitdrukkelijk bevel van het parket waren ze verplicht de privacy van hun klanten te beschermen, maar op de vraag of mevrouw Moerman financiële problemen had, had een kantoordirecteur nogal lacherig gedaan en gezegd dat ze zich daarover geen zorgen hoefden te maken.

'Merkwaardig', zei Van In toen ze uitgesproken was.

Duffel schraapte discreet zijn keel. Hij had belangrijkere dingen te doen dan naar het verslag van een ondergeschikte te luisteren. Hij verontschuldigde zich en verdween.

'Oef', zuchtte Van In. 'Die zijn we eindelijk kwijt.'

'Wil je de verslagen lezen of geef ik je een resumé?'

'Doe het resumé maar, Sas.'

Je krijgt twee weken de tijd om het geld ongemerkt bijeen te brengen. Ik wil uitsluitend coupures van vijftig en honderd euro. Neem het bedrag niet in één keer op en waag het niet om de politie te bellen. Verdere instructies volgen. Lieven Deckmyn las het bericht dat hij net had doorgekregen op zijn mobiel. Er stond achtenzeventigduizend euro op zijn spaarrekening. Een groot deel van dat bedrag was afkomstig van een lucratieve reclameopdracht. Hij had zijn naam en zijn gezicht aan een bekend whiskymerk geleend en daarvoor vijfendertigduizend euro gevangen. Gelukkig wist Roos niet dat het reclamebureau het geld vorige week had overgemaakt. Ze wist zelfs niet hoeveel hij aan de campagne had verdiend. Ze zou bijgevolg ook niet merken dat vijfentwintigduizend euro ervan een onbekende bestemming zou krijgen. Verdomme. Vijfentwintigduizend euro was een bom geld, maar hij had geen keuze. Als de afperser zijn gruwelijk geheim bekendmaakte, mocht hij een kruis maken over zijn carrière, om nog maar te zwijgen van de gevangenisstraf die hem te wachten stond. Een kruis over zijn carrière maken was één ding, in de gevangenis belanden een ondraaglijke gedachte.

'Slecht nieuws?'

Roos bekeek hem met opgetrokken wenkbrauwen. Je hoefde geen psycholoog te zijn om te zien dat het bericht hem in de war had gebracht.

'Nee, schat.' Hij probeerde nonchalant te klinken. 'Het was weer Jo die vroeg of we zondag niet bij hen kwamen lunchen.'

Jo was een collega met wie Roos absoluut niet kon opschieten. Ze waren nog nooit op zijn uitnodigingen ingegaan.

'En wat heb je geantwoord?'

'Nog niets.'

'Je bent toch niet van plan om op de uitnodiging in te gaan?'

'Natuurlijk niet', reageerde Deckmyn korzelig. 'Waarom zou ik op een uitnodiging van die klojo ingaan?'

Doe het dan nu, wilde ze zeggen. Lieven beantwoordde zijn berichten altijd onmiddellijk, tenzij het een technische kwestie betrof en hij een en ander moest opzoeken op het internet. Ze vond dat hij de laatste tijd een beetje vreemd deed. Een andere vrouw had waarschijnlijk gedacht dat hij een minnares had, maar Roos wist zeker dat het berichtje niet van een minnares afkomstig was. Ze had de blik in zijn ogen gezien.

'Zullen we dan zondag een uitstap maken?' vroeg ze. 'Het is al lang geleden dat we nog in Antwerpen zijn geweest.'

'Ik zou niet weten wat jij op zondag in Antwerpen zou doen', reageerde hij ingehouden. 'Alle winkels zijn dicht.'

Ze glimlachte. Een paar dagen geleden had hij haar afgesnauwd als ze zoiets had voorgesteld. Vreemd, maar ze vond het beter zo.

'Ik ga naar mijn bureau', zei hij.

'Ja, doe dat, schat.'

Eddy Demaeght ontving hetzelfde bericht als Deckmyn tijdens een bespreking met een klant. Hij had een bericht van de afperser verwacht en hij wist hoeveel het hem zou kosten. Toch kwam hij ertegen in opstand dat hij vijfentwintigduizend euro zou moeten neertellen voor een fout die hij nooit had mogen maken. Gelukkig kregen ze twee weken de tijd om te betalen en twee weken was lang. Er kon van alles gebeuren en ze beschikten over een alternatief. De Maltees was weliswaar een alternatief van de duivel en hij durfde er niet aan te denken wat hem te wachten stond als ze gepakt werden. De Belgische rechtbank was immers niet mals voor opdrachtgevers van huurmoordenaars. Die kregen soms even zware straffen als de uitvoerder van de moord en dat betekende dat hij minstens tien jaar zou moeten brommen voor hij vervroegd kon vrijkomen. Hij wist niet hoe het er in Belgische gevangenissen aan toeging, maar als hij mocht geloven wat er in Amerika gebeurde, kreeg hij het koud.

'Ik vrees dat ik uw redenering niet kan volgen, meneer Demaeght. Vorige week zei u dat het beter was geld van de vennootschap in het project te investeren en nu beweert u net het tegenovergestelde.'

'Heb ik dat gezegd?'

'Zo heb ik het toch verstaan', zei de klant.

'Sorry', verontschuldigde Demaeght zich. 'Ik was een beetje verstrooid.'

Een beetje verstrooid, dacht de klant. Wat heb ik aan een boekhouder die een beetje verstrooid is. Hij overwoog om een einde te maken aan de bespreking en zich tot iemand anders te wenden die niet verstrooid was. Dat ze elkaar al meer dan vijftien jaar kenden, deed hem afzien van zijn beslissing. Iedereen verdiende een tweede kans. Demaeght haalde opgelucht adem toen de klant eindelijk weg was. Hij schonk zich tegen alle goede voornemens in een stevige whisky in en belde Snoeck.

'Heb je ook een berichtje van onze vriend gekregen?'

'Inderdaad', klonk het lijzig.

'Heb je al contact opgenomen met de man die we aangeduid hebben?'

'Dat heb ik gedaan.'

'En?'

'We hebben een principiële overeenkomst gemaakt.'

'Hoeveel gaat ons dat kosten?'

'Dat wil hij pas bespreken als hij de opdracht toegewezen krijgt. Voor de rest hoeven we ons van niets wat aan te trekken. Ik stel voor dat we zo snel mogelijk een nieuwe vergadering beleggen om alles nog eens te bespreken. Wat denk je van morgenavond?'

Demaeght pakte zijn agenda, die naast hem op zijn bureau lag, en begon er koortsachtig in te bladeren. Zijn vingers voelden plakkerig aan en er zat vuil onder de nagel van zijn wijsvinger. Die verdomde hitte.

'Geen probleem', zei hij. 'Morgenavond is oké.'

'Fijn. Dan neem ik contact op met de anderen. Als het hun ook uitkomt, zien we elkaar morgenavond op de gebruikelijke plek.'

Snoeck wenste zijn kompaan een prettige dag toe en hing op. Silvia zat naast hem in de tuin. Ze dronken allebei campari met een rietje. Zij strekte lui haar benen en stak een sigaret op. Het was de gewoonte dat ze na het werk nog samen iets dronken. Hij genoot van haar gezelschap, zij ontfutselde hem zijn diepste geheimen. Ze hadden ook om de twee weken seks. Dat was de afspraak waar ze zich tot nu toe aan hadden gehouden. De manier waarop hij haar aan het bekijken was, sprak voor zich. Hij wilde haar nu neuken, maar dat kon ze niet toestaan. Als ze één uitzondering maakte, zou hij zich er later op beroepen en ze wilde geen precedent scheppen. Maar ze was wel nieuwsgierig naar de volledige inhoud van het gesprek dat hij net had gevoerd, en er was maar één manier om dat uit te vissen. Het was een moeilijke keuze.

'Heb je nog tijd voor een drankje?' vroeg hij.

Ze rekte zich lui uit tot haar borsten helemaal bol stonden onder haar jurk en slaakte een diepe zucht.

'Waarom ook niet', fluisterde ze. 'Ik heb vandaag toch niets meer te doen.'

Van In ging bij het open raam staan en stak een sigaret op. Een voorbijganger die toevallig naar boven keek, schudde het hoofd. Van In kon zich voorstellen wat de man dacht. Dat alle Belgen gelijk voor de wet waren en de flikken zich net als iedereen bij het rookverbod moesten neerleggen, maar hij weigerde zich aan de dwingelanddemocratie aan te passen. Liberté, Egalité, Fraternité. Het was meer dan twee eeuwen geleden dat mensen op de barricades waren gesprongen om die waarden af te dwingen. Maar alles verwaterde na verloop van tijd, ook nobele principes. Het deed hem onwillekeurig aan Silvia Moerman denken, die door haar buren als vrijgevochten, vriendelijk en gul werd omschreven. Vooral dat laatste had hem getroffen, want welke vrouw die haar kost verdiende met schoonmaken, deed een buurjongen van dertien een flatscreentelevisie cadeau? Of stopte een werkloze buurvrouw die de eindjes niet meer aan elkaar kon knopen maandelijks tweehonderd euro toe? Een zinnige verklaring was dat ze gewoon rijk was en alleen werkte om de tijd te doden. Ze was de voorbije maanden ook regelmatig drie of vier dagen afwezig geweest, maar niemand van de buren wist waar ze had uitgehangen. Een van hen had het haar eens gevraagd. Ze had ontwijkend geantwoord, hoewel ze anders van niets een geheim maakte. Het was nog vreemder dat een knappe vrouw als Silvia geen vriend had, want niemand van de buren had haar ooit met een man gezien. Was ze dan lesbisch of leidde ze een geheim leven tijdens haar korte afwezigheden? Tot zover de resultaten van het buurtonderzoek. De informatie die Saskia had verzameld, riep alleen nog meer vragen op. De enige conclusie was dat Silvia Moerman een bijzonder intrigerende vrouw was.

'We moeten meer over haar zien te weten te komen.'

Van In draaide zich om en ging weer aan zijn bureau zitten. Versavel bekeek hem met een bezorgde blik. Ze hadden geen enkele valabele reden om Silvia Moerman nog grondiger door te lichten, en dat verontrustte hem omdat hij wist wat er in het hoofd van zijn vriend omging. Vrouwen als Silvia fascineerden hem.

'Ik vind dat we de zaak beter kunnen laten rusten tot we over meer gegevens beschikken', zei hij.

Zijn repliek viel niet in goede aarde. Van In snoof boos. Saskia, die de storm voelde aankomen, verdween discreet naar haar kantoor.

'Ik beslis wat er met een zaak gebeurt, Guido.'

Zijn stem klonk ijzig, zijn kaken waren gespannen. Hij had geen zin om ruzie te maken met zijn beste vriend, maar niemand zou hem de wet dicteren. Zelfs zijn beste vriend niet. Versavel probeerde van zijn kant een conflict te vermijden.

'Je zou het haar ook zelf kunnen vragen.'

'Je zegt "je", maar je bedoelt "we"', grijnsde Van In. 'Of denk je dat ik niet weet wat je denkt. Je bent bang dat ik iets verkeerds ga doen.'

'Waar zijn vrienden anders voor, Pieter?'

Het bleef even stil voor Van In reageerde. Hij dacht aan Hannelore en aan de kinderen. Waarom waren mensen nooit tevreden met wat ze hadden? Hij bezat een schat. Waarom alles verkwanselen voor een dwaas avontuur?

'Dan moeten we iets anders verzinnen, nietwaar. Iets waar we troost uit kunnen putten', zei hij met een flauwe glimlach.

'Wat stel je voor?'

'Dat weet je wel, mijn beste vriend. En ik trakteer.'

'Mag ik jullie storen?'

Van In hoefde niet op te kijken. Hij had de stem van Saskia herkend. Het kon niet anders of ze had iets belangrijks te melden, anders was ze hen niet in café Vlissinghe komen opzoeken. Versavel schoof een stoel naar achteren en maakte een uitnodigend gebaar. Saskia glimlachte en ging naast hem zitten.

'Ik had jullie natuurlijk kunnen bellen, maar soms moet een mens het zekere voor het onzekere nemen.'

'Bedoel je daarmee dat we onze mobieltjes afzetten als we aan het nadenken zijn?'

'Alleen als jullie op een terras aan het nadenken zijn.'

Saskia was allang geen groentje meer. In het begin hadden ze haar van alles wijsgemaakt, maar nu zouden ze heel creatief moeten zijn om haar nog te belazeren.

'Oké', glimlachte Van In. 'We luisteren.'

'Ik heb vijf minuten geleden een foto binnengekregen van iemand die al een week vermist wordt in Frankrijk en sprekend op onze onbekende lijkt. Zijn naam is Pierre Pieters.'

'Pierre Pieters', herhaalde Van In met een ongelovige blik. 'Wie noemt er zijn kind Pierre als hij Pieters heet.'

'Het is in ieder geval beter dan Pieter Pieters', merkte Versavel laconiek op.

'Heb je de foto meegebracht?'

'Wat dacht je?'

Saskia haalde de foto uit haar handtas en gaf ze aan Van In, die in een oogopslag vaststelde dat de gelijkenis tussen de man op de foto en het onbekende slachtoffer inderdaad zeer groot was. Maar wat had de Franse politie er in godsnaam mee te maken? Hij hoefde de vraag niet te stellen. Saskia beantwoordde ze spontaan.

'Pierre Pieters woont al ruim tien jaar in Frankrijk. Op een eiland in de Golf van Morbihan.' Ze haalde een notitieboekje uit haar handtas en sloeg het open. 'Op Île d'Arz om precies te zijn. Hij verhuurt kamers aan toeristen.'

'Een chambre d'hôtes dus?'

Saskia knikte. Ze was van plan geweest meer informatie over Pieters in te winnen voor ze Van In op de hoogte bracht. Ze had het niet gedaan omdat ze hem het gras niet voor de voeten wilde wegmaaien.

'Nu weten we tenminste iets.'

'Wat stel je voor, Pieter?' vroeg Versavel.

Het was eigenlijk een stomme vraag omdat hij verdomd goed wist wat Van In zou doen. Hij wist alleen nog niet met wie hij zou beginnen.

'Verdomme. Daar zijn ze weer.'

Snoeck stond voor zijn videofoon. Silvia stond naast hem met een sigaret tussen haar vingers. Hij had normaal niet graag dat ze binnen rookte, ze deed het af en toe toch om hem te pesten en ook omdat ze zeker wist dat hij er vandaag geen opmerking zou over maken.

'Zal ik me boven verstoppen?'

Snoeck gaf niet onmiddellijk een antwoord. De flikken hoefden natuurlijk niet te weten dat hij iets had met zijn poetsvrouw. Maar eigenlijk had hij op dat gebied niets te verbergen. Het zou bovendien nog meer argwaan wekken als ze er later toch achter kwamen dat hij haar om de twee weken neukte. De bel ging voor de tweede keer.

'Nee, schat. Blijf jij maar lekker bij me.'

Hij drukte op de zoemer en liep naar de voordeur. Ze waren met hun drieën. De vrouw die hen vergezelde was bijna even knap als Silvia. Snoeck moest Van In één ding nageven: hij had smaak wat vrouwen betrof.

'Er is toch weer niemand dood, commissaris?'

Van In had niet veel op met politici, zeker niet als ze voortdurend glimlachten. Hij wist echter ook dat een glimlach de beste manier was om je echte gevoelens te verbergen, omdat hij zich niet kon voorstellen dat Snoeck blij was dat ze er waren.

'Nee, maar we zijn er wel in geslaagd het slachtoffer te identificeren. Mogen we binnenkomen? Of moet u dringend weg?'

Van In glimlachte nu ook. Als de klootzak nee zei, kon hij hen niet onmiddellijk wegsturen. Hij kreeg het antwoord waarop hij had gehoopt.

'Silvia en ik zaten toch te kletsen in de tuin. Ik heb alle tijd vandaag.'

'Dat komt dan goed uit.'

Ze volgden Snoeck naar de tuin, waar Silvia zat te roken. Van In probeerde haar uitdagende blik te mijden. Wat bezielde die vrouw toch? Hij ging met opzet niet naast haar zitten. Saskia ook niet. Er bleef Versavel geen andere keus dan zich op te offeren. Snoeck bood hun een drankje aan. Weer die slijmerige glimlach, dacht Van In.

'De onbekende man die u dood hebt aangetroffen, heet Pierre Pieters', zei hij nadat Snoeck de drankjes had geserveerd.

Saskia liet hun de foto zien. Snoeck bekeek ze als eerste. Gelukkig kon niemand zijn gedachten raden. De klootzak was eindelijk dood en dat was maar goed ook.

'Hij lijkt er in ieder geval op', zei hij na tien seconden. 'Maar vraag me niet om het te bevestigen. Het was donker, moet u weten, en veel tijd om zijn gezicht te bestuderen was er niet.'

'Hij baatte een chambre d'hôtes uit op Île d'Arz in de Golf van Morbihan.'

Het gezicht van Snoeck verstrakte. Als hij bleef ontkennen dat hij Pieters kende en de flik kwam erachter dat hij daar vroeger menige keer zijn vakantie had doorgebracht, gingen de poppen echt aan het dansen. En die kans was bijzonder groot.

'Tiens, tiens. Île d'Arz, zegt u. In de Golf van Morbihan. Het zou kunnen dat ik in zijn chambre d'hôtes ooit een paar dagen heb doorgebracht.'

'En dat zegt u nu.'

Van In geloofde zijn eigen oren niet. Hij had vermoed dat een van de vier buren iets met de dood van Pieters te maken had, hij had niet verwacht dat hij er zo snel achter zou komen.

'Omdat het me nu pas te binnen schiet, commissaris. Ik ga minstens vier keer per jaar op reis en voor zover ik me kan herinneren is het twee jaar geleden dat ik in de Golf van Morbihan ben geweest. Herinnert u zich nog het gezicht van de receptionist van het hotel waar u twee jaar geleden hebt verbleven?'

Van In moest toegeven dat Snoeck gelijk had. Het was alleen ongelooflijk toevallig dat de uitbater van de chambre d'hôtes waar hij een tijdje geleden zijn vakantie had doorgebracht, uitgerekend voor zijn voordeur was gestorven.

'Daar kan ik ook geen zinnig antwoord op geven', reageerde Snoeck pinnig toen Van In hem met het ongelooflijke toeval confronteerde. 'Wie weet wilde hij me gewoon een bezoek brengen.'

'Midden in de nacht?'

'Wat moet ik daarop zeggen?'

'Hoe bent u eigenlijk in de chambre d'hôtes van Pieters terechtgekomen?'

Snoeck had kunnen zeggen dat hij de chambre d'hôtes op het internet had gevonden of via een reisagentschap had geboekt. In normale omstandigheden zou de flik daarmee genoegen hebben genomen, maar het zou stom zijn om daarvan uit te gaan. Als hij de moeite deed om het gastenboek van Pieters op te vragen, zou de waarheid ongetwijfeld aan het licht komen.

'Op advies van Johannes. We zijn er ook samen naartoe getrokken.'

'Johannes De Nul, uw buurman?'

'Inderdaad, commissaris. En er is nog meer. Mijn twee andere buren hebben toen ook hun vakantie op het eiland doorgebracht. Maar dan op mijn advies.'

'Jullie kenden Pieters dus alle vier?'

'Kennen is een groot woord, commissaris. Pieters was een teruggetrokken man die zijn gasten liet genieten van wat het eiland te bieden had. Hij zette het ontbijt klaar en liet ons daarna met rust. Mensen die een druk leven leiden, appreciëren zoiets, en dan zeg ik nog niets over de heerlijke Bretonse keuken. U moet het zelf eens proberen, commissaris. Een verblijf op Île d'Arz is gewoon zalig. Ik kan het iedereen aanbevelen.'

Snoeck had een paar strategische zetten gedaan. Hij had zijn eigen geloofwaardigheid versterkt door toe te geven dat hij Pieters kende en zijn positie verstevigd door de anderen erbij te betrekken.

'We weten nu tenminste dat zijn aanwezigheid in de Colettijnenhof niet toevallig was', zei Van In met half dichtgeknepen ogen. 'En dat maakt zijn overlijden nog verdachter.'

Snoeck wreef zijn handen in elkaar alsof hij ze in onschuld wilde wassen.

'Ik begrijp dat u zich nog meer vragen begint te stellen, maar geloof me, veel meer kan ik u niet vertellen. Het is mij een even groot raadsel dat Pieters uitgerekend hier is gestorven. Ik weet alleen dat wij niets met zijn dood te maken hebben.'

'Wij, meneer Snoeck?'

'Mijn buren en ik. Dat buren dezelfde vakantiebestemming delen komt wel vaker voor.'

Van In knikte. Hij kende genoeg mensen die vakantiebestemmingen met elkaar uitwisselden. Hij kon Snoeck beter een poosje met rust laten en eerst de anderen verhoren. Hetzelfde gold voor Silvia.

'U hebt ons in ieder geval goed geholpen', zei hij.

Het was voor Versavel en Saskia een teken om op te staan, omdat ze allebei wisten dat het gesprek afgelopen was als Van In iemand bedankte.

Johannes De Nul ontving hen eveneens in de tuin, maar hij bood hun niets te drinken aan. De excentriek geklede kunstenaar verwaardigde zich zelfs niet hun de hand te drukken. Van In wond er bijgevolg geen doekjes om.

'We zijn er ondertussen achter gekomen dat u het slachtoffer kende', zei hij bits. 'Waarom hebt u dat verzwegen, of lijdt u ook aan tijdelijk geheugenverlies zoals uw buurman?'

De Nul bekeek hem met een minachtende blik. Hij had veel zin om de verwaten flik de deur te wijzen. Wat dacht die kerel wel? Dat hij een ordinaire crimineel was? Maar hij wilde zich niet al te veel problemen op de hals halen en hij moest rekening houden met de anderen. Hij kon beter open kaart spelen. Correctie: doen alsof hij open kaart speelde.

'Moet u eens goed naar me luisteren, commissaris. Niemand van ons had een flauw vermoeden van wat Pieters hier kwam uitspoken en hij was dood toen Snoeck hem vond. Wat zou u doen in onze plaats?'

'De waarheid vertellen', zei Van In.

'Dat hebben we overwogen.'

'Waarom hebt u het dan niet gedaan?'

'Om problemen te vermijden. We zijn alle vier respectabele mensen. We wilden per se vermijden dat onze naam op die manier in de krant kwam.'

Van In had begrip voor het argument van De Nul. Tegenwoordig wendden veel mensen het hoofd af als ze getuige waren van een misdaad, omdat ze bang waren of opzagen tegen al de administratieve rompslomp die een getuigenis met zich bracht.

'Daar kan ik in komen, meneer De Nul. Maar vertelt u me dan wat u over Pieters weet. Wij doen de rest.'

Zijn voorstel leek De Nul te kalmeren. Hij ging zitten en pulkte nadenkend aan zijn baardje.

'Ik weet dat hij behoorlijk rijk was. De exploitatie van de chambre d'hôtes was voor hem niet meer dan een tijdverdrijf. Hij liet alleen mensen toe die hij kende of mensen die hem door andere klanten aanbevolen waren.'

'Tiens', reageerde Van In. 'Meneer Snoeck verklaarde net dat Pieters een teruggetrokken man was en dat hij steevast verdween na het ontbijt. Zoiets kun je bezwaarlijk een tijdverdrijf noemen.'

'Dat klopt, maar hij had tenminste iets omhanden. Het ontbijt dat we voorgeschoteld kregen, was zeer uitgebreid en 's avonds konden we ons gratis te goed doen aan oesters en schaaldieren die hij overdag op het strand had geoogst.'

'Weet u ook waarmee hij zijn geld had verdiend?'

'Dat heeft hij nooit verteld, maar ik vermoed dat het iets met nachtclubs te maken had.'

'Prostitutie?'

'Geen idee', reageerde De Nul onverschillig. 'Ik weet zelfs niet zeker of het gerucht klopt.'

'Ik neem aan dat hij niet getrouwd was?'

De Franse politie had met geen woord over een partner gerept, maar dat betekende niet dat Pieters geen vriendinnetje kon hebben gehad.

'Niet dat ik weet.'

'Familie?'

De Nul had tijdens zijn vakantie op Île d'Arz menige avond met Pieters over allerlei onderwerpen zitten discussiëren, en dan was het onvermijdelijk dat familie en vrienden ook ter sprake kwamen. Pieters had dit item altijd handig weten te omzeilen, maar één keer had hij zich laten ontvallen dat zijn ouders dood waren en dat zijn enige zuster, met wie hij al jaren geen contact meer had, in Zwitserland woonde.

'Nog één vraag, meneer De Nul. Heeft iemand van jullie Pieters gefouilleerd?'

Met die vraag verspeelde Van In al zijn krediet. De Nul ging staan, blies zijn borstkas op tot zijn hoofd rood begon te worden en braakte daarna een resem scheldwoorden uit die je normaal niet uit de mond van een beschaafd mens hoort komen.

'Hoe durft u mij van zoiets te beschuldigen?'

Zijn borstkas liep leeg en zijn huidskleur werd weer normaal, maar hij trilde nog op zijn korte benen. Van In was al blij dat hij de vraag niet vroeger had gesteld, anders had het gesprek geen enkel resultaat opgeleverd.

'U moet begrijpen dat ik verplicht ben om dergelijke vragen te stellen, meneer De Nul. Het was niet mijn bedoeling u te beledigen. Maar alvast bedankt. U hebt ons voortreffelijk geholpen. En ik verzeker u dat we u niet meer onnodig zullen lastigvallen.'

Bij Deckmyn en bij Demaeght gaf niemand thuis, wat op zich geen ramp was. Van In stak een sigaret op voor hij in de auto stapte en liet het raampje zakken vanwege de hitte.

'Ik wil dat je uitzoekt wat Pieters met nachtclubs had te maken en op welke manier hij rijk is geworden', zei hij tegen Saskia.

'Wat doen wij ondertussen?' vroeg Versavel verbaasd.

'Nadenken natuurlijk.'

Van In hoefde niet lang na te denken. Ze hadden zich amper weer op het terras van café Vlissinghe geïnstalleerd, of Saskia belde met de mededeling dat ze de huurwagen van Pieters hadden teruggevonden in de parkeergarage naast het station. Hij gaf haar de opdracht de perimeter te beveiligen en zei dat hij onmiddellijk ter plaatse zou komen. 'Onmiddellijk' moest je met een korrel zout nemen, want hij nam eerst rustig de tijd om zijn Duvel op te drinken. Daarna reden ze naar het station, waar Saskia en vier andere collega's hen stonden op te wachten. De auto in kwestie was een BMW 630 met een Franse nummerplaat.

'Niet slecht voor een huurwagen. Het bewijst dat De Nul het bij het rechte eind had. Iemand die zich kan veroorloven een dergelijke auto te huren, hoeft niet op een euro meer of minder te zien.'

'Daarom was het ook niet moeilijk om hem terug te vinden', zei Saskia. 'Het bericht van de Franse politie dat Pieters dit type auto had gehuurd, is nog geen twee uur oud.'

'Het bewijst ook dat Pieters na zijn dood gefouilleerd werd. Mannen laten hun autosleutel zelden ergens slingeren, ze stoppen hem in hun broekzak', zei Versavel.

'Heb je de hotels al gecontroleerd?' vroeg Van In.

Saskia had de gastenlijsten van alle Brugse hotels opgevraagd sinds ze Pieters geïdentificeerd hadden. Zonder resultaat.

'Hij kan natuurlijk ergens anders een kamer geboekt hebben.'

'Of hij kan in één ruk van Île d'Arz naar hier gereden zijn. Kan zoiets?'

'Zeer zeker', zei Versavel. 'De afstand van Brugge naar Vannes, waar de veerboot aanlegt, is ongeveer zevenhonderdvijftig kilometer, waarvan het grootste deel autosnelweg. Met een beetje geluk doe je daar een uur of zeven over als je de snelheidsbeperking respecteert. Anders kan het nog sneller.'

'Daar komen we gauw achter als we straks het parkeerticket betalen', reageerde Van In. 'Dan kunnen we berekenen hoeveel tijd er verstreken is tussen zijn aankomst en het tijdstip dat hij overleden is.'

'Het is alleen nog wachten op die kerel van de garage', zei Saskia. 'Hij heeft beloofd om zo snel mogelijk te komen.'

'Wie weet is hij ook nog een Duvel aan het drinken', sneerde Versavel.

De man van de garage kwam vijf minuten later aangereden met een kleine BMW. Hij excuseerde zich en ging onmiddellijk aan de slag. Dure automerken besteedden fortuinen aan het beveiligen van hun wagens, het kostte de man van de garage welgeteld drie minuten om de portieren open te maken. Het interieur van de wagen was smetteloos. Op de achterbank stond een koffertje met daarin twee overhemden, ondergoed, toiletgerief, een scheerapparaat, een paar sokken en een leren etui met een sleutel.

'Hij was blijkbaar niet van plan om lang te blijven', zei Versavel.

Van In haalde een van de overhemden uit de koffer. Het prijslabel hing er nog aan. Daarna bekeek hij de sleutel.

'En ik vraag me af waar die op past.'

5

‘Ik vrees dat ik jullie niet kan helpen, heren. Eddy is vanochtend vroeg vertrokken en hij komt pas vanavond laat thuis.’

Rita Demaeght was duidelijk nog niet lang wakker. Ze was niet opgemaakt en haar kapsel zat in de war, waardoor ze er minstens vijf jaar ouder uitzag. De meeste vrouwen lieten zich liever niet zien in een slonzige kamerjas en op groezelige slippers, Van In had de indruk dat het haar niet veel kon schelen. Haar wezenloze blik gleed langs hem heen.

‘Dat geeft niet’, zei hij. ‘Mogen we binnenkomen?’

Mensen die met geld bezig waren, hadden meestal geen smaak. Ze kochten dure dingen om er vriend en vijand mee te imponeren en daar bleef het bij. Eddy en Rita Demaeght vormden geen uitzondering op die regel. In de hal hing een schilderij dat zonder de handtekening van de kunstenaar op een veiling met moeite twintig euro zou hebben opgebracht. Rita Demaeght ging hen voor naar een ruime woonkamer die volgepropt stond met kitscherig meubilair. Ze namen plaats op een gele leren bank met gekrulde poten van roestvrij staal.

‘We komen in verband met Pierre Pieters’, zei Van In.

Haar reactie was merkwaardig. Ze slaakte een zucht van opluchting en liet zich in een fauteuil neerzakken.

'Eindelijk', zei ze. 'Ik ben blij dat het afgelopen is met die komedie.'

'Wat bedoelt u daarmee, mevrouw?'

'Ik was er vanaf het begin tegen dat we met ons allen zouden verzwijgen dat we Pierre kenden', zei ze. 'Maar de mannen waren bang dat de politie zich dan vragen zou stellen en dat wilden ze absoluut vermijden. Hun reputatie, begrijpt u', voegde ze er smalend aan toe. 'Alsof mensen zich tegenwoordig nog iets aantrekken van iemands reputatie. Maar ja, zo zijn mannen nu eenmaal.'

Wij zijn ook mannen, wilde Van In zeggen. Hij zweeg omdat hij vond dat ze gelijk had. En hij was tegelijkertijd ook verbaasd dat ze zo openhartig was.

'Dan hoef ik er niet langer omheen te draaien', zei hij. 'Wat weet u over Pierre Pieters?'

'Een wolf in een schaapsvacht', klonk het cynisch.

Haar antwoord week compleet af van alles wat ze tot nu toe over Pieters hadden gehoord.

'Bent u vaak bij hem op vakantie geweest?'

'Gelukkig maar één keer. Alleen omdat Eddy het wilde. Een eiland van niemendal met een slijkerig strand waar je na acht uur 's avonds in je blote kont kunt rondlopen. Er valt verdorie meer te beleven in een dorp in Oezbekistan dan op Île d'Arz.'

De vergelijking deed Van In glimlachen. Hij had de slonzige vrouw onderschat. Ze was rechtuit en ze had zin voor humor, iets wat je van haar man niet kon zeggen.

'Maar uw man hield er een andere mening op na.'

Ze liet zich achteroverzakken en kruiste haar benen, waardoor een van haar slippers van haar voet schoof. Ze deed geen moeite om hem op te rapen.

'Ik heb nooit begrepen wat het eiland voor Eddy aantrekkelijk maakte. Hij haat boten.'

'Dan moet er een andere reden zijn.'

'Ja', zei ze afgebeten. 'Hij was in de ban van Pieters, die volgens mij een oplichter van het zuiverste water was.'

'Dat is een zware beschuldiging, mevrouw. Kunt u die ook staven?'

'Staven? Weet u dat Eddy hem destijds vijftigduizend euro privégeld heeft geleend voor een bouwproject dat nog altijd moet worden gerealiseerd?'

'Hoe lang geleden is "destijds"?'

Ze gooide haar benen los, boog voorover en bracht haar wijsvinger naar haar lippen. Van In gaf haar de tijd om na te denken omdat hij wist hoe moeilijk het was zich bepaalde dingen te herinneren. Het feit dat ze erover nadacht, bewees eveneens dat ze het ernstig meende.

'Dat moet nu bijna twee jaar geleden zijn', zei ze.

'Weet u zeker dat Pieters het geld nooit heeft terugbetaald?'

Ze schudde kordaat het hoofd terwijl ze haar originele positie weer innam. Ze had geen inzage in de bankafschriften, ze kreeg een maandelijkse toelage voor het huishouden en af en toe een extraatje als ze lief tegen hem was geweest.

'Nee', zei ze. 'Ik weet alleen dat het project nooit is gerealiseerd. Anders had Eddy me dat verteld. En niet alleen aan mij. Als hij iets realiseert, mag heel de wereld het weten.'

'Zou hij de anderen ook geld gevraagd hebben?'

'Dat zou kunnen', zei ze. 'Maar de kans is klein dat zij erin getrapt zijn. De Nul is alleen vrijgevig voor zichzelf, Snoeck is te voorzichtig, hij zou een dergelijk risico niet nemen, en Deckmyn is...' Ze begon te giechelen, maar ze herstelde zich snel. 'Sorry, met alle respect, maar daarvoor is hij te dom.'

Haar openhartigheid begon Van In te verontrusten. Toch was de informatie bijzonder waardevol. Als het klopte dat Pieters hen had proberen op te lichten, was er een motief geweest om hem te vermoorden. En moord was iets anders dan een verdacht overlijden. Van In nam zich voor de zaak straks met Hannelore te bespreken.

'Jullie kennen elkaar blijkbaar redelijk goed', zei hij.

'Waar zijn buren anders voor', reageerde ze ad rem.

'Nog één vraagje, mevrouw. Hebben jullie ooit samen met een van de andere buren op het eiland verbleven?'

'U mag zoveel vragen stellen als u wilt, commissaris. Ik heb geen geheimen, maar het antwoord op de vraag is nee. Wie wil er nu op reis met mensen die je iedere dag ziet?'

Van In kon haar geen ongelijk geven. Met de buren op reis gaan was ongeveer even erg als iedere dag met dezelfde kleren rondlopen. Het was saai of je raakte er gefrustreerd door.

'Oké', knikte Van In. 'Dan wil ik ook weten wat u over Silvia denkt.'

Die vraag leek haar evenmin te deren. Integendeel, ze viel zelf met de deur in huis.

'U vindt het zeker verdacht dat een knappe vrouw als Silvia bij ons en bij de buren komt schoonmaken. En u hebt zich zeer zeker afgevraagd hoe een vrouw met een betrekkelijk bescheiden inkomen zich zoveel luxe kan permitteren. Het antwoord op die vragen is heel eenvoudig. Silvia wil gewoon iets omhanden hebben omdat ze zich anders verveelt, want voor het geld hoeft ze het allang niet meer te doen.'

Ze pauzeerde om de spanning op te drijven en omdat ze genoot van hun vragende blikken.

'Silvia heeft vier jaar geleden de lotto gewonnen, moet u weten. Drie miljoen vierhonderdvijfenveertig euro om precies te zijn. Schoonmaken is gewoon een hobby van haar. Niemand van ons behandelt haar trouwens als een poetsvrouw.'

Zowel Van In als Versavel keek perplex. Rita zat te glunderen. Haar dag kon niet meer stuk.

Lieven Deckmyn ontving hen in zijn werkkamer, die volgestouwd stond met kookboeken. Hij probeerde de vragen eerst te ontwijken, tot Van In hem met zijn neus op de feiten drukte en hem confronteerde met de verklaringen van de buren.

'We zijn twee keer op het eiland geweest', gaf hij ten slotte toe.

'Heeft Pieters geld van u proberen te lenen?'

Deckmyn had het zichtbaar moeilijk met die vraag. Zijn adamsappel ging op en neer en hij schoof zijn stoel een beetje naar achteren.

'Lenen niet.'

'Wat dan wel?'

'Hij vroeg me of ik wilde investeren in een wijngaard.'

'En hebt u dat gedaan?'

'Nee.'

'Omdat u niet wilde of omdat u niet over het nodige kapitaal beschikte?'

'Omdat ik niet wilde.'

'Om hoeveel geld ging het?'

Deckmyn werd nu pas echt zenuwachtig. Zijn blik dwaalde af en hij wreef zijn vochtige handen droog aan zijn broek. Vragen over geld maakten hem altijd zenuwachtig. Maar hij kon de flik toch moeilijk negeren? Of wel? Hoeveel wisten ze over hem en wat hadden de anderen nog meer verklaard? Wat zou er gebeuren als hij loog?

'Pieters had nog vijftigduizend euro nodig, zei hij.'

Alweer vijftigduizend euro, dacht Van In. Was dit ook toeval of probeerden ze hem een rad voor de ogen te draaien?

'Ik wil u niet beledigen, meneer Deckmyn, en ik weet zelfs bij benadering niet hoeveel een culinair journalist verdient, maar...'

'Ik schrijf ook boeken', reageerde Deckmyn scherp. 'En ik heb een eigen televisieprogramma.'

'Gelukkig maar', glimlachte Van In. 'Ik dacht even dat u ook de lotto had gewonnen, zoals Silvia. Als ik het goed begrijp, is zij de rijkste van jullie allemaal. Wat een merkwaardige buurt.'

Deckmyn reageerde niet. Ze hadden allemaal hun mond voorbijgepraat. Waarom? Ze waren alle drie even schuldig als hij. Wie weet hadden ze het op een akkoordje gegooid met de afperser en was hij straks de pineut.

'Ik wist niet dat Silvia de lotto heeft gewonnen', zei hij sip.

'Ze heeft het misschien alleen aan uw vrouw verteld. Waar is uw vrouw trouwens?'

'Geen idee.'

Van In stelde hem nog een aantal vragen. Hij kreeg nietszeggende antwoorden terug. Deckmyn leek helemaal van de kaart. Zijn houding en de reacties van de anderen maakten de zaak steeds boeiender. Hij kon beter alles even laten bezinken voor hij een volgende stap zette, maar het zou zonde zijn niet van de toestand te profiteren. Deckmyn was volledig van zijn melk. Hij was bang en dat maakte mensen zwak. Het was tijd voor de genadeslag.

'Er is nog iets dat ik u wilde meedelen, meneer Deckmyn. We hebben sinds kort voldoende redenen om aan te nemen dat Pierre Pieters vermoord werd en dat verandert natuurlijk de zaak. Als ik u was, zou ik niets voor ons achterhouden. Denkt u daar eens rustig over na.'

'Was dat wel verstandig?' vroeg Versavel toen ze buiten waren.

Van In stak een sigaret op. Deckmyn was de zwakste van de vier. Als hij in paniek raakte, zou hij fouten maken en dat zouden zijn vriendjes hem niet in dank afnemen.

'We moeten toch iets doen, Guido. Tot nu toe kunnen

we niets bewijzen, maar ik durf er een jaarloon om te verwedden dat een van de buren Pieters heeft vermoord. En ik weet bijna zeker dat ze het van elkaar weten.'

'Een samenzwering?'

'Dat zal het onderzoek moeten uitwijzen, Guido.'

'Een vergelijkende DNA-test?'

'Dat lijkt me de meest logische aanpak.'

Ze liepen door het Minnewaterpark en over de Minnewaterbrug naar het stationsplein, waar de auto stond geparkeerd. Het was gelukkig niet meer zo warm, zelfs Van In genoot van de korte wandeling.

'Ik vraag me af of Pieters de andere twee ook geld heeft proberen te ontfutselen.'

'Het zou me niet verbazen.'

'Mij ook niet', zei Van In. 'Maar welke rol speelt Silvia dan?'

'Geloof jij dat ze de lotto heeft gewonnen?'

Van In haalde zijn schouders op. Hij herinnerde zich de woorden van een leraar geschiedenis die zijn leerlingen voortdurend inpompte dat geschiedenis pas interessant werd als je verbanden kon leggen tussen een aantal gebeurtenissen en het onderscheid kon maken tussen hoofd- en bijzaken. Ze waren er in eerste instantie van uitgegaan dat Pierre Pieters in verdachte omstandigheden was gestorven, een these die werd bevestigd door het rapport van Zlotkrychbrto, die eveneens niet had kunnen aantonen dat er kwaad opzet mee gemoeid was. De verklaringen van de buren hadden een ander licht op de zaak geworpen. De theorie dat het moord betrof en dat de vier buren er iets mee te maken hadden, won steeds meer veld. En dan was er nog de geheimzinnige Silvia.

'We kunnen beter een en ander natrekken voor we verdere stappen overwegen', zei hij. 'Daarom stel ik voor even bij Hannelore langs te lopen. Zonder haar fiat kunnen we niets ondernemen.'

Versavel bekeek zijn vriend met een scheef oog. Wilde hij met haar overleggen omdat ze nu zijn rechtstreekse chef was of probeerde hij zich in te dekken? Haar benoeming tot procureur had voor de nodige commotie gezorgd omdat ze met het hoofd van de Brugse recherche gehuwd was, wat sommigen deontologisch niet verantwoord vonden. Hij ging er niet dieper op in.

'Wil je dat ik met je meega?'

'Natuurlijk wil ik dat je met me meegaat. Je weet toch dat ik geen geheimen voor je heb.'

Het kordate antwoord monterde Versavel op. Niet meer piekeren, Guido, dacht hij. Alles blijft bij het oude. Hij glimlachte.

'Sorry dat ik jullie even heb laten wachten.'

Van In en Versavel zaten al tien minuten geduldig te wachten in de gang van het gerechtsgebouw. Mevrouw de procureur zit een vergadering voor, had een medewerker gezegd. Hoe lang duurt het nog voor ze klaar is, had Van In gevraagd. De medewerker had hem verbaasd aangekeken en gezegd dat de procureur zich niet hoefde te verantwoorden over haar tijdsgebruik. Toen had Van In iets gedaan wat geen enkele politieman had durven doen. Hij had haar gebeld.

'Je zei dat het dringend was.'

Ze deed de deur van haar kantoor open, ging naar binnen en gooide het dossier dat ze onder haar arm hield op het bureau. Vergaderingen voorzitten was haar sterkste punt niet, de baas spelen evenmin. Ze verlangde heimelijk terug naar de tijd dat ze nog onderzoeksrechter was. Eigenlijk was ze blij dat Van In haar gered had.

'Dringend is misschien wat overdreven, maar het is wel belangrijk.'

'Dan houden we het op belangrijk', lachte ze.

'Het gaat om de moord in de Colettijnenhof', zei Van In.

Ze sloeg haar ogen op en keek hem bedachtzaam aan. Voor zover zij wist was Pierre Pieters in verdachte omstandigheden overleden, maar ze sprak hem niet tegen omdat hij op dat gebied meestal gelijk had.

'Ik luister, Pieter.'

Van In vertelde kort wat ze te weten waren gekomen. Hannelore luisterde aandachtig.

'De verdachten een DNA-test opleggen lijkt me een beetje voorbarig, een financiële doorlichting daarentegen lijkt me wel een goed idee. Maar om een dergelijk onderzoek te bevelen heb ik meer nodig dan vermoedens.'

Sinds een paar jaar waren alle financiële instellingen verplicht verrichtingen van meer dan vijftienduizend euro te registreren in het kader van de antiterreurwet. Als Van In kon bewijzen dat Pieters een of meer van de verdachten geld had ontfutseld, beschikten ze over een solide basis om het onderzoek voort te zetten. Hij had haar nieuwsgierig gemaakt. De op het eerste gezicht banale zaak werd steeds interessanter. Vooral de rol en de persoon van Silvia intrigeerden haar.

'Als ik jou was zou ik het verleden van Pieters nog wat dieper uitspitten', opperde ze. 'Wie weet levert dat iets op.'

'Dat ben ik ook van plan, schat.'

Ze strekte ontspannen haar benen en rolde met haar schouders. Een jonge onderzoeksrechter had tijdens de vergadering voortdurend oogcontact met haar proberen te maken. Ze had haar best gedaan zijn blik te ontwijken en daar had ze nu een beetje spijt van. Het was een perverse gedachte die ze met niemand kon delen en toch genoot ze ervan. Moest ze zich nu schamen? Mocht een getrouwde vrouw zich niet gevleid voelen als ze aandacht kreeg van een andere man?

'Dan wens ik je het beste, schat.'

Hoe lang wordt een relatie gedomineerd door passie, dacht ze. Hoe was het met hun relatie gesteld? Waar was de tijd dat hij haar besprong? Was haastige seks ook seks? Ze begon te fantaseren over dingen waarover getrouwde vrouwen niet behoren te fantaseren. Ze schrok dan ook toen ze zijn lippen op haar voorhoofd voelde.

'Tot vanavond.'

Ze voelde zijn hand over haar schouder glijden en ze keek hem na toen hij haar kantoor uitliep. Hij zag er een beetje zielig uit. Afhangende schouders en een slecht zittende spijkerbroek. Vroeger had hij zich nog een keer omgedraaid en gewuifd, nu trok hij gewoon de deur achter zich dicht. Wat is van iemand houden eigenlijk? Elkaar gewoon worden? Waarom had ze zich gisteren niet aan zijn afhangende schouders gestoord? Toch niet omdat een jonge kerel haar nu het hoofd op hol had gebracht? Ze had onlangs in een weekblad gelezen dat vrouwen van veertig net als mannen op die leeftijd gekke dingen begonnen te doen. Intensief sporten bijvoorbeeld of dingen kopen die ze eigenlijk niet nodig hadden. Of ze gingen vreemd. Zomaar. Nee, niets gebeurde zomaar. Maar was het dat allemaal waard? Van In vermoordde haar als hij er ooit achter kwam dat ze hem had bedrogen met een wildvreemde. Alsof het enig verschil uitmaakte met wie ze hem bedroog. Bedriegen was bedriegen. Toch slaagde ze er niet in de gedachte van zich af te zetten. Het was zo gemakkelijk. Een telefoontje was voldoende om hem terug te zien. Ze probeerde een aannemelijke smoes te verzinnen waarmee ze hem naar haar kantoor kon lokken.

Ze hadden afgesproken op een discrete plek in een stad waar niemand hen kende. Snoeck parkeerde zijn Mercedes in een anonieme ondergrondse garage en nam in gedachten verzonken de lift naar de begane grond. Het had tijd gekost om een geschikte kandidaat te vinden, en hij had even gevreesd dat hij niemand zou vinden die aan alle voorwaarden voldeed, maar het was hem uiteindelijk gelukt. David Vermeersch had een onberispelijke staat van dienst, zo stond het tenminste in zijn dossier vermeld. Niemand, behalve zijn vrouw, wist dat hij gokte en de voorbije maanden een aanzienlijke schuld had opgebouwd. Zestienduizend euro was voor sommige mensen een peulenschil, voor David Vermeersch was het een onoplosbaar probleem. Het zou natuurlijk onverstandig zijn hem onmiddellijk met zijn neus op de feiten te drukken. Wat hij met hem van plan was, vergde een voorzichtige aanpak. Snoeck wierp een blik op zijn horloge. Het was vijf voor twee. Hij liep over het plein naar het terras waar ze hadden afgesproken. Aan een van de tafeltjes zat een man van middelbare leeftijd. Naast hem lag een boek van een bekende Vlaamse misdaadauteur. Het afgesproken teken. Snoeck liep recht naar hem toe en stelde zich voor.

'Het doet me genoegen dat u me op zo'n korte termijn te woord wilt staan', zei hij bijna onderdanig. 'Kan ik u iets te drinken aanbieden?'

Vermeersch dronk cola, daar schoten ze niets mee op. Een beetje alcohol zou de bespreking vlotter doen verlopen.

'Wat dacht u van een glas wijn?' stelde Snoeck voor. 'Of drinkt u geen wijn?'

Hij stak zijn hand op en wenkte de ober. Vermeersch knikte. Hij dronk zelden rode wijn, maar hij durfde niet te weigeren. De uitnodiging van een volksvertegenwoordiger om hem hier te ontmoeten baarde hem zorgen. En waarom in Hasselt in plaats van in Brugge?

'Geeft u ons maar een goede fles Pomerol', zei Snoeck toen de ober hem vroeg welke wijn ze wensten.

Het was rustig op het terras, de tafeltjes in hun omgeving waren onbezet. En het kon geen kwaad als er toch iemand naast hen kwam zitten. Limburgers verstonden geen West-Vlaams.

'Hoe gaat het met de kinderen?'

Vermeersch keek verbouwereerd op. Waarom vroeg een volksvertegenwoordiger hoe het met zijn kinderen ging?

'Goed.'

'En de studies?'

Joke zat in het laatste jaar van het secundair onderwijs, Erwin had net zijn eerste jaar burgerlijk ingenieur met succes afgerond. Vermeersch was bijzonder trots op zijn kinderen en zij waren bijzonder dankbaar omdat papa hun de mogelijkheid had gegeven om te studeren. Wat was hier in godsnaam aan de hand?

'Ze doen het allebei goed', zei hij.

'Laten we daar dan op drinken', lachte Snoeck.

De ober, die ondertussen gearriveerd was, ontkurkte de fles en schonk de wijn in. Het bleef stil tot hij weer weg was.

'Ik heb een ongelooflijke bewondering voor mensen die zich uit de naad werken om hun kinderen een goede opvoeding te geven', zei Snoeck. 'Zeker als ze de geboden kansen met beide handen aangrijpen. U hebt geluk, meneer Vermeersch.'

'Wat wilt u van mijn kinderen?'

'Helemaal niets, mijn beste man. Ik wilde alleen mijn appreciatie uitspreken voor mensen zoals u die hun steentje bijdragen aan de welvaart van onze maatschappij. En ik kan me voorstellen dat zoiets niet gemakkelijk is.'

'Wat is er niet gemakkelijk?'

'Jezelf wegcijferen kan spanningen met zich meebrengen. U hoeft het mij niet uit te leggen. Ik maak het iedere dag mee. Politici gaan zich ook wel eens te buiten aan dingen die op het eerste gezicht ongeoorloofd lijken, maar we blijven presteren.'

Vermeersch nipte van de wijn omdat hij niet goed wist wat anders te doen. Was die kerel gestoord of probeerde hij hem iets duidelijk te maken? Het kon toch niet dat hij hem zou vragen een verkeersboete te ritselen?

'Is er misschien iets dat ik voor u kan doen?'

De rechtstreekse vraag deed Snoeck breed grijnzen. Hij had Vermeersch eindelijk waar hij hem wilde hebben. Dat hij zelf vroeg of hij iets voor hem kon doen, sprak voor zich.

'Ik wist dat u een intelligente kerel bent.'

Vermeersch kreeg een onbehaaglijk gevoel omdat hij plotseling besefte dat Snoeck op het punt stond een oneerbaar voorstel te doen en daar wilde hij niets mee te maken hebben. Zijn staat van dienst en het respect bij de collega's waren twee dingen die hem bijzonder dierbaar waren en die hij niet zomaar te grabbel wilde gooien. Hij kon beter weggaan.

'Ik vrees dat u aan het verkeerde adres bent, meneer de volksvertegenwoordiger', reageerde hij beslist.

Snoeck maakte een bezwerend gebaar. Was hij dan toch te vlug van stapel gelopen?

'Het is niet wat u denkt, meneer Vermeersch.'

'Wat is het dan wel?'

'Een zakelijke overeenkomst.'

De volksvertegenwoordiger keek Vermeersch indringend aan terwijl hij de glazen bijvulde. Was zestienduizend euro voldoende om hem over de streep te halen? Een echte gokker wilde behalve zijn schulden betalen ook spelen.

'Moet u eens goed naar me luisteren, meneer Vermeersch.

Ik weet dat u zich in de nesten hebt gewerkt en ik ben bereid uw financiele probleem op te lossen, op voorwaarde dat u mij een kleine dienst bewijst.'

'Een kleine dienst', reageerde Vermeersch schamper. 'Niemand betaalt zestienduizend euro in ruil voor een kleine dienst.'

'Ik dacht aan vijfentwintigduizend. Dan houdt u nog iets over.'

De gedachte om weer over een gokbudget te beschikken deed de weerstand van Vermeersch afbrokkelen. Met negenduizend euro kon hij de verliezen die hij in het verleden had gemaakt weer goedmaken. En wie weet kon hij ook nog wat opzij houden om eindelijk met zijn vrouw de droomreis te maken waarover ze al jarenlang fantaseerden.

'Wat bedoelt u eigenlijk met een kleine dienst?'

Snoeck glimlachte breed. Het aas had gewerkt. Hij hoefde zijn prooi alleen nog binnen te halen.

Banken genoten sinds enkele jaren een slechte reputatie. De meeste mensen hadden geen vertrouwen meer in een instelling die met hun zuurverdiende centen onvoorstelbare risico's had genomen en dan nog eens langs de kassa durfde te passeren als bleek dat het kapitaal waarmee ze gespeeld hadden, grotendeels verdampt was. Van In droeg de banken geen warm hart toe, maar hij had net als alle andere mensen geen keus. De tijd was voorbij dat je geld onder een matras bewaarde, zonder banken was het in de praktijk bijna onmogelijk leven. De kalende man aan de andere kant van het loket bekeek hem argwanend toen hij vroeg of hij de directeur kon spreken.

'Hebben jullie een afspraak?' vroeg hij.

Het antwoord was negatief, maar de man aan het loket besefte dat hij beter niet moeilijk kon doen. Hij knikte en verzocht hen even te wachten. Daarna verdween hij. Van In en Versavel maakten plaats voor de volgende klant, een oude vrouw die kennelijk gehaast was, want ze zuchtte toen de loketbediende een halve minuut later nog niet terug was. Het duurde uiteindelijk twee minuten voor hij weer opdaagde. Hij gaf Van In en Versavel een teken en vroeg of ze hem wilden volgen, tot grote ergernis van de oude vrouw. Banken mochten dan grote verliezen geleden hebben, de crisis had hen er niet toe aangezet te bezuinigen. De airco draaide op volle toeren, het meubilair zag er gloednieuw uit en het rook er naar pas geverfd. De directeur was een grote, atletisch gebouwde man. Gladgeschoren in een wolk van dure aftershave.

'Gaat u zitten', zei hij met een brede glimlach. 'Wat kan ik voor u doen?'

Het kostte justitie normaal veel tijd en moeite om inzage te krijgen in de financiële toestand van een verdachte zolang ze niet over aanwijzingen beschikte dat de verdachte zware criminele feiten had gepleegd. Toch had Hannelore een document laten opstellen waarin ze de bankdirecteur verzocht om zijn medewerking aan het onderzoek te verlenen. Al was het maar om een van zijn klanten voor nog meer onheil te behoeden. De directeur fronste zijn voorhoofd toen hij het las.

'Meneer Demaeght is een van onze betere klanten', zei hij. 'Hij maakt me af als hij er ooit achter komt dat ik mijn medewerking heb verleend aan dit onderzoek. En ik kan hem geen ongelijk geven.'

'Dat begrijp ik', zei Van In. 'Daarom garandeer ik u persoonlijk dat uw naam in dit dossier nooit vernoemd zal worden, wat het resultaat van het onderzoek ook mag zijn.'

De bankdirecteur kende de reputatie van commissaris Van In en hij twijfelde niet aan diens goede bedoelingen, maar het bleef een delicate zaak om hem zomaar inzage te geven in de financiën van een van zijn beste klanten.

'U hoeft ons niet alles te laten zien', zei Van In. 'We zouden al heel tevreden zijn als u onze vragen beantwoordt.'

De bankdirecteur haalde diep adem. Het bankgeheim was onaantastbaar. Toch kon hij begrip opbrengen voor het probleem van de speurders. De maatschappij was zo gereglementeerd dat het bijna onmogelijk was een onderzoek tot een goed einde te brengen zonder de regels te overtreden of te omzeilen. Bovendien was Demaeght niet alleen een goede klant, hij had ook veel sympathie voor de man. De bankdirecteur wist dat hij er eeuwig spijt van zou hebben als later zou blijken dat Demaeght iets was overkomen omdat hij geweigerd had met de politie samen te werken.

'U mag ook niet vergeten dat er al een dode is gevallen', zei Van In, die merkte dat de bankdirecteur met een gewetensprobleem worstelde.

Het laatste argument gaf de doorslag. De bankdirecteur draaide het scherm van zijn computer naar zich toe en toetste het rekeningnummer van Demaeght in.

'Oké, commissaris. Wat wilt u weten?'

'Heeft Demaeght de voorbije twee jaar grote bedragen van zijn privérekening afgehaald?'

'Wat bedoelt u met grote bedragen?'

'Vijftigduizend euro.'

Het duurde meer dan vijf minuten voor de bankdirecteur de geschiedenis van de rekening had doorgenomen. Het antwoord was negatief.

'Er is natuurlijk nog de bedrijfsrekening', zei de bankdirecteur. 'Maar daar kun je niet zomaar geld van weghalen voor privédoeleinden.'

'Weet u dat zeker? Demaeght is zelf boekhouder. Hij kent de knepen van het vak.'

De bankdirecteur glimlachte flauw. De commissaris had gelijk. Sommige boekhouders namen het niet zo nauw met de deontologie, de sterkte van Demaeght was echter dat hij niet sjoemelde, waardoor hij in hoog aanzien stond bij de fiscus, een aanzienlijk voordeel waarvan zijn klanten de vruchten plukten.

'Hij had zichzelf een dividend kunnen uitkeren', zei hij. 'Maar voor zover ik weet, heeft hij dat nog nooit gedaan.'

Het spoor liep dood. Mevrouw Demaeght had gelogen of haar man had het geld op een andere manier weten te verzamelen.

'Is meneer Demaeght klant bij andere banken?'

'Dat zou me verbazen', zei de bankdirecteur. 'Wacht even...'

Hij draaide zijn hoofd weer in de richting van het scherm. Dit keer duurde het geen vijf minuten voor hij met een antwoord kwam.

'Demaeght heeft achttien maanden geleden vier keer dertienduizend euro opgenomen, telkens met een tussenpoos van een maand.'

Bingo. Van In wreef zich in de handen. Ze hadden eindelijk iets concreets. Het plaatje begon stilaan een duidelijke vorm aan te nemen. Hij was benieuwd of ze de bankdirecteur van Deckmyn ook zover zouden krijgen.

Van In kon wel fluiten toen ze weer buiten stonden, het probleem was dat hij het niet kon. De euforie was echter van korte duur. De bankdirecteur van Deckmyn was een stugge man die zich niet liet beïnvloeden. Hij weigerde kordaat iedere medewerking en beriep zich op de wet die de privacy van zijn klanten garandeerde. De brief van de procureur maakte niet de minste indruk op hem. Van In kon het de man niet kwalijk nemen dat hij zijn werk deed.

'Wat doen we nu?' vroeg Versavel.

Ze hadden het natuurlijk ook bij de bank van Snoeck en die van De Nul kunnen proberen, maar Van In had voorlopig geen zin om weer afgescheept te worden. Misschien hadden ze toch iets te voorbarig gehandeld.

'We moeten eerst meer te weten zien te komen over die Pieters', zei hij.

'Denk je dat de Franse politie met ons zal samenwerken?'

'Nee, maar dat hoeft ook niet. We kunnen zelf onze boontjes doppen.'

'Je bedoelt toch niet dat we...'

'Inderdaad, Guido. Als Hannelore haar zegen geeft, vertrekken we zo snel mogelijk naar Île d'Arz. En met een beetje geluk hoeven we zelfs de deur van zijn huis niet te forceren.'

'De sleutel die we in de auto hebben aangetroffen?'

Van In kon gelijk hebben wat de sleutel betrof. Pieters droeg geen sleutel bij zich en volgens de expert die de sleutel had bekeken, was het er een die waarschijnlijk bij een voordeur hoorde. Het probleem was dat zij het recht niet hadden om een woning te betreden zonder bevelschrift, maar het was niet de eerste keer dat Van In een dergelijk probleem omzeilde. Als ze in het huis van Pieters bezwarend materiaal vonden, zou hij de boel weer netjes afsluiten en daarna al zijn overredingskracht gebruiken om alsnog een bevelschrift te bemachtigen.

'Wil je nog iets drinken of gaan we rechtstreeks naar het kantoor?' vroeg Versavel voor hij de motor startte.

'Doe het kantoor maar.'

Versavel stelde geen vragen. Toen ze tien minuten later kamer 204 binnenkwamen, wachtte hun nog een andere verrassing. Saskia had ondertussen niet stilgezeten en had resultaat geboekt. Dat kon je zo van haar gezicht aflezen.

Van In stak een sigaret op en ging aan zijn bureau zitten.

'Je bent zo vrolijk, Sas. Of zijn zwangere vrouwen altijd zo?'

'Valt het dan zo op?'

'Heeft een koe vier poten?'

Versavel schudde het hoofd. Kon Van In nu echt geen elegantere vergelijking verzinnen? Saskia nam het hem blijkbaar niet kwalijk. Ze bediende hem van koffie en koekjes en overhandigde hem daarna een mapje. Van In sloeg het open en las wat er op het document stond.

'Dat meen je niet', zei hij.

'Toch wel', knikte Saskia. 'Silvia Moerman heeft wel degelijk de lotto gewonnen. Zelfs het bedrag klopt.'

6

'Nog veertien kilometer en we zijn er', zei Van In.

Ze waren vanochtend om een uur of acht uit Brugge vertrokken en hadden onderweg maar één stop gemaakt, om iets te eten in een wegrestaurant. Van In had tijdens de lange rit noodgedwongen in de wagen moeten roken. Hij was blij dat ze hun bestemming bijna hadden bereikt en hij eindelijk in comfortabele omstandigheden een sigaret zou kunnen opsteken. Versavel, die onafgebroken achter het stuur had gezeten, verlangde naar het moment dat hij zijn benen zou kunnen strekken en een douche nemen.

'Ben jij ooit in Vannes geweest?'

'Nee', zei Van In. 'Ik moet toegeven dat ik de naam zelfs niet kende.'

'Het schijnt nochtans een mooi stadje te zijn.'

Versavel had een en ander op het internet opgezocht. Vannes had een rijke geschiedenis, die terugging tot de Romeinse bezetting van Gallië in de eerste eeuw voor onze jaartelling. Het deed een beetje denken aan het beroemde dorpje uit de strips van Asterix en Obelix.

'We zijn niet naar hier gekomen om de toerist uit te hangen, Guido.'

'Nee, chef.'

Net als de Romeinen hadden de Franken en nadien ook de Bretons het strategische belang van Vannes ingezien. De versterkte stad aan de baai van Morbihan was de hoofdverblijfplaats geworden van de koningen, prinsen en hertogen die in de loop der eeuwen over Bretagne heersten. Versavel wist nog veel meer te vertellen over Vannes, maar dat leek Van In helemaal niet te interesseren.

'Je weet de naam van het hotel toch nog?'

'Ja, chef.'

Versavel had twee kamers geboekt in L'Océan Marina, een bescheiden hotel aan de haven. En hij had een lijstje met restaurants opgesteld waar je voor een zacht prijsje zeevruchten kon eten. In Bretagne biefstuk met frieten bestellen zou immers zonde zijn.

'Eindelijk.'

Van In gooide het portier open en hees zich uit de wagen. Zijn knieën deden pijn en zijn billen waren stijf van het lange zitten. Versavel haalde de bagage uit de kofferbak. Van In had een kleine reistas meegenomen met alleen het meest noodzakelijke: een paar sokken, twee onderbroeken, een hemd en een tandenborstel. Hij hoefde zich echter geen zorgen te maken dat hij iets tekort zou komen, want Versavel had zelfs een haardroger mee. Ze hadden de auto in een parkeergarage gestald in de buurt van de haven, vanwaar het amper tien minuten lopen was naar het hotel.

'Jij hebt gelijk', zei Van In. 'Het is inderdaad een mooi stadje.'

De oude, scheefgezakte huizen en de smalle straten brachten hen terug naar een ver verleden. De sfeer was gemoedelijk, ondanks de vele toeristen die zich aan de etalages van de talrijke winkels stonden te vergapen of op een terrasje verkoeling zochten.

'Heb jij geen dorst?'

'Straks, chef. We kunnen ons beter eerst laten inschrijven in het hotel.'

Van In stak een sigaret op en keek op zijn horloge. Het was kwart over vier. Ze hadden tijd zat en de avond was nog lang.

'Oké, maar houd dan op met me chef te noemen.'

Ze liepen langs de Sint-Pieterkathedraal, die oorspronkelijk uit de twaalfde eeuw dateerde, naar de Porte Saint-Vincent, die de binnenstad met de haven verbond.

'Mooi uitzicht.'

De haven was smal en langwerpig, met rijen boten zover het oog reikte. Honderden mensen flaneerden langs de kade of luierden op het plein dat als een open buffer tussen de stad en de haven fungeerde. Het was een gezellige drukte. Er stonden ook stalletjes met oude boeken.

'Laten we ons eerst inschrijven in het hotel, Guido.'

Versavel stond op het punt de straat over te steken. Hij had een zwak voor oude boeken. Het kostte hem enige moeite om de verleiding te weerstaan. Hij draaide zich met tegenzin om en volgde Van In naar het hotel.

Van In werd wakker om tien over zeven, twintig minuten voor de wekker afging. De zon scheen volop en het verkeer kwam stilaan op gang. Hij ging voor het raam staan en keek uit over de haven en over het plein. Hij had uitstekend geslapen en dat was voornamelijk te danken aan de vier Duvels die hij de avond ervoor op het terras van het hotel had gedegusteerd. Dat er Duvel op de kaart stond, had zijn dag goedgemaakt. Hij deed het raam open en stak een sigaret op, hoewel dat in Frankrijk ook strikt verboden was. De eerste trek deed hem hoesten, de tweede smaakte verrukkelijk. Vandaag zouden ze de boot naar het eiland nemen en proberen uit te vissen wat voor mens Pierre Pieters was geweest, en hij koesterde de stille hoop dat de sleutel op de voordeur zou passen. Wie weet wat ze dan zouden ontdekken.

Een zeilboot voer geluidloos de haven uit. Kinderen reden op de fiets naar school. Bestelwagens bevoorraadden de restaurants rond de haven. Een groepje joggers kwam verrassend snel dichterbij. Van In voelde zich in vakantiestemming. En het deed goed om eens alleen te zijn, hoewel hij al tientallen keren aan Hannelore en aan de kinderen had gedacht. Zou zij het ook fijn vinden om alleen te zijn? Hij had zich die vraag nog nooit gesteld omdat ze gewoon waren om altijd samen te zijn. Was het wel goed om altijd samen te zijn? Hij liep naar de badkamer, gooide zijn opgerookte sigaret in het toilet en stak onmiddellijk een nieuwe op. Toch verlangde hij naar haar. Waarom? Omdat hij aan haar gewend was of miste hij haar? Hij had zich vroeger afgevraagd waarom oudere paren elkaar niets meer te vertellen hadden. Er waren er ook die om de kleinste pietluttigheden tegen elkaar begonnen te zeuren. Zou het bij hen ook zover komen? Het was een verontrustende gedachte omdat hij zich realiseerde dat zij niet anders waren dan al die andere stellen die na verloop van tijd op elkaar uitgekeken raakten. Hij vroeg zich af of Hannelore er ook zo over dacht. Of was ze daar nog te jong voor? Een tweede zeilboot gleed de haven uit. Misschien is zeilen ook iets voor mij, dacht hij. De geur van verse koffie deed hem uit het raam naar beneden kijken. Hij nam een laatste trek van zijn sigaret en spoelde de twee peuken door voor hij onder de douche ging staan. Het warme water deed zijn huid tintelen. Erger nog, het bracht hem op gedachten. Nee. Toch maar niet. Hij draaide de warmwaterkraan dicht en wachtte tot het koude water zijn hoofd had leeggemaakt. Hij dacht onwillekeurig weer aan Hannelore terwijl hij zich afdroogde. Een paar weken geleden had hij in de slaapkamer een tijdschrift aangetroffen met een artikel over de fantasieën van vrouwen van rond de veertig. Hij was ervan geschrokken. Nee, zo zit Hannelore niet in elkaar, had hij toen gedacht. Van In poetste zijn tanden en trok bedachtzaam zijn kleren aan.

'Je bent vroeg.'

Versavel had zich onder een parasol geïnstalleerd. Voor hem stond een mandje met brood en croissants en een glas vruchtensap.

'Ik had je niet gezien', zei Van In. 'Anders was ik eerder naar beneden gekomen.'

Hij ging naast Versavel zitten en stak een sigaret op. Een ober bracht een tweede mandje met brood en croissants en vroeg wat hij wenste te drinken. Er was koffie, thee en warme chocolade. Van In koos impulsief voor de warme chocolade.

'Je voelt je toch niet ongelukkig', glimlachte Versavel.

'Waarom vraag je dat?'

'Omdat je warme chocolade bestelt. Of weet je niet dat chocolade heilzaam is voor depressieve mensen?'

'Dan zou jij beter ook warme chocolade bestellen', reageerde Van In pinnig.

'Mevrouw de procureur. Mag ik u even lastigvallen?'

Hannelore draaide zich om. Ze had zijn stem herkend.

'Meneer Verbiest', glimlachte ze. 'Een procureur val je niet zomaar lastig.'

De jonge onderzoeksrechter liet zich niet uit het lood slaan. Hij knipperde zelfs niet met zijn ogen. Zijn jongensachtige blik deed haar kippenvel krijgen, net als de dag ervoor toen hij haar de hele tijd had zitten hypnotiseren. Ze had zelfs aan hem gedacht toen ze vanochtend onder de douche stond. Foei. Gelukkig kon niemand haar gedachten lezen.

'Vijf minuten is voldoende.'

Ze had hem in de gang te woord kunnen staan, maar nee, ze nodigde hem uit mee te komen naar haar kantoor.

'Kopje koffie?'

'Graag', zei Verbiest.

Zijn warme stem deed een rilling langs haar ruggengraat lopen. En ze voelde zijn blik op haar rug. Haar hand trilde toen ze een dubbele pad in de houder van de Senseo legde.

'Suiker, melk?'

Hij zei: 'Zwart.' Ze had geen ander antwoord verwacht. Echte mannen drinken hun koffie zwart en het leed geen twijfel: Nico Verbiest was een echte man. Hij had het postuur van een getrainde atleet, een weelderige haardos en een egale stoppelbaard. Het nadeel was dat hij nog geen dertig was en dat mannen op die leeftijd vurig, onvermoeibaar en veeleisend waren. Misschien wel te vurig en onvermoeibaar voor een vrouw van veertig.

'Ik vind dat u er vandaag weer fantastisch uitziet, mevrouw.'

Hannelore durfde zich niet om te draaien. Waar haalde die kerel het lef vandaan om haar op die manier te complimenteren. Ze had hem daarvoor moeten terechtwijzen of toch minstens haar afkeuring laten blijken. Ze had nochtans getwijfeld wat ze zou aantrekken: een mantelpakje of het jurkje dat eigenlijk te sexy was voor een procureur des konings.

'Dank u', zei ze benepen.

De koffie was ondertussen klaar. Ze had geen andere keuze meer dan zich om te draaien en hem het kopje aan te reiken. Hij volgde elk van haar bewegingen.

'Zo', zei ze met een zucht. 'Waarmee kan ik u van dienst zijn?'

'Ik had graag uw advies ingewonnen in verband met een zaak die u me hebt toevertrouwd', antwoordde hij formeel.

'De zaak-Bruneel?'

Jonge onderzoeksrechters kregen meestal de vervelendste klussen toegewezen. De zaak-Bruneel ging over een milieudelict waarbij verschillende partijen betrokken waren. Het was ook een bijzonder complexe zaak, omdat het allemaal lang geleden was en de partijen de verantwoordelijkheid voor de bodemvervuiling op elkaar probeerden af te schuiven.

'Inderdaad, mevrouw.'

'Oké, ik luister, Nico.'

Hannelore voelde het schaamrood naar haar wangen stijgen. Ze had hem nooit bij zijn voornaam mogen noemen. Waar ben je in godsnaam mee bezig? Ze nipte van de hete koffie en knipperde met haar ogen. Hij bleef haar aankijken.

'Een van de partijen heeft me een oneerbaar voorstel gedaan en ik ben er bijna op ingegaan.'

'Een oneerbaar voorstel', herhaalde Hannelore.

Het deed haar niet denken aan bodemvervuiling. Meende hij dat nu ernstig of speelde hij een spelletje met haar? Verbiest was oud en wijs genoeg om zelf een beslissing te nemen. Daarvoor had hij haar advies niet nodig. Integendeel, haar in vertrouwen nemen kon zijn positie in gevaar brengen.

'Bedoel je daarmee dat ze je willen omkopen?'

Verdomme, ze had hem spontaan getutoyeerd. Zijn ogen gleden over haar lichaam.

Verbiest was niet aan zijn proefstuk toe. Als hij zijn zinnen op een vrouw had gezet, liet hij niet meer los. Als hij erin slaagde haar zwakke plek te vinden, was het een kwestie van tijd voor ze hem als een rijpe vrucht in de schoot viel.

'Omkopen is een vies woord, mevrouw. De man die mij het voorstel deed, heeft bijzonder veel invloed op de politieke partij die de volgende onderzoeksrechter mag voorstellen. Ik wilde gewoon weten hoe u daarop zou reageren.'

Een geheim met iemand delen schept een speciale band.

Hannelore had kunnen zeggen dat ze niets met dergelijke praktijken te maken wilde hebben, ze deed het niet.

'Waarom vertel je dat eigenlijk allemaal?'

Verbiest deed alsof de vraag hem geneerde. Hij maakte een schokkende beweging met zijn hoofd terwijl hij zijn lippen tuitte.

'Omdat ik u een verstandige vrouw vind, en ook omdat u meer ervaring hebt dan ik.'

Het ene was een compliment, het andere klonk dubbelzinnig. Was hij eerlijk of probeerde hij haar te versieren? Hannelore bekeek de knappe jonge man die voor haar zat. Moet ik hem nu wegsturen of kan ik het aan, vroeg ze zich af.

'Geef me even de tijd om over je probleem na te denken', zei ze.

'Met alle respect, mevrouw, maar kunt u me ook zeggen hoe lang "even" is. Ik moet morgen een antwoord geven.'

De druk opvoeren was een goede manier om erachter te komen of hij al dan niet had gescoord. Hij zag hen al samen afspreken in een hotel buiten de stad. Alles hing af van wat ze nu zou zeggen. Hannelore besefte dat ze op het punt stond iets te doen dat ze misschien nooit meer zou kunnen terugdraaien, maar wat ze ook deed, Verbiest zou haar blijven achtervolgen.

'Ik heb vanavond wel een uurtje tijd', zei ze.

Hannelore loog. Ze moest de kinderen om zes uur ophalen bij de oppas en Van In was niet thuis om het in haar plaats te doen. Verdomme. Het spel werd steeds gevaarlijker. Het was al een tijdje geleden dat haar moeder de kinderen had gezien, ze zou in de wolken zijn als ze haar straks belde en vroeg of ze vanavond op de kinderen wilde passen.

'Wat dacht u van een etentje in de Hertog Jan?' stelde Verbiest voor. 'Zal ik om acht uur een tafeltje reserveren?'

Om acht uur, dacht ze wanhopig. De Hertog Jan was een sterrenrestaurant en dat betekende dat ze nooit voor elf uur de kinderen kon ophalen. Ze wist echter ook dat haar moeder er geen probleem van zou maken dat de kinderen bij haar bleven logeren.

'Mag ik daar ook nog even over nadenken?'

'Natuurlijk. Ik geef je tot vanmiddag twee uur om een beslissing te nemen.'

Hij tutoyeerde haar nu ook bewust. De glimlach die hij ervoor terugkreeg, bewees dat ze het hem niet kwalijk nam.

Het was ongeveer een halfuur lopen van het hotel naar de aanlegsteigers van de Compagnie du Golfe waar de diverse veerboten op hen lagen te wachten. Versavel kocht twee tickets terwijl Van In een eindje verderop een sigaret stond te roken. De Golf van Morbihan, Bretons voor binnenzee, was vijftien kilometer breed en twintig kilometer lang, bestreek een oppervlakte van 35.000 hectare en telde tussen de veertig en de driehonderdvijfenzestig eilanden, afhankelijk van hoe je eiland definieerde. De vraag was of een eiland dat bij hoogwater onderliep, ook een eiland was. Van In had die informatie in een toeristische folder gelezen, het interesseerde hem echter geen moer hoeveel eilanden er in de golf lagen. Hij hoopte dat er nog zitplaatsen beschikbaar waren als ze straks aan boord gingen. Aan de instapplaats stond een lange rij mensen aan te schuiven en er kwamen er steeds bij.

'Eindelijk', zei hij toen Versavel terug was met de tickets. 'Straks kunnen we niet meer mee.'

'Maak je geen zorgen, Pieter. Er is om het uur een boot.'

De veerboot vertrok op tijd en ze vonden nog twee zitplaatsen op het bovendek. De overvaart naar Île d'Arz duurde twintig minuten.

'In de folder staat dat het eiland amper driehonderd inwoners telt.'

Van In stak een sigaret op nog voor ze aan land waren, tot ongenoegen van een oudere dame die achter hem liep.

'Dat heb ik ook gelezen', knikte Versavel.

Ze liepen voorbij een loods waar fietsen werden verhuurd. Versavel bleef staan. Hij had in de folder gelezen dat de meeste mensen zich op het eiland met de fiets verplaatsten, wat uiteraard voor de hand lag. Maar er stond ook dat je een taxi kon bellen en met Van In wist je nooit. Zijn voorstel om een fiets te huren werd zoals te verwachten was afgewezen.

'Ben je gek, Guido. Je denkt toch niet dat ik me ga uitsloven?'

'Je gaat toch geen taxi bellen?'

'Wat dacht je van een huifkar?'

Van In wees naar de houten huifkar met twee paarden die onder de bomen op klanten stond te wachten. Een atletisch gebouwde man van een jaar of vijftig stond ernaast een sigaret te roken. Versavel haalde zijn schouders op. Hij had geen zin om zich druk te maken. Als Van In met een huifkar wilde rondtoeren, dan deed hij dat.

'Wil jij vragen hoeveel zoiets kost en wanneer hij vertrekt. Ik ga ondertussen iets drinken.'

Op minder dan honderd meter van de aanlegsteiger lonkte een terras. Van In installeerde zich onder een parasol en keek naar de tientallen mensen die op het rotsachtige strand dat alleen bij laag tij droog kwam te liggen, op zoek waren naar schelpdieren. Toen een kelner de bestelling kwam opnemen, bestelde Van In 'une pression' en een perrier.

'Je hebt geluk', zei Versavel. 'Hij vertrekt pas over een kwartier.'

Hannelore zette het raam open en haalde diep adem. Een koude douche had haar meer deugd gedaan, maar het was beter dan niets. De buitenlucht verfriste haar verhitte hoofd.

Na het vertrek van Nico Verbiest had ze geen klap meer uitgevoerd. Ze had vier of vijf koppen koffie gedronken en stiekem een sigaret gerookt. Waar was ze in godsnaam aan begonnen? Ze had haar moeder tien minuten geleden gebeld en die had enthousiast gereageerd. Natuurlijk wil ik op de kindjes passen, had ze gezegd. En nee, je hoeft je niet te haasten. Als het te laat wordt, blijven ze hier toch slapen. Ze had de eerste stap gezet. Wat zou Van In aan het uitspoken zijn? Wat zou hij doen als hij in haar situatie verzeild was geraakt? Ze had vroeger een paar keer aan hem getwijfeld, maar ze had nooit kunnen bewijzen dat hij haar bedrogen had of hoe ver hij was gegaan. Mannen namen zoiets lichter op dan vrouwen. Dat werd gezegd, maar was het ook waar? Ze pakte de telefoon en belde een vriendin.

'Heb je even tijd voor me, Mia?'

'Is het dringend?'

'Heel dringend.'

'Oké. Ik kom onmiddellijk. Waar spreken we af?'

'Op het terras van De Verloren Hoek', zei ze spontaan.

Café De Verloren Hoek was een volkscafé op de hoek van de Carmerstraat en de Kazernevest. Het was er rustig en de mensen die er zaten, kenden haar niet. Hannelore arriveerde als eerste, Mia kwam vijf minuten later. Ze begroetten elkaar met een zoen.

'Het is toch niet ernstig, hoop ik?'

Mia en Hannelore hadden samen rechten gestudeerd. Ze hadden elkaar na hun studie uit het oog verloren, tot ze elkaar een tijd geleden op een feestje toevallig weer tegen het lijf waren gelopen en bleek dat Mia sinds kort weer in Brugge woonde. Sindsdien zagen ze elkaar bijna iedere donderdag.

'Wat is ernstig?'

Hannelore stak zenuwachtig een sigaret op en inhaleerde de rook zo diep ze kon. Mia keek haar verbaasd aan.

'Ik wist niet dat je rookte', zei ze.

'Alleen in noodgevallen.'

'Het is dus toch ernstig.'

Hannelore vertelde wat haar overkomen was en hoe ze had gereageerd. De reactie van Mia was niet bepaald wat ze verwacht had. In plaats van haar tot voorzichtigheid te manen, zei ze gewoon: 'Waarom zou je het niet doen als je er echt zin in hebt. Of denk je dat mannen met dat soort gewetensproblemen worstelen als ze de kans krijgen om van een jong blaadje te proeven?'

'Ik ben geen jong blaadje, Mia.'

'Nee, maar je bent wel verdomd aantrekkelijk. Als ik een man was, zou ik geen ogenblik twijfelen. Weet je trouwens dat een slippertje een versleten huwelijk weer nieuw leven kan inblazen? En ik kan het weten', voegde ze er op fluistertoon aan toe.

'Dat meen je niet, Mia.'

Mia was geen mannenverslindster. Ze stond bekend als een toegewijde echtgenote en een zorgzame moeder, maar schijn bedriegt blijkbaar. Zelfs Hannelore had nooit kunnen vermoeden dat haar vriendin af en toe een scheve schaats reed.

'Je denkt toch niet dat jij de enige bent die zoiets overkomt', lachte ze. 'Het is gewoon seks en het is verdomme prettig. Je moet alleen opletten dat je niet verliefd wordt op hem of hij op jou. Als ik jou was, zou ik daarover concrete afspraken maken. Twee of drie keer wippen en dan gedaan.'

'Mia toch. Meen je nu echt wat je zegt?'

Hannelore stak haar hand op, wenkte de kelner en bestelde een fles witte wijn. Ze had geen zin nog langer nuchter te blijven. Ze wierp een blik op haar horloge. Het was twintig voor twaalf.

'Ik wil dat je me eerst alles vertelt. En met alles bedoel ik alles. Ook de details.'

'Mag ik dan ook een sigaret?'

'Jij rookt toch ook niet?'

'Nooit in aanwezigheid van mijn teergeliefde man', lachte ze. 'Maar wat wil je? Er zijn een boel dingen die hij niet weet.'

Mia grijnsde als een duiveltje. Zo kwam het over. Hannelore had immers verwacht dat haar vriendin haar op andere gedachten zou brengen, ze had het tegenovergestelde bereikt.

'Est-ce que vous connaissez monsieur Pieters?'

De voerman knikte, maar hij zei verder niets. Van In ging naast hem op de bok zitten. Versavel nam plaats op de achterbank naast twee mollige oudere dames. De echtgenoten van de dames zaten voor hem. Ze keken allebei sip.

'Weet u ook dat hij dood is?' vervolgde Van In in het Frans.

De man schrok zichtbaar. Hij draaide zich met een ruk om. De buurvrouw van Pierre had hem als vermist opgegeven, de politie had een aantal mensen verhoord en een proces-verbaal opgesteld, maar ze hadden er verder niets meer over vernomen. Het nieuws dat Pierre dood was, kwam bijgevolg hard aan.

'Ik werkte soms voor Pierre', zei hij. 'Hij was een fijne man. Iedereen hield van hem.'

Hij kreeg het moeilijk. Hij klemde zijn kaken op elkaar en keek star voor zich uit. Van In liet hem even met rust voor hij de volgende vraag stelde.

'U weet dus waar hij woonde?'

'Natuurlijk.'

De voerman mende de paarden over de smalle kustweg. De paarden kenden de weg. Hij hoefde ze eigenlijk niet te leiden. Ze gingen zelfs spontaan aan de kant staan als er een auto uit de tegenovergestelde richting opdook.

'Kunt u ons ernaartoe brengen?'

'Dat hoeft niet, we rijden er straks langs.'

Van In had zich nog niet voorgesteld en hij was voorlopig niet van plan om zich bekend te maken. Hij wilde eerst het huis doorzoeken en afwachten wat dat opleverde. De man had hun ook niet gevraagd wie ze waren en wat ze op het eiland kwamen doen. Zo waren eilandbewoners nu eenmaal, ze bemoeiden zich niet met andermans zaken. Tijdens de korte rit van de aanlegsteiger naar *Maison des Capitaines*, zo heette de chambre d'hôtes, kwam Van In nog te weten dat Pieters een motorboot had waarmee hij geregeld tochtjes op zee maakte met zijn gasten.

'Pierre was een echte natuurmens', zei de voerman. 'Hij kende de fauna en de flora van de eilanden op zijn duim. Ik kan nog altijd niet geloven dat hij dood is.'

Hij boog het hoofd. De paarden vervolgden hun weg. Versavel zat geklemd tussen de zijkant van de huifkar en het warme vlees van zijn buurvrouw. Hij verlangde naar het moment dat ze hun bestemming bereikten. Hij had geluk. De wagen hield vijf minuten later halt voor een vervallen landhuis. Er hing een bordje aan het hek: *Maison des Capitaines*. Hij haalde opgelucht adem, zei 'Excusez-moi' en wurmde zich tussen de dames en hun echtgenoten naar het deurtje van de kar. Van In stak een sigaret op en wachtte tot ze uit het zicht waren verdwenen. Het hek was niet afgesloten. Een met natuurstenen geplaveid pad leidde naar het landhuis. De tuin gaf een verwilderde indruk. Het schaarse gras was al een tijdje niet gemaaid, de struiken en coniferen tierden welig en op diverse plaatsen groeiden willekeurig tomaten en courgettes. Er was ook een ruim terras met houten meubelen, een gemetselde barbecue en een hangmat.

Versavel had er met genoegen zijn vakantie doorgebracht. Van In vond de hele entourage maar niets.

'Ik ben benieuwd of de sleutel past', zei hij.

'Ik denk het niet.'

'Waarom niet?'

'Omdat de sleutel niet bij de voordeur past', zei Versavel.

De gammele voordeur dateerde uit het begin van de vorige eeuw, net als het slot. De sleutel die ze in de auto van Pieters hadden gevonden was modern.

'Hij heeft in ieder geval de luiken dichtgedaan voor hij vertrok.'

In de voorgevel zaten acht ramen. Vier beneden en vier op de eerste verdieping. De voordeur bevond zich in het midden. Van In deed de moeite niet om de sleutel in het slot te steken, zelfs een klein kind kon zien dat het geen zin had. Het sleutelgat liet alleen een sleutel met een baard toe.

'Wat doen we nu?' vroeg Versavel.

Hij was bang dat Van In een deur of een raam zou forceren. 'Wie zal ons tegenhouden?' Hij hoorde het hem al zeggen. Van In reageerde voor één keer verstandig.

'Ik neem aan dat de Franse politie het huis heeft doorzocht', zei hij. 'En zo te zien hebben zij de voordeur niet opengebroken.'

Hij gooide zijn sigaret in een half met aarde gevulde bloempot en liep achterom het huis. Zijn vermoeden bleek juist. De achterdeur was niet afgesloten, wat gebruikelijk was in Frankrijk. Dat had de politie geweten. Het waren tenslotte ook Fransen.

'Je moet er maar aan denken', zei Versavel met enige bewondering.

De achterdeur gaf toegang tot een rustieke keuken, compleet met een indrukwekkend fornuis, een open haard, antieke voorraadkasten en een langwerpige eiken tafel met acht stoelen met rieten zitting. Overal stonden weckpotten met ingemaakte groenten en naast de open haard stond een metalen rek met flessen wijn. Aan de houten balken hingen trossen uien en knoflook. Authentieker Frans kon bijna niet. Het kostte Van In en Versavel tien minuten om de inhoud van de kasten te controleren, maar ze vonden niets verdachts. Daarna doorzochten ze de woonkamer, die in dezelfde stijl als de keuken was gemeubileerd, met uitzondering van het televisietoestel, een led-scherm van de laatste generatie. Niets wees erop dat de woonkamer eerder was doorzocht. De Franse politie had niet veel moeite gedaan of ze waren zeer zorgvuldig te werk gegaan. De chaos die ze in de werkkamer van Pieters aantroffen bewees het laatste. Alle laden van de antieke schrijftafel en de archiefkasten stonden open. De inhoud was verdwenen.

'Dat hadden we eigenlijk moeten weten', zei Van In teleurgesteld.

Ze liepen de trap op. Op de verdieping bevonden zich vier kamers. Drie ervan fungeerden duidelijk als gastenkamers. Ze waren netjes en ordentelijk. De vierde was slordig en stoffig en de laden van de nachtkastjes stonden open.

'Er zal niets anders op zitten dan contact op te nemen met de Franse politie', opperde Versavel.

Zijn voorstel kon op geen bijval rekenen. Van In stak nijdig een sigaret op en zette het raam open. Een lauwe bries blies verse zuurstof binnen.

'Waar zijn je gedachten, Guido? Je weet evengoed als ik dat de Franse politie geen poot uitsteekt als ze daartoe geen bevel van hogerhand krijgen en voor het zover is, zijn we allebei met pensioen.'

'Wat stel je dan voor?'

'We gaan eerst iets eten. Daarna gaan we een praatje maken met de buren.'

Het eten in de Hertog Jan was inderdaad voortreffelijk. Het was alleen jammer dat Hannelore zich niet goed meer kon herinneren wat ze gegeten had. Iets met tomaten en iets met krab. De rest was ze vergeten. Dat lag aan het aperitief en aan de wijn bij het eten. Haar hoofd tolde een beetje en ze had gewaggeld toen ze na de hoofdschotel naar het toilet ging. In normale omstandigheden had ze zich gegeneerd gevoeld, met Nico kon het haar allemaal niet schelen. Hij was een aangename causeur en hij had een geraffineerd gevoel voor humor. Het was ook een mooie man. Ze betrapte zich erop dat het al een aantal keren bij haar was opgekomen, bijna even vaak als de gedachte dat ze met vuur aan het spelen was. Het gesprek met Mia bleef door haar hoofd spoken. Ze probeerde zichzelf te overtuigen dat ze beter niet kon toegeven aan een avontuur dat haar lokte als de stem van de sirenen. Wat zou er gebeuren als ze toegaf? Nico was geen vreemde man die ze toevallig tegen het lijf was gelopen. Hij was een collega die ze onmogelijk kon ontlopen. Een collega? Nee. Ze was verdomme zijn rechtstreekse chef. Zou hij aan de verleiding kunnen weerstaan om tegen zijn vrienden en collega's op te scheppen dat hij de baas had versierd? En dan was er nog Van In. Als Nico het geheim met zijn vrienden deelde, was het een kwestie van tijd voor hij het van iemand hoorde.

'Scheelt er iets? Je kijkt zo bezorgd?'

Hij schoof zijn hand over de tafel naar die van haar. Ze schrok toen hij haar vingers aanraakte, maar ze liet hem even begaan voor ze haar hand terugtrok.

'Ik dacht aan de kinderen', zei ze plompverloren.

Alsof hij zich zou laten afschrikken omdat ze kinderen had. Kinderen konden een man alleen afschrikken als je een relatie wilde beginnen. Hij pareerde haar antwoord met een dubbelzinnige opmerking.

'Nu al', zei hij met een begerige glimlach.

Ze sloeg haar ogen neer. Hij wenkte de kelner en bestelde koffie en whisky.

'Liefst Oban', zei hij toen de kelner vroeg welke whisky hij wenste.

Het werden uiteindelijk drie whisky's. Hannelore zweefde en ze lachte steeds luider als hij iets vertelde. Sommige gasten draaiden zich om en keken haar berispend aan. Een van hen, de man had haar bij het binnenkomen herkend, gebruikte een woord dat beschaafde mensen niet in de mond nemen. Zijn vrouw, die recht tegenover hem zat, knikte bevestigend. Zelfs Nico voelde zich een beetje opgelaten.

'We kunnen misschien beter naar huis gaan', stelde hij bezorgd voor.

Vrouwen die een beetje gedronken hebben, zijn supergaaf in bed, met zatlappen kun je niet veel aanvangen. Ze laten zich willoos bespringen en vallen daarna in slaap. En dat wilde hij koste wat het kost vermijden.

'Naar huis?'

Hannelore klonk teleurgesteld omdat ze helemaal geen zin had om naar huis te gaan. Ze keek op haar horloge. Het was vijf voor elf.

'Zo vroeg al?'

Ze sprak nog niet met een dubbele tong en haar blik was nog redelijk helder. Het was nu of nooit. Nico boog zich naar voren en fluisterde: 'We kunnen evengoed bij mij thuis nog een slaapmutsje drinken. Met een zacht muziekje erbij en wie weet wat we dan nog doen.'

Hij had het niet duidelijker kunnen formuleren. Als ze nu ja zei, was er geen ontkomen meer aan. De gedachte alleen haar naakt te zien bezorgde hem een erectie. Hij liet zijn fantasie de vrije loop omdat vrouwen van veertig doorgaans hitsiger zijn dan meisjes van twintig en hij nog nooit met een vrouw van veertig naar bed was geweest.

'Wat denk je? Zal ik de rekening vragen en een taxi bellen?'

Hannelore antwoordde niet onmiddellijk. Ze staarde wezenloos voor zich uit als iemand die op het schavot wacht tot de beul de strop om zijn hals legt. Ze wist wat haar te wachten stond als ze ja zei.

7

De kamer baadde in een schemerlicht dat ze niet gewoon was. Het bed paste niet en er hing een schilderij aan de muur dat ze niet herkende. Waar ben ik? Hannelore ging op haar zij liggen. De andere kant van het bed leek onbeslapen. Het duurde eindeloze seconden voor ze zich herinnerde wat er gisteren gebeurd was. Het etentje met Nico, de royale hoeveelheid wijn en de taxirit naar zijn huis in de buurt van het Stil Ende aan de Ezelpoort. Ze kon maar niet geloven dat ze erin was getrapt. Waar was hij? Ze keek om zich heen. Haar kleren lagen op een hoopje naast het bed. Niet al haar kleren. Ze had haar ondergoed nog aan, maar dat bewees niet dat ze zich gedragen had. Ze ging op de rand van het bed zitten, ondersteunde haar hoofd met haar handen. Stomme trut, dacht ze. Een krakend geluid deed haar opschrikken. Er werd geklopt.

'Mag ik binnenkomen?'

'Momentje.'

Hannelore sprong op van het bed en kleedde zich razendsnel aan. Ze schaamde zich, maar er was geen ontkomen aan. Ze liep blootsvoets naar de deur en liet hem binnen. Hij glimlachte.

'Ik moet er straks vandoor', zei hij. 'Als je wilt, kun je beneden ontbijten. Ik heb alles laten staan. En de koffie is nog warm.'

'Wat is er gisteren in godsnaam gebeurd, Nico?'

Het kostte haar ongelooflijk veel moeite hem die vraag te stellen omdat ze op die manier toegaf dat ze het zelf niet meer wist. Mannen profiteerden daar meestal van om de waarheid nog een beetje aan te dikken.

'Weet je dat dan niet meer?'

Zijn glimlach werd breder en er dansten pretlichtjes in zijn ogen. Nee, dacht ze wanhopig. Laat deze beker alsjeblieft aan mij voorbijgaan. Ze probeerde hem recht in de ogen te kijken.

'Ik wil het weten, Nico.'

Haar stem klonk schor en trilde. Een koude rilling trok een elektrisch spoor langs haar ruggengraat. Hij bleef haar glimlachend aankijken.

'Wat bedoel je met "wat is er gebeurd"?' reageerde hij plagerig.

Oké, ze had zich als een puber gedragen, maar dat gaf hem het recht niet om haar uit te lachen. Ze haalde diep adem en ging op de toppen van haar tenen staan.

'Hebben we seks met elkaar gehad?'

Nico wreef over zijn stoppelbaard. Ze wist het dus echt niet meer. Hij kon dus kiezen: de waarheid vertellen of...

'Het hangt ervan af hoe jij seks definieert, Hanne.'

Dat ze wakker was geworden met haar ondergoed nog aan was een aanwijzing dat het allemaal niet zo erg geweest kon zijn. Niet zo erg. Ze had verdomme haar kleren uitgetrokken in het gezelschap van een vreemde man. Het zou naïef zijn te geloven dat hij haar daarna niet had zitten bepotelen. En dat was net hetzelfde als seks met iemand hebben. Ze klemde haar kaken op elkaar.

'Hoe lossen we dit op?' vroeg ze vastberaden.

'Valt er iets op te lossen?'

Hij kon zich voorstellen hoe ze zich voelde. Een baas die

het met zijn secretaresse deed, hoefde zich geen zorgen te maken over de gevolgen – zij was behalve haar goede naam ook haar autoriteit kwijtgeraakt. Ze zou hem nooit nog een strobreed in de weg leggen.

'Je weet verdomd goed wat ik bedoel.'

Hannelore zuchtte diep. Ze vond het vreselijk onderdanig te moeten zijn, maar wat moest ze anders doen? Alles opbiechten. Van In zou het haar nooit vergeven en zelfs als hij haar een tweede kans gaf, zou de misstap haar als een zwaard van Damocles boven het hoofd blijven hangen. Scheiden was in ieder geval geen optie, al was het maar voor de kinderen.

'Je wilt dat dit tussen ons blijft?' Nico rook zijn kans. Hij was benieuwd welke prijs ze wilde betalen voor zijn stilzwijgen. 'Quid pro quo, mevrouw de procureur. Ik hoef jou niet te zeggen dat niets tegenwoordig nog gratis is.'

'Wil je geld?'

Ze klonk ontzet. Hadden die jonge kerels dan geen fatsoen meer? Straks zei hij nog dat hij het alleen om het geld had gedaan.

Hij keek haar ongelovig aan. 'Geld', herhaalde hij hoofdschuddend. 'Wie maalt er om geld als hij een vrouw zoals jij kan krijgen?'

Het drong eerst niet helemaal tot haar door wat hij daarmee bedoelde. Een vrouw krijgen. Hij dacht toch niet dat zij hem op zijn wenken zou bedienen.

'Als ik het goed begrijp, wil je dat ik in ruil voor je discretie af en toe eens langskom.'

'Dat heb je goed begrepen, Hanne.'

Hannelore kon zich niet meer herinneren wanneer ze zich nog kwaad had gemaakt, omdat zoiets haar zelden overkwam. Sterker, ze ergerde zich aan mensen die voor het minste in hun wiek schoten, maar dit had ze nog nooit meegemaakt. Ze was niet kwaad, ze kookte.

'Moet je eens goed naar me luisteren, Nico Verbiest. Ik ben verantwoordelijk voor mijn eigen stommiteiten, maar ik laat me door niemand als een marionet behandelen. Wat denk jij eigenlijk? Dat alle vrouwen hoeren zijn?'

'Rustig, rustig, Hanne. Zo heb ik het nu ook weer niet bedoeld. Ik dacht gewoon dat je er zin in had om af en toe eens langs te komen. Het was een grapje. Natuurlijk kun je op mijn discretie rekenen.'

Hannelore wist niet meer hoe te reageren. Was hij nu eerlijk of speelde hij met haar als een verwend jongetje met een duur stuk speelgoed? Ze was zich slechts van één ding bewust: ze had de stommiteit van haar leven begaan.

'Dan kunnen we beter afscheid nemen', zei ze. 'En vergeten wat er gebeurd is.'

Ze wilde de kamer uitlopen, maar hij hield haar tegen.

'Vergeet je schoenen niet', zei hij.

De manier waarop hij het zei, beviel haar niet. Ze voelde zich echter te leeg om te repliceren. Het was tenslotte allemaal haar schuld. De meeste mannen zouden gedaan hebben wat hij had gedaan. Ze vroeg zich alleen af of zij ermee zou kunnen leven.

'Het is beter dat we elkaar op het werk een tijdje niet meer zien', zei ze terwijl ze in haar schoenen stapte. 'Ik bel je wel als ik behoefte heb om te praten.'

'Dat spreekt voor zich, Hanne. Jij bent de baas.'

De zilte zeelucht en de weldoende warmte van de rijzende zon deden Van In goed. Hij installeerde zich in een van de tuinstoelen en stak een sigaret op. Versavel kwam een paar minuten later ook naar buiten in zijn pyjama. Hij droeg een serveerblad met twee koppen koffie. Ze hadden de dag voordien een bezoek gebracht aan de buren van Pierre Pieters, de gesprekken hadden helaas niet veel opgeleverd, maar iedereen was eensluidend. Le Belge, zoals de meesten hem noemden, was een vriendelijke man die een groot deel van zijn tijd op het strand doorbracht waar hij schelpdieren oogstte, of hij doorkruiste het eiland met zijn camera op zoek naar een mooi beeld. Als het weer dat niet toeliet, trof je hem in de kroeg in het gezelschap van Le Tzigane, zijn enige vriend en tevens de eigenaar van de huifkar, met wie hij regelmatig in de baai ging varen. Hij bracht af en toe een paar dagen op het vasteland door. Voor de rest leidde hij een onopvallend leven.

'Zo zie je maar dat een mens nooit te oud is iets bij te leren', zei Van In.

Hij maakte een weids gebaar met zijn arm in een poging om het panorama te vatten. Een eiland had op zich een speciale aantrekkingskracht, het gaf de bewoners een zeker gevoel van ongenaakbaarheid en geborgenheid omdat het duidelijk begrensd was. Île d'Arz voegde daar nog een dimensie aan toe. Het was lieflijk.

'Je hebt gelijk', knikte Versavel. 'Waarom zou een mens de aardbol afreizen als het paradijs binnen handbereik ligt.'

Een eekhoorntje dat sierlijk tussen de takken zweefde, illustreerde perfect wat ze allebei ervoeren. Ze waren bijna vergeten waarom ze naar hier gekomen waren.

'Heb je Hanne al gebeld?'

Van In had beloofd dat hij haar iedere ochtend zou bellen. Gelukkig kon hij op Versavel rekenen om hem daaraan te herinneren. Hij viste zijn mobieltje op uit zijn broekzak en tikte haar nummer aan op het display.

'Tiens', zei hij.

'Neemt ze niet op?'

'Nee.'

Van In trok een bedenkelijk gezicht. Hannelore was, anders dan hij, bijzonder stipt wat haar mobieltje betrof. Ze nam altijd op.

'Ze staat misschien onder de douche.'
'Om tien voor negen?'
Van In verbrak de verbinding toen hij op haar voicemail te horen kreeg dat ze niet bereikbaar was en zo spoedig mogelijk zou terugbellen. Thuis zou hij zich daarover geen zorgen gemaakt hebben, in het buitenland lag dat anders. Het gaf hem een gevoel van machteloosheid.

Hannelore liep in de Ezelstraat toen haar mobieltje overging. Een blik op het display maakte haar overstuur. Ze vloekte binnensmonds. Hij zou zich natuurlijk afvragen waarom ze niet opnam en zou niet ophouden met bellen voor ze zijn oproep beantwoordde, maar daar was ze nu nog niet klaar voor. Hij zou aan haar stem merken dat er iets mis was en dat wilde ze koste wat het kost vermijden. Hij geeft tenminste nog om mij, dacht ze bitter. Ze kreeg er een prop in de keel van. Het liefst had ze alles toegegeven. Nee. Je moet je vermannen, maakte ze zichzelf wijs. En rustig blijven. Vooral rustig blijven. Ze versnelde haar pas, maar in plaats van naar huis te gaan, liep ze naar de Markt, ging op het terras van café Craenenburg zitten en bestelde een kop koffie. Een paar tafels verderop zat een oudere man te roken. Ze ging naar hem toe en vroeg of hij een sigaret kon missen. De oude, gedistingeerde man glimlachte.
'Natuurlijk', zei hij. 'Welke man zou een vrouw als u iets kunnen weigeren?'
De man bedoelde het als een compliment, voor Hannelore was het als een dolksteek. Ze nam de sigaret aan, prevelde een dankwoord en liep met gebogen schouders terug naar haar tafel. Het leek wel of de hele wereld wist dat ze vreemd was gegaan. Zelfs de kelner die de koffie bracht, leek haar meewarig te bekijken. Ze betaalde met een briefje van vijf euro en gaf de man een teken dat hij de rest mocht houden.

Verdomme, daar is hij weer.

Het gerinkel van haar mobieltje deed de oudere man nieuwsgierig opkijken. Ze had geen andere keus dan op te nemen. Hij zou blijven bellen.

'Hallo. Gaat het een beetje zonder mij?'

Hij klonk vrolijk. Zij probeerde luchtig te doen.

'Ik ben gisteren een avondje gaan stappen met Mia', loog ze.

'Je mist me dus toch', klonk het plagerig.

Ze nam zenuwachtig een trek van haar sigaret en blies de rook voor zich uit. De korte pauze verontrustte hem.

'Scheelt er iets?'

'Nee', zei ze haastig. 'Ik heb gewoon slecht geslapen.'

Het antwoord leek hem te bevallen. Ze hoorde hem grinniken. Oef. De rest van het gesprek verliep vlot. Hij bracht in het kort verslag uit over de vorderingen die ze hadden gemaakt en hij besloot met: We moeten hier zeker ook eens op vakantie komen. Zij nam afscheid met een zoen op het mondstuk en hij zei: 'Ik hou van je, Hanne.' Zijn woorden sneden als een scheermes door haar ziel.

Le Tzigane woonde in een vervallen huis langs de kustweg. De paarden stonden te grazen in een weide met spichtig gras. Hij en zijn vrouw zaten op het terras koffie te drinken in de zon. Versavel kon de golven horen breken op de rotsen. Het tafereel maakte hem melancholisch. Hij dacht aan Luk die hem vorig jaar in de steek had gelaten en aan de plannen die ze samen hadden gekoesterd. Dit was hun droom geweest. Het huis stond in een verwilderde tuin die voor het grootste deel ommuurd was. Ze hielden halt bij een roestig hek. Van In stak zijn hand op.

'Est-ce qu'on peut entrer?'

Le Tzigane hees zich uit zijn stoel en kwam met zijn handen in zijn zakken naar hen toe gelopen.

'Ah, les Belges', glimlachte hij.

'U herkent ons nog.'

Le Tzigane haalde zijn schouders op. Hij had niet gestudeerd en je moest hem niet lastigvallen met vragen over politiek of hem naar zijn mening vragen over de economische toestand in Frankrijk, maar hij was niet dom. En hij beschikte over een bijna feilloos geheugen. Hij had verwacht dat ze zouden terugkomen.

'Mogen we u een paar vragen stellen?' vroeg Van In.

Le Tzigane nodigde hen met een handgebaar uit om mee te komen naar het terras. Zijn vrouw begroette hen met een hoofdknikje en verdween daarna discreet naar binnen.

'Hebben jullie al ontbeten?'

Er was brood en boter en uiteraard ook crêpes. En er stond een asbak op de vensterbank.

'Nee, dank u', zei Van In. 'We hebben net ontbeten.'

'Een kop koffie dan?'

Van In knikte terwijl hij een blik wierp op de asbak op de vensterbank. De blik was Le Tzigane niet ontgaan. Hij pakte de asbak en zette hem op tafel.

'Het gaat over Pierre, niet?' vroeg hij schijnbaar terloops.

Van In stak een sigaret op. De blauwe rook kronkelde speels omhoog. Scherpzinnige mensen letten niet alleen op details, ze trekken er ook conclusies uit. Le Tzigane had uit zijn blik kunnen opmaken dat hij zin had in een sigaret, hij kon beter eerlijk zijn.

'We denken dat hij vermoord werd.'

'En dat komen jullie onderzoeken.'

'Ja', zei Van In. 'Ik ben commissaris Van In en dit is mijn rechterhand, Guido Versavel.'

'Enchanté.'

Le Tzigane drukte hun de hand terwijl hij hen recht in de ogen keek.

'Ik hou van eerlijke mensen', zei hij.
'Wij ook.'

Van In nam een slokje koffie, terwijl hij zich afvroeg of hij de Breton kon vertrouwen. Eilandbewoners waren over het algemeen zwijgzame mensen met een gesloten karakter en volgens de buren was Pierre zijn beste vriend. Maar ze hadden geen andere keuze. Le Tzigane was waarschijnlijk de enige persoon die hen kon helpen. Hij kon beter voorzichtig zijn. De volgende vraag klonk dan ook heel onschuldig.

'Woont er een dokter op het eiland?'

'Nee. Wie een dokter nodig heeft, moet naar Vannes.'

'En wat doen jullie als het dringend is?'

'De brandweer beschikt over een helikopter. Waarom vraagt u dat?'

'Omdat ik het beangstigend vind dat er geen dokter op het eiland woont.'

Le Tzigane lachte. Mensen waren tegenwoordig zo afhankelijk van de welvaartsmaatschappij dat ze bang waren om nog zorgeloos te leven. Op zijn eiland trokken de mensen zich niets aan van het onheil dat hen zou kunnen treffen, met als gevolg dat de gemiddelde leeftijd er hoger was dan in de rest van Frankrijk.

'Een dokter zou hier failliet gaan, commissaris.'

'Dacht Pierre daar ook zo over?'

De vraag deed Le Tzigane de wenkbrauwen fronsen. Had hij de Belg onderschat? Hoe kon hij anders weten dat Pierre in tegenstelling tot de meeste eilandbewoners wel regelmatig een dokter raadpleegde?

'Nee', zei hij bedachtzaam. 'Pierre was een uitzondering. Hij liet zich om de zes maanden controleren, maar dat kon u natuurlijk niet weten.'

Van In stak een nieuwe sigaret op. Hij had natuurlijk kunnen zeggen dat de lijkschouwing had uitgewezen dat Pieters bètablokkkers nam en hij daarvoor een doktersvoorschrift nodig had. Het leek hem verstandiger te zwijgen.

'Kent u toevallig ook de naam van die dokter?'

'Hij heet Le Pen.'

Het duurde ruim twee uur voor ze dokter Le Pen eindelijk te spreken kregen. Van In schatte hem een jaar of veertig. Hij was bijna twee meter groot, graatmager en kalend. Zijn gigantische adamsappel en het metalen brilletje op zijn neus deden hem op een gier lijken. En hij was allesbehalve vriendelijk.

'Ik heb niet veel tijd', snauwde hij.

Ze volgden hem naar zijn spreekkamer, een spartaans ingerichte ruimte die meer op een folterkamer dan op een dokterskabinet leek. Aan de muur hingen een gekleurde plaat van het menselijke lichaam en twee ingelijste diploma's, alsof Le Pen moest bewijzen dat hij een echte dokter was. Van In en Versavel namen plaats op gammele stoelen voor een witgeverfd metalen bureau. Achter het bureau stonden drie archiefkasten, eveneens witgeverfd om de roestvlekken te camoufleren.

'Het gaat om een van uw patiënten', zei Van In in zijn beste Frans.

Hij had zich voorgesteld als commissaris Van In van de Belgische police judicière, maar dat had niet veel indruk gemaakt op de gier.

'Dan bent u aan het verkeerde adres, commissaire Van Ien. Het is niet mijn gewoonte om met andere mensen over mijn patiënten te praten.'

Van In had een hekel aan dokters die meer belang hechtten aan het beroepsgeheim dan aan de maagdelijkheid van hun dochter, maar hij had geen andere keus dan beleefd te blijven. Als de gier hen onverrichter zake naar huis stuurde, beschikte hij over geen enkel argument om hem dat te verhinderen.

'Kan ik dan een beroep doen op uw expertise, dokter?'

Het klonk onderdanig en Versavel moest moeite doen om een glimlach te onderdrukken omdat hij wist wat er zou komen. Als het op slijmen aankwam, had Van In zijns gelijke niet.

'Wat heeft dat met een van mijn patiënten te maken?' klonk het bits.

De gier schoof zijn brilletje naar boven en vouwde zijn handen onder zijn kin. Hij had destijds drie jaar langer over zijn studie gedaan dan normaal, en dat was waarschijnlijk ook de reden waarom hij in dit boerengat beland was. Het compliment liet hem bijgevolg niet onverschillig.

'Ik ben me ervan bewust dat het beroepsgeheim van een arts onaantastbaar is', ging Van In onverstoorbaar voort. 'Daarom zal ik er u ook niet meer over lastigvallen en me beperken tot een hypothetisch geval. Stel dat een van uw patiënten overlijdt na een overdosis bètablokkers en u pertinent weet dat hij dergelijke medicatie niet nodig had, wat zou u dan doen?'

De gier schraapte zijn keel. Hij begreep niet goed waarom twee Belgische politiemensen naar Vannes waren afgereisd om hem die vraag te stellen, tenzij het toch een van zijn patiënten betrof. En in dit geval was er maar een van zijn patiënten die daarvoor in aanmerking kwam.

'Zou u de politie daarvan op de hoogte brengen?'

Van In probeerde te glimlachen. De vraag had de gier duidelijk in verwarring gebracht.

'Het gaat inderdaad om monsieur Pieters', zei hij. 'Wij vermoeden dat hij geen natuurlijke dood gestorven is en u bent de enige die kan bevestigen of hij last had van een hoge bloeddruk.'

Van In kon Le Pen niet dwingen de vraag te beantwoorden en het was zeer onwaarschijnlijk dat de Franse justitie haar medewerking zou verlenen als ze daarom vroegen.

'U denkt toch niet dat ik zoiets schriftelijk zou bevestigen', reageerde de gier.

'Dat hoeft ook niet', haastte Van In zich. 'Uw woord is voor mij voldoende.'

De twijfel was gezaaid. De Franse dokter krabde zijn achterhoofd. Pierre Pieters was een van zijn trouwste patiënten, hij kwam al jaren bij hem en ze hadden soms aangename gesprekken met elkaar gevoerd.

'Monsieur Pieters was de gezondste patiënt die ik in mijn hele carrière heb gekend', zei hij. 'Zijn bloeddruk was perfect, een beetje aan de lage kant zelfs. Ik zou niet weten waarom hij bètablokkers slikte.'

Het gezicht van Van In klaarde op. De puzzelstukjes vielen langzaam op hun plaats. Pieters mocht dan kerngezond geweest zijn, de cocktail van drank, extreme hitte en een overdosis bètablokkers was hem fataal geworden. Het was nu zijn taak om te achterhalen wie hem de fatale hoeveelheid had toegediend en, misschien nog belangrijker, waarom iemand zoiets had gedaan.

'U hebt ons een grote dienst bewezen, dokter', zei hij.

De gier knikte. Hij ging staan en stak zijn hand uit.

'Als ik u was zou ik me ook eens grondig laten onderzoeken', zei hij. 'Volgens mij hebt u wel last van een te hoge bloeddruk. Zal ik het voor u doen?'

'Nee, laat maar, dokter. U hebt vandaag al genoeg voor mij gedaan.'

'Wat doen we nu?' vroeg Versavel toen ze buiten stonden.

Van In keek op zijn horloge. Het was vijf over drie. Nu het zo goed als vaststond dat Pierre Pieters vermoord was, konden ze beter teruggaan naar het eiland.

'Ik vind dat we nog eens met Le Tzigane moeten praten', zei hij.

'Denk je dat hij meer weet dan hij tot nu toe heeft verteld?'

'Geen idee, maar als iemand ons iets meer over Pieters kan vertellen, is hij het.'

Ze liepen door de smalle straatjes naar de haven, waar het nog aangenaam druk was. De terrasjes zaten zo goed als vol, tientallen mensen kuierden nog langs de kade. Ze volgden de stroom wandelaars in de richting van de aanlegplaats van de veerboten twee kilometer verderop.

Hannelore zat op een bank in het Astridpark. Ze had zich vanochtend ziek gemeld en vervolgens haar moeder gebeld met de vraag of de kinderen nog een nachtje konden blijven logeren. Daarna had ze doelloos in de winkelstraten rondgelopen, een koffie gedronken op het Zand en een bezoekje gebracht aan haar vriendin Mia. Ze had alles opgebiecht, maar het had haar niet opgelucht. Ze bleef zich schuldig voelen voor wat er was gebeurd, maar tegelijk kon ze Nico niet uit haar gedachten verdrijven. Zou ze er ooit achter komen wat er echt was gebeurd? Het bleef aan haar knagen. Er is maar één manier om je probleem op te lossen, had Mia gezegd. Bel hem en doe het, dan weet je het tenminste. Ze stak een sigaret op en volgde de rookslierten tot ze helemaal opgelost waren in de lucht. Haar mobieltje lag naast haar op de bank. Het ding leek haar aan te kijken. Ze wachtte. Minuten verstreken. De sigaret brandde op tussen haar vingers. Ze dacht aan Van In en aan de kinderen. Dat moet je vooral niet doen, had Mia gezegd. Ik heb hetzelfde meegemaakt als jij. Geloof me. Het zal je nooit loslaten als je het niet één keer probeert. Ik kan je bovendien verzekeren dat opnieuw begeerd worden een vrouw ongelooflijk oppept. Haar telefoon ging over toen ze op het punt stond een tweede sigaret op te steken. Een blik op het display deed haar verstijven. Wat moet ik doen, dacht ze wanhopig. Ze wachtte tot het ding ophield met bellen. Dertig seconden later meldde een biepje dat hij wat had ingesproken. Nu kon ze niet langer wachten. De boodschap was duidelijk. Hij wilde haar zo snel mogelijk terugzien. 'Ik mis je zo verschrikkelijk', waren zijn laatste woorden. Mia had gelijk: begeerd worden deed iets met een vrouw. Ze stak een tweede sigaret op en belde hem.

'Waar ben je?'

Hij klonk wanhopig. Zij voelde haar hart in haar keel kloppen. De drang om hem terug te zien verdrong haar andere gedachten.

'In het Astridpark. Op een bank bij de kiosk.'

'Geef me vijf minuten, Hanne.'

Nico Verbiest deed er zes minuten over om van zijn kantoor in het gerechtsgebouw naar het Astridpark te rennen. Hij was compleet buiten adem toen hij bij de bank arriveerde. Hannelore kon niet anders dan glimlachen. Ze kon zich niet herinneren hoe lang het geleden was dat Van In voor haar de longen uit zijn lijf had gelopen. Ze verkrampte echter toen hij haar op de mond zoende.

'Je kunt niet geloven hoe gelukkig je mij maakt', zei hij nog nahijgend.

'We kunnen hier niet blijven zitten, Nico.'

Ze keek wanhopig om zich heen. Stel dat iemand haar herkende.

'Laten we naar de kust rijden.'

Het was weer zover. Als ze ja zei, zou hij ervan uitgaan dat ze meer wilde. Als ze weigerde, maakte ze zich hopeloos belachelijk.

'Ben je met de auto?'

Nico kwam alleen met de auto naar het werk als het regende. Als ze die gingen ophalen, moest ze met hem mee naar huis lopen en dat durfde ze niet. Ze hoefde het echter niet uit te leggen, hij las haar gedachten.

'We kunnen ook een taxi nemen.'

Nu kon ze nog moeilijk nee zeggen. Hij belde een taxi met een brede glimlach op zijn gezicht. De taxi was er binnen vijf minuten.

'Ken je café Het Werfje in Zeebrugge?'

De chauffeur knikte. Het was niet de eerste keer dat hij een overspelig stel vervoerde en het was waarschijnlijk ook niet de laatste keer. Hij kon ze er zo uitpikken. Ze lieten zich eerst naar een onschuldige bestemming brengen en boekten daarna een hotelkamer in de buurt. Die kerel had in ieder geval geluk. De griet leek ouder dan hij, maar ze was verdomd knap, het type waar iedere getrouwde man een doodzonde voor zou begaan. Ze zaten netjes naast elkaar op de achterbank. Dat deden ze ook bijna allemaal, netjes naast elkaar zitten en zo weinig mogelijk met elkaar praten. Om geen argwaan te wekken, waardoor het nog meer opviel dat ze iets te verbergen hadden.

Le Tzigane zag Van In en Versavel van boord stappen en naar hem toelopen. Hij stapte van de bok en stak een sigaret op. Het was kwart voor vijf. De kans was klein dat hij zijn huifkar nog vol kreeg. Er waren amper toeristen bij, de meeste mensen die van boord kwamen waren eilandbewoners.

'Bonsoir messieurs', zei hij. 'Zal ik jullie naar het dorp brengen?'

'Heb je daarna even tijd voor ons?' vroeg Van In met een briefje van vijftig euro in zijn hand. 'Ik trakteer.'

Le Tzigane nam het bankbiljet aan, vouwde het in vieren en schoof het in het borstzakje van zijn hemd. Vijftig euro was beter dan niets. Bovendien was hij nieuwsgierig naar wat ze van docteur Le Pen te weten waren gekomen. Hij hoefde niet lang te wachten. Van In stak onmiddellijk van wal.

'Volgens de dokter verkeerde Pierre in een blakende gezondheid. Het lijkt hem en ons zo goed als onmogelijk dat Pierre bewust of onbewust de medicatie heeft genomen.'

Van In had tijdens de overtocht beslist om al zijn kaarten op tafel te leggen.

'U gaat er dus van uit dat iemand hem die medicatie stiekem heeft laten slikken?'

Le Tzigane nam met gefronste wenkbrauwen een trek van zijn sigaret, maar hij hield zich op de vlakte tot Van In hem ook vertelde wie de verdachten waren. Hij zei echter niet wat hun motief was.

'We hebben een sleutel aangetroffen in de wagen van Pierre. Weet u soms of hij nog een ander huis had?'

Van In liet Le Tzigane de sleutel zien. De voerman bekeek hem aandachtig. De deuren van de oudere huizen op het eiland, dat van Pierre incluis, waren voorzien van ouderwetse sloten en dit was onmiskenbaar een moderne sleutel.

'Pierre heeft inderdaad nog een tweede huis', zei hij. 'Op een van de kleinere eilandjes. Als ik me niet vergis, vertelde hij dat hij daar onlangs moderne sloten had laten installeren.'

Het gebeurde zelden dat ze twee keer na elkaar geluk hadden. Van In kon Le Tzigane wel omhelzen. De kans was immers reëel dat de sleutel ook daadwerkelijk de sleutel van het mysterie was.

'Kunt u ons naar het eilandje brengen?' vroeg hij hoopvol.

'Ja, dat kan', knikte Le Tzigane. 'Maar niet meer vandaag, vanwege het tij.'

Hij wierp een blik op zijn horloge en maakte snel een berekening.

'U kunt kiezen tussen morgen om vijf uur 's ochtends of om zeventien uur.'

Van In keek naar Versavel. Vijf uur was verdomd vroeg en zeventien uur was rijkelijk laat. Zijn vriend hakte de knoop door.

'Voor mij is vijf uur oké.'

'Dat is dan afgesproken.'

'Kan ik u iets aanbieden?' vroeg Van In.

De zon scheen nog volop op het terras aan de overkant en er was voldoende plaats. Als ze morgen vroeg uit de veren wilden, zouden ze ook vroeg onder de wol moeten kruipen. Van In wist dat hij niet meteen de slaap zou kunnen vatten. Hij had een slaapmutsje nodig.

Hannelore nam een blinkende garnaal van het schaaltje. Het was lang geleden dat ze nog garnalen had gepeld en ze was er eerlijk gezegd niet erg bedreven in. Toen Nico haar zag prutsen, schoof hij het schaaltje naar zich toe.

'Laat me je bedienen, Hanne.'

Ze sloeg haar ogen neer. Niet omdat ze zich schaamde dat ze geen garnalen kon pellen, ze vond het gewoon heerlijk om door een man verwend te worden. Ze nam een slokje witte wijn en wachtte als een klein kind tot hij een hoopje gepelde garnalen aanreikte in de palm van zijn hand. Ze smaakten heerlijk.

'Ik vind dat we eens ernstig met elkaar moeten praten', zei ze. 'Vooral na wat er gisteren gebeurd is. Het klinkt misschien vreemd, maar ik vind het wel leuk om je terug te zien. Maar je moet begrijpen dat ik onmogelijk een relatie met je kan beginnen.'

'Ook niet als het vrijblijvend is?'

Hij keek haar aan met die jongensachtige blik waarvoor ze gevallen was en haar huid begon te tintelen. De verleiding was sterk, maar ze durfde er niet aan toe te geven. Een stemmetje in haar binnenste zei: Wat ben jij verdorie aan het doen. Het stemmetje had gelijk. Ze had hem nooit mogen terugbellen.

'Vertel me dan alsjeblieft wat er gebeurd is.'

'En dan?' vroeg hij met vragende ogen. 'Wil je dan overwegen om een relatie met me te beginnen?'

Ze kreeg het beurtelings koud en warm. Haar lichaam snakte naar bevrediging, haar fantasie dreigde op hol te slaan. Ze stelde zich dingen voor waarvoor ze zichzelf schaamde.

'Overwegen ja, maar dan alleen als je de waarheid vertelt.'

Hij gaf haar nog een handvol gepelde garnalen. Het kostte hem ontzettend veel moeite om niet van de daken te schreeuwen dat hij met haar naar bed wilde, maar hij was verstandig genoeg om te beseffen dat hij haar nooit zou kunnen dwingen. Ze moest het zelf willen en hij moest haar zover zien te krijgen.

'Oké. Ik zal je vertellen wat er gebeurd is. Ik heb nog een fles wijn opengemaakt en toen ben je zo dronken geworden dat je nog amper op je benen kon staan. Ik heb je naar boven gesleurd, je kleren uitgetrokken en je op het bed gelegd.'

'Waarom heb je me niet op de bank laten slapen?'

'Een bed is veel comfortabeler dan een bank.'

'Maar er is niets gebeurd?'

'Nee, Hanne. Er is niets gebeurd en ik heb me het ondertussen al duizend keer beklaagd, maar zo werkt het nu eenmaal niet. Ik weet zeker dat je het me nooit had vergeven als ik van de gelegenheid gebruik had gemaakt om...'

Hij sprak het woord niet uit dat hij in gedachten had. Hannelore legde haar hand op die van hem. Het was de eerste keer dat zij hem spontaan aanraakte.

'En daar ben ik je heel dankbaar voor, Nico.'

8

Ze lag naakt op het strand. Van In wilde haar aanraken, maar hij kon zich niet bewegen omdat hij vastgeketend was aan een rots. Een jonge man grijnsde hem aan terwijl hij zich uitkleedde. Hij ging naast haar liggen, streelde haar tot ze begon te kreunen. Niet doen, Hanne, schreeuwde Van In. De boeien sneden diep in zijn vlees, maar hij voelde geen pijn. Ze richtte zich op en keek hem meewarig aan terwijl de jonge man tussen haar dijen graaide. Een strijkje zette een vrolijk deuntje in toen de twee naakte lichamen zich met elkaar verenigden. De muziek gaf het ritme aan waarop ze bewogen. Het ging steeds sneller tot...

Iemand maakte zijn boeien los. Van In sprong op van het bed. Hij baadde in het zweet.

'Sorry', zei Versavel. 'Er was geen andere manier om je wakker te krijgen.'

Hij zette het lege glas op het nachtkastje. Van In keek verdwaasd. Het duurde eindeloze seconden voor hij iets kon zeggen.

'Wat is er gebeurd?'

'Ik denk dat je slecht hebt gedroomd.'

Versavel ging naast zijn vriend zitten en legde zijn arm om zijn schouder, hoewel ze niet veel tijd meer hadden.

'Ik kreeg je niet wakker. Of ben je vergeten dat we een afspraak hebben met Le Tzigane?'

'Toch niet midden in de nacht?'

'Het is halfvier, Pieter. Het tij, weet je nog?'

'Het tij', herhaalde Van In. 'Ben ik in het water gevallen?'

Het hoofdkussen en het onderlaken waren drijfnat. Hij lag niet op het strand. Waar was Hannelore?

'Ik vermoord hem.'

'Wie ga je nu vermoorden?'

'Die kerel die...'

Van In stond op, wankelde naar het raam en schoof de gordijnen opzij.

'Als ik jou was, zou ik me aankleden.'

Het was een komisch gezicht. Zijn billen waren magerder dan Versavel had verwacht en hij zag er naakt slanker uit dan met kleren aan. Versavel moest onwillekeurig glimlachen toen Van In zich omdraaide. De voorkant viel ook beter mee dan hij had gedacht.

'Verdomme.'

Hij sloeg zijn handen voor zijn kruis. De grijns op Versavels gezicht had meer effect dan het glas water. Hij was plotseling klaarwakker.

'We moeten gaan, Pieter.'

Versavel sloop de kamer uit met de grijns nog op zijn gezicht. Van In volgde even later.

Het schemerde nog toen ze bij Le Tzigane aanbelden, maar ze waren niet te laat op de afspraak. De Big Brother, de boot van Pieters, lag amper honderd meter verderop te dobberen en de zee was gelukkig kalm. Van In installeerde zich op het achterdek en stak een sigaret op terwijl Le Tzigane de motor van de Big Brother startte. Versavel gooide de trossen los.

'Je verbaast me, Guido.'

'Omdat ik iets van boten afweet?'

'Dat ook. Maar dat bedoelde ik niet. Ik keek naar je kont en ik moet zeggen dat het best meevalt.'

'Onnozelaar.'

De Big Brother tufte gezapig de haven uit. Le Tzigane staarde zwijgend in de verte. Hij dacht aan zijn vriend die in Brugge was vermoord. Had zijn dood iets te maken met de bloedmooie vrouw die hem een paar weken ervoor schaamteloos had verleid in ruil voor een trip naar het eiland? De Belgische speurders wisten blijkbaar niets af van haar bestaan, anders hadden ze hem erover ondervraagd. Het zou stom zijn om er zelf over te beginnen. Wat Pierre op het eiland had uitgespookt, waren tenslotte zijn zaken niet. Als de vrouw iets met de dood van Pierre te maken had, zouden ze hem wellicht vragen zich op het vasteland bij de politie te melden, en wie weet hoe lang ze hem daar vasthielden. En dan zou hij waarschijnlijk ook moeten toegeven dat hij met haar geslapen had en met haar naar het eiland was gevaren. Nee, toch maar niet, dacht hij. De Belgen moesten het maar zelf zien te redden. Het werd stilaan licht. De eerste aalscholvers stegen op. Vissersbootjes zetten koers naar de haven van Île des Moines. Het beloofde weer een mooie dag te worden en dat betekende dat hij vandaag op veel toeristen kon rekenen. Hij voerde de snelheid op tot twaalf knopen, wat de reistijd aanzienlijk verkortte. Time is money. Het zou zonde zijn als hij straks een lading toeristen miste.

'Is het nog ver?'

Le Tzigane draaide zich om. Hij had Van In de cabine niet horen binnenkomen.

'Nog twintig minuten.'

Het kleine eiland van Pierre lag tussen Île des Moines en de monding van de baai. Het was ongeveer drie hectare groot. Le Tzigane was er een paar keer op bezoek geweest toen Pierre het huis nog aan het renoveren was. Hij had eveneens een steiger laten aanleggen, zodat boten er gemakkelijk konden aanleggen. Na de renovatie was Le Tzigane er niet meer aan land geweest, om de eenvoudige reden dat Pierre hem nooit had uitgenodigd, wat op zich een beetje vreemd was, maar hij had zich er geen vragen bij gesteld. Wat niet weet, dat niet deert.

'Ik vind het bijzonder fijn dat u ons helpt bij het onderzoek', zei Van In. 'Maar u hoeft dit uiteraard niet gratis te doen. Ik bied u een onkostenvergoeding aan. Wat dacht u van tweehonderdvijftig euro?'

Le Tzigane haalde zijn schouders op. Ze voeren met de boot van Pierre en de brandstoftank was nog bijna vol. In die omstandigheden was tweehonderdvijftig euro een mooi bedrag.

'Of vindt u het te weinig?'

Van In wist dat een boot huren niet goedkoop was, maar hij had er geen benul van hoeveel zoiets exact kostte.

'Dat hangt ervan af hoe lang u op het eiland wilt blijven.'

'Wanneer moet u weer thuis zijn?'

'Ik begin normaal om negen uur', zei le Tzigane.

Van In keek op zijn horloge. Ze waren al twintig minuten aan het varen en ze hadden nog twintig minuten te gaan. Dat betekende dat ze over ruim twee uur beschikten om het huis van Pierre Pieters te doorzoeken, als ze om negen uur op Île d'Arz terug wilden zijn.

'Dan denk ik dat het ons wel lukt.'

'En als het niet lukt.'

'Dan betaal ik u vijftig euro extra per uur.'

'Alors ça va.'

Van In ging weer op het achterdek staan en stak een sigaret op. De zeelucht trok zijn longen open. En zijn maag. Versavel had nochtans voorgesteld nog snel iets te eten voor ze vertrokken. Hij had er spijt van dat ze het niet hadden gedaan.

'We zijn er bijna.'

Het eiland was rotsachtig aan de buitenkant en voor de rest helemaal groen. Het imposante huis van grijze natuursteen lag in een perfect onderhouden gazon. Van de aanlegsteiger liep een pad naar boven. Le Tzigane meerde moeiteloos aan. Versavel wipte lenig over de reling en maakte de boot vast.

'Zal ik hier op jullie wachten?'

Van In was opgelucht dat Le Tzigane zelf voorstelde om daar te blijven. Je wist maar nooit of ze in het huis iets aantroffen wat niet voor zijn ogen was bestemd. Hij knikte.

'We zullen proberen op tijd terug te zijn.'

Hij sloeg op zijn beurt een been over de reling en klauterde onhandig van boord. Gelukkig was Versavel er om te helpen, anders was hij waarschijnlijk tussen wal en schip gesukkeld.

'Maak je geen zorgen', grinnikte Versavel. 'Het eiland is onbewoond. Niemand heeft je zien klungelen.'

Ze gingen het pad op dat in de rotsen was uitgehakt en liepen naar boven tot ze het begroeide gedeelte van het eiland bereikten.

'Ben jij ooit al op een privé-eiland geweest?'

'Nee', zei Versavel. 'Maar het lijkt me wel aardig om er eentje te bezitten.'

Het deed hem denken aan Robinson Crusoe, de eenzame schipbreukeling die op een onbewoond eiland was gestrand en zich had weten te redden met wat de natuur hem te bieden had. Het was echter zeer de vraag of iemand op dit eiland had kunnen overleven zonder boot, want behalve wat bomen en gras leek er niets eetbaars te vinden, tenzij een mens het kon uitzingen op een dieet van camelia's en mimosa's die overal welig tierden.

'Aardig wel, maar vervelend als je zonder sigaretten zit.'

Van In stak er eentje op terwijl ze over het gazon naar het huis liepen, dat op het hoogste punt van het eiland was gebouwd. Je kon zien dat het pas gerenoveerd was. De stenen waren perfect gevoegd, de ramen zagen er nog nieuw uit, de pannen op het dak nog helder rood. Alleen de voordeur zag er verweerd uit, het slot leek nieuw. Van In haalde de sleutel uit zijn zak en stak hem in het slot. Het lukte. De deur zwaaide soepel open. Er was geen hal, de voordeur gaf onmiddellijk toegang tot de woonkamer.

'Hij had in ieder geval smaak', zei Versavel.

De woonkamer was ingericht met antieke Bretonse meubelen, de schilderijen aan de muur waren modern, net als de verlichting en de plintradiatoren. En het rook er fris, alsof iemand het huis nog maar onlangs had gelucht. Er was ook een bibliotheek met dof glanzende leren banden.

'We kunnen beter opschieten, Guido', zei Van In toen Versavel aanstalten maakte om een boek uit de kast te halen. 'Doe jij maar de bovenverdieping.'

Versavel gehoorzaamde met tegenzin.

'Het zou niet de eerste keer zijn dat mensen iets in een boek verstoppen', pruttelde hij tegen.

'Dat is waar, Guido, maar ik weet zeker dat ik die klus vlugger klaar dan jij.'

Versavel en oude boeken hoorden bij elkaar als een renpaard en een jockey. Als Van In hem had laten begaan, waren ze hier vanavond nog.

'Vooruit dan maar.'

Versavel beklom de eikenhouten trap die naar de eerste verdieping leidde. Er waren twee ruime slaapkamers, een kleinere en twee rijkelijk ingerichte badkamers. Op zich was dat niet abnormaal, omdat Pierre Pieters bij de renovatie blijkbaar niet op een euro had gekeken. Het was wel niet gebruikelijk dat er in de kleinere kamer vier professionele dvd-recorders en een soort regietafel stonden. Het duurde amper tien minuten voor Versavel in een van de andere kamers een piepkleine camera had gevonden. Het ding was ingebouwd in de lijst van een schilderij dat recht tegenover het monumentale bed hing. Nog geen twintig minuten later had hij nog drie andere camera's gelokaliseerd, die net als de eerste perfect waren gecamoufleerd. Je hoefde geen genie te zijn om daaruit conclusies te trekken. Pierre Pieters had het huis op zijn eiland als luxebordeel gebruikt, stiekem opnamen gemaakt van zijn klanten en hen daarmee later afgeperst. Ze wisten nu ook waarom hij was vermoord. Hij liep terug naar beneden, waar Van In de boekenkast aan het doorzoeken was.

'Ik denk dat we niet langer hoeven te zoeken', zei hij. 'Het is allemaal boven te doen.'

Van In legde een stapeltje boeken opzij en volgde zijn vriend naar de eerste verdieping. Een blik in de kleinere slaapkamer volstond om te begrijpen wat Versavel wilde zeggen.

'Dit verklaart inderdaad alles', zei hij. 'Nu nog het belastende materiaal zien terug te vinden en we kunnen naar huis. Of heb jij dat varkentje ondertussen al gewassen?'

'Nee.' Versavel schudde het hoofd. Hij had de laden van de vier recorders laten openschuiven en de kasten gecontroleerd, maar hij had nergens dvd's aangetroffen.

'Hij kan ze natuurlijk verstopt hebben', zei hij.

'Of hij kan de opnamen opgeslagen hebben op een harde schijf.'

'Dat lijkt me logisch', knikte Versavel. 'Het is ook vreemd dat er geen pc aanwezig is.'

Ze hadden bijna nog twee uur de tijd om het huis te doorzoeken, maar het was zeer twijfelachtig dat ze iets zouden vinden. De kans was immers klein dat Pierre Pieters het bezwarende materiaal in het huis had laten rondslingeren.

'Ik denk dat hij doortrapter was dan dat wij vermoeden. Een pc laat altijd sporen achter. Zelfs een gewiste harde schijf is tegenwoordig geen garantie meer dat de informatie die erop staat niet teruggehaald kan worden. Dat hebben talloze pedofielen al aan den lijve ondervonden.'

'En het wordt nog moeilijker om het bezwarende materiaal terug te vinden als hij alles op een usb-stick heeft gezet.'

'Dan zitten we inderdaad met een probleem, Guido.'

Usb-sticks namen zo weinig ruimte in dat je ze overal kwijt kon. Het zou ongelooflijk veel tijd en mankracht vergen om ze te vinden.

'Wat stel je dan voor?'

'Ik weet dat het wellicht niet veel oplevert, Guido, maar we krijgen geen tweede keer de kans om het huis te doorzoeken. Daarom stel ik voor dat we op het eiland blijven en de tijd die ons rest zo nuttig mogelijk gebruiken.'

Van In keek op zijn horloge terwijl hij overwoog Le Tzigane te vragen hen vanavond te komen ophalen, of iemand anders te sturen als hij zelf niet beschikbaar was.

'Hoeveel geld heb jij nog bij je?'

'Een kleine driehonderd euro.'

'Mag ik die even van je lenen?'

Le Tzigane trok een bedenkelijk gezicht toen Van In hem het voorstel deed. Het leek hem geen goed idee hen alleen achter te laten, maar hij was ook heel nieuwsgierig. Wat hadden die Belgen ontdekt dat ze de rest van de dag op het eiland wilden blijven?

'Ik wil het doen', zei hij ten slotte. 'Maar dan moet je me niet voor zeven uur terug verwachten.'

In het vooronder lagen nog wat crêpes die hij twee weken

geleden had meegebracht en een paar blikjes sardines. Er was ook altijd drinkwater aan boord voor het geval ze op zee in moeilijkheden raakten.

'En volgens mij ligt er ook wijn in de kelder', zei hij.

Van In nam het karige rantsoen aan dat Le Tzigane hem overhandigde. Wie had ooit kunnen denken dat hij een hele dag met Versavel op een onbewoond eiland zou doorbrengen op een dieet van pannenkoeken en sardines.

'Toch bedankt.'

Ze bleven op de aanlegsteiger staan tot de boot was weggevaren en liepen daarna terug naar het huis, waar ze aan hun bijna onmogelijke taak begonnen. Drie uur later maakte Van In een fles wijn open en sommeerde Versavel met hem mee te komen. Ze installeerden zich op een bankje onder een boom en genoten van het schitterende uitzicht op de baai, waar ondertussen tientallen plezierbootjes kriskras door elkaar voeren. Het was warm buiten, zelfs in de schaduw. Gelukkig temperde een zeebries de smorende hitte.

'Is er nog water?' vroeg Versavel.

Van In reikte hem een halfvolle fles aan. Hij zelf nam noodgedwongen wijn omdat het water bijna op was.

'Heb jij al honger?'

'Een beetje wel.'

Versavel durfde niet toe te geven dat hij het bestierf van de honger. Stel je voor dat Le Tzigane hen niet op tijd kwam ophalen. Hij nam een slokje water en zette de fles onder de bank in de koelte. Hij was gedurende drie uur op zoek geweest naar geheime bergplaatsen en hoe langer hij daarmee bezig was, hoe vaker hij zich had afgevraagd waarom ze op het eiland waren gebleven.

'Heb jij zijn telefoonnummer gevraagd?'

'Nee. Ik dacht dat jij het had gevraagd.'

Ze zwegen omdat ze allebei hetzelfde dachten. Van In stak een sigaret op en schonk een nieuw glas wijn in.

'We kunnen beter eerst iets eten', zei hij.

'Als ik jou was, zou ik wat minder drinken. Straks val je in slaap en zit ik de rest van de dag op dit vervloekte eiland met mijn duimen te draaien.'

Van In stond op en liep naar binnen, omdat hij liever doodviel dan toe te geven dat zijn vriend gelijk had. De zware wijn op een nuchtere maag had hem loom gemaakt. Hij trok een blikje sardines open, legde de visjes op een bordje en dronk vervolgens de olie op in de hoop dat die de opname van alcohol in zijn bloed zou vertragen. Daarna at hij de visjes op, maakte het tweede blikje open en liep ermee naar buiten.

'Alsjeblieft.'

Ze verbleven pas vijf uur samen op een onbewoond eiland en ze begonnen zich al als Robinson Crusoe en Vrijdag te gedragen. Van In vroeg zich net als zijn vriend af waarom ze op het eiland waren gebleven. Het was allemaal zijn schuld. Hij ging weer op de bank zitten en nam een slokje water. Versavel at zwijgend de sardines op. Daarna gingen ze zonder veel enthousiasme weer aan de slag. Het pessimisme sloeg echter om in euforie toen Van In anderhalf uur later onder een losse tegel in de kelder een kistje aantrof met daarin een in linnen gebonden schriftje. Het bevatte namen, data en bedragen.

'Ik denk dat we de boekhouding van Pieters hebben gevonden.'

Ze liepen als blije kinderen naar buiten, gingen weer op het bankje onder de boom zitten. Dit keer protesteerde Versavel niet toen Van In zich royaal van wijn bediende.

'De Nul, Snoeck, Demaeght en Deckmyn hebben alle vier aanzienlijke sommen betaald.'

Een snelle rekensom leerde dat De Nul het meeste had betaald. Daarna volgden Snoeck en Demaeght. Deckmyn had aanzienlijk minder moeten afdragen, waarschijnlijk omdat hij de minst vermogende van de vier was. De situatie was nu heel duidelijk. De vier mannen waren tijdens hun vakanties op Île d'Arz door Pierre Pieters in de val gelokt. Het probleem was wel dat De Nul en Snoeck geen vaste relatie hadden, waardoor het moeilijk viel te geloven dat ze zich hadden laten chanteren omdat ze een nachtje bij een prostituee hadden doorgebracht. Maar dat was niet alles. De boekhouding bevatte twee delen. Het ene ging over de periode 1990-2001, het andere over 2007-2011. En er stond een naam bij die hen met stomheid sloeg.

'Iedereen weet dat Arthur Coens een homo is', zei Versavel. 'En iedereen weet ook dat hij dat nooit onder stoelen of banken heeft gestoken, ondanks het feit dat hij een van de grootste ondernemingen van het land leidt.'

Arthur Coens was de oprichter van Vitotal, een beursgenoteerd cosmeticabedrijf dat in minder dan vijf jaar een wereldspeler was geworden. Van In stak nadenkend een sigaret op terwijl hij de andere namen doorliep. Eén ding was zeker: het waren stuk voor stuk kapitaalkrachtige mensen. Dat bewezen de bedragen die ze aan Pieters hadden betaald.

'Dit begint echt te stinken, Guido.'

Lieven Deckmyn zette zijn laptop uit en liep in gedachten verzonken de trap af. Snoeck had net gebeld met de vraag of ze zo snel mogelijk een vergadering konden beleggen. Ze hadden afgesproken dat ze elkaar over een uur zouden ontmoeten en dat kwam hem heel slecht uit. De deadline voor het stuk dat hij voor een prestigieus maandblad aan het schrijven was, liep vanavond af en het wilde maar niet vlotten.

'Scheelt er iets, schat?'

Roos zat aan de keukentafel koffie te drinken. Ze deed

haar best om te glimlachen. Hij had de voorbije dagen bijzonder hard gewerkt en ze wist dat hij dan uitermate prikkelbaar was.

'Ik moet dringend weg.'

'Zal het lang duren?'

'Dat weet ik niet.'

'Je bent toch niet vergeten dat we vanavond bezoek hebben?'

'Verdomme.'

Deckmyn was inderdaad compleet vergeten dat Marc en Sonja vanavond kwamen eten, maar hij kon de afspraak niet meer afzeggen. Snoeck had gezegd dat het dringend was.

'Ik kan natuurlijk een en ander voorbereiden in de keuken, maar ik kan helaas niet koken zoals jij, anders had ik alles zelf wel gedaan.'

Deckmyn sloeg zijn handen voor zijn gezicht. Waarom was ze toch zo dom? En wat had hem ooit bezield om met haar te trouwen?

'Blijf alsjeblieft met je tengels uit mijn keuken, stom wijf.'

Hij pakte zijn jasje en liep met een verbeten gezicht naar de garage. De dag dat hij met het geld over de brug moest komen, kwam steeds dichterbij. Hij hoopte dat Snoeck een oplossing had gevonden voor het probleem dat hem op de rand van de financiële afgrond dreigde te brengen als ze er niet in slaagden de afperser het zwijgen op te leggen. En hij hoopte nog vuriger dat Snoeck goed nieuws te melden had. Hij stapte in zijn wagen, opende de garagepoort met de afstandsbediening en reed onstuimig achteruit. Een doffe klap gevolgd door een schrapend geluid deed hem remmen. Hij gooide woedend het portier open. Roos had haar fiets voor de garagepoort laten staan. Het verhakkelde ding lag onder zijn achterwielen. De stomme trut. Hij liep terug naar binnen. Ze excuseerde zich met trillende benen en angstige ogen. Het maakte hem nog kwader. Hij haalde uit. Zijn vuist trof haar midden in haar gezicht. Ze viel als een geknakte bloem van haar stoel op de grond.

'Verdomme. Waarom doe je me dit aan!' schreeuwde hij.

Ze probeerde zich zo klein mogelijk te maken, omdat ze bang was dat hij haar zou schoppen. Dat deed hij gewoonlijk als ze op de grond lag. Ze durfde zelfs niet naar hem op te kijken. Ze zag alleen de glanzend gepoetste neuzen van zijn schoenen en ze hoorde hem ademen, maar hij schopte haar niet. Hij verdween naar de garage, gooide de fiets opzij en vertrok met gierende banden. Het duurde nog een volle minuut voor ze overeind krabbelde. Haar neus deed ontzettend veel pijn. Ze waggelde naar de koelkast, vulde een washandje met ijsblokjes en ging in de woonkamer op de bank liggen. Het was niet de eerste keer dat hij haar zo toetakelde, ze had ondertussen geleerd hoe je de schade tot een minimum kon beperken. Maar hoe lang zou ze het nog volhouden?

De vergadering vond plaats op het terras van een brasserie op de Zeedijk van Blankenberge. Lieven Deckmyn arriveerde als laatste.

'Sorry dat ik laat ben', zei hij.

Het mooie weer had vele dagjesmensen naar de kust gelokt. Hij had zijn auto aan de andere kant van de stad moeten parkeren, maar dat gold uiteraard ook voor de anderen, die wel op tijd waren. Albert Snoeck had zich daarover kunnen opwinden, maar hij deed het niet. Ze hadden andere katten te geselen.

'Je bent er en dat is het voornaamste.'

De Nul en Demaeght knikten instemmend omdat ze hetzelfde dachten als Snoeck. Ze hadden net als hij een hekel gekregen aan de omhooggevallen journalist.

'Laten we alsjeblieft beginnen', zuchtte Demaeght. 'Ik heb nog een boel werk te doen.'

'Volgens mijn tipgever bevinden Van In en zijn assistent zich momenteel op Île d'Arz', zei Snoeck.

Er viel een korte stilte. Hun blikken kruisten elkaar. Wat moesten ze zeggen? Als Van In erin slaagde de moordenaar van Pieters op te sporen hoefden ze niets meer te betalen, maar dat betekende eveneens dat hij hun geheim zou ontdekken.

'Hoeveel kansen geef je hem?' Demaeght nam een slok van zijn pilsje, dat ondertussen lauw was geworden. Hij had de afgelopen nachten slecht geslapen en kon zich nog moeilijk op zijn werk concentreren, wat al een paar keer voor conflicten had gezorgd. Het werd hoog tijd dat er een eind kwam aan die nachtmerrie. Niemand mocht zijn levenswerk vernietigen.

'Je mag Van In niet onderschatten', zei Snoeck. 'Vergeet niet dat hij ondertussen over behoorlijk veel informatie beschikt. Dat zou jij toch moeten weten. Van In heeft verdomme je rekening laten napluizen.'

Demaeght schudde zijn hoofd als een natte hond die uit het water kwam.

'Wat is dat voor een onzin?' schreeuwde hij schor.

'Heeft je vrouw je dan niets verteld?'

Het hek was nu helemaal van de dam. Demaeght stond briesend op en maakte aanstalten om weg te lopen. Snoeck hield hem tegen.

'Rustig, kerel. Laat het me alsjeblieft uitleggen.'

Demaeght stond te trillen op zijn benen. Zijn voorhoofd was nat van het zweet en hij voelde een doffe pijn in zijn borst.

'Rustig maar.'

Hij voelde de hand van Snoeck op zijn schouder die hem

dwong weer te gaan zitten. Deckmyn reikte hem het glas water aan dat hij vijf minuten geleden had besteld. Na een paar slokjes nam de pijn in zijn borst af. Zijn ademhaling vertraagde. Ze zaten alle vier in hetzelfde schuitje. Snoeck had geen enkele reden om te liegen.

'Gaat het een beetje?'

Snoeck stoorde zich niet aan de blikken van de mensen op het terras die zich afvroegen wat er aan de hand was. Hij wenkte de ober en bestelde een whisky.

'Je vrouw treft geen schuld', suste hij. 'Ze heeft Van In precies verteld wat jij haar hebt wijsgemaakt, maar als ik jou was zou ik van bank veranderen.'

'Daar mag je gif op nemen, Albert.'

Snoeck glimlachte. Hij was opgelucht dat Demaeght weer bijna de oude was. De whisky zou de rest doen.

'Van In weet ook dat Pieters geld heeft proberen te lenen bij onze vriend Deckmyn, zogezegd om er een wijngaard mee te kopen. En dat had meneer de journalist ons wel kunnen vertellen.'

Het werd weer even stil. Deckmyn durfde geen van zijn buren aan te kijken en hij wilde net als Demaeght weglopen, maar dat zou hem in hun ogen nog belachelijker maken. Hij slikte de vernedering in en probeerde hen te overtuigen dat hij van plan was geweest hen daarover in te lichten, maar ze geloofden hem niet.

'Je mag van geluk spreken dat ons lot met elkaar verbonden is en dat we je om die reden niet zomaar aan de kant kunnen schuiven tot deze hele zaak opgelost is', reageerde De Nul cynisch. 'Maar wees gerust. Die dag komt.'

De sfeer was nu helemaal verpest. Deckmyn dronk zijn glas leeg en vertrok zonder een woord te zeggen. Snoeck probeerde het gesprek nog op gang te trekken, het lukte niet meer. Ze konden alleen nog wachten en hopen dat Van In er niet in zou slagen hun geheim te ontrafelen.

'Ik vraag me af of Le Tzigane iets af weet van wat er in het huis gebeurde.'

Van In stak een sigaret op hoewel zijn pakje bijna leeg was, terwijl hij uitkeek over de baai, waar het al een tijdje minder druk was geworden.

'En ik vraag me af of hij ons niet vergeten is.'

Het was ondertussen vijfentwintig voor acht geworden en de boot was nog nergens te bespeuren. Versavel snakte naar een stevige maaltijd.

'We kunnen altijd de hulpdiensten bellen, Guido. Laten we nog een halfuurtje wachten.'

Le Tzigane arriveerde om vijf voor acht. Hij was zich van geen kwaad bewust, want toen Versavel hem over de vertraging aansprak, zei hij heel verbaasd dat ze toch om acht uur hadden afgesproken. Versavel had geen zin om met de man te redetwisten, hij ging aan boord en installeerde zich op het achterdek, maar hij vertikte het om de trossen los te gooien zoals hij vanochtend spontaan had gedaan. Le Tzigane deed geen moeite om het te vragen. Hij maakte de boot zelf los en liep daarna doodgemoedereerd naar de cabine terug, hoewel het bootje hevig schommelde en het er even op leek dat de golven het tegen de aanlegsteiger zouden doen slaan. Van In volgde hem en ging naast hem staan. Hij zei eerst niets omdat hij verwachtte dat Le Tzigane nieuwsgierig was en zelf zou vragen of ze iets hadden ontdekt. De minuten verstreken, maar de man leek alleen belangstelling te hebben voor de zee. Van In had ondertussen geleerd dat eilandbewoners stugge mensen waren en zich liever niet met andermans zaken bemoeiden, maar dit ging wat te ver. Na tien minuten stelde hij zelf de eerste vraag.

'Bent u ooit bij Pierre boven geweest?'

Le Tzigane fronste zijn voorhoofd en draaide even zijn hoofd. Uit zijn blik sprak verbazing en verontwaardiging.

Verbazing omdat je iemand een dergelijke vraag niet stelde, verontwaardiging omdat mannen zoiets niet deden. De vraag bleef onbeantwoord.

'Het zal aan mijn Frans liggen', zei Van In, die inzag dat hij geblunderd had. 'Maar ik bedoelde het niet zo.'

De pezige Breton reageerde niet op het excuus. Hij bleef nukkig voor zich uitstaren. Van In besefte dat hij iets moest doen om de man op andere gedachten te brengen.

'U dacht waarschijnlijk dat ik wilde insinueren dat Pierre een homo was, maar na wat we vandaag gezien hebben, kan ik u verzekeren dat hij een volbloed hetero was.'

Dit keer reageerde Le Tzigane wel. Hij kneep zijn ogen tot spleetjes.

'Wat bedoelt u daarmee, monsieur?' zei hij scherp.

Van In kon juichen. Een visje uitgooien om een grotere te vangen. Het was de oudste truc van de wereld. De man wist dus toch meer dan hij eerst had laten uitschijnen.

'Tiens. Ik dacht dat u zijn beste vriend was. Wist u dan niet dat hij...'

'Ik heb niets te maken met wat Pierre op zijn eiland uitspookte.'

'Maar u weet wel dat zijn gasten er af en toe van vrouwelijk gezelschap konden genieten?'

Le Tzigane klemde zijn handen om het stuurwiel tot zijn knokkels wit wegtrokken, maar hij zei geen woord meer tot ze in de haven van Île d'Arz aanlegden. Hij eiste zelfs het geld niet op dat Van In hem schuldig was.

Het restaurant bij de aanlegsteiger was gelukkig nog open. Van In bestelde een fles wijn en twee keer steak met frieten. Het was gelukkig nog warm genoeg om buiten te roken, het gaf hem de gelegenheid om te genieten van zijn laatste sigaretten.

‘Le Tzigane houdt informatie voor ons achter.’

‘En dat weet jij zeker’, zuchtte Versavel.

Zijn maag deed pijn van de honger en het stoorde hem enorm dat Van In rookte op een terras waar nog mensen zaten te eten.

‘Waarom wil hij dan niets te maken hebben met wat Pierre op zijn eiland uitspookte?’

‘Weet je wel zeker dat je het goed hebt verstaan?’

‘Ja, ik heb het goed verstaan, meneer de schoolmeester.’

‘Hij heeft het in ieder geval anders begrepen. Heb je er dan geen moment bij stilgestaan dat de man op die manier heeft gereageerd omdat je de nagedachtenis van zijn vriend hebt besmeurd?’

Versavel nam nijdig een slok wijn. Van In mocht zijn beste vriend zijn, hij was soms onuitstaanbaar. De warme maaltijd maakte echter veel goed. Een volle maag verzacht de zeden, net als muziek. Versavel keek hem een paar seconden recht in de ogen. Hij had geen zin om de rest van de avond te verpesten. Ze konden het beter weer goedmaken, maar Van In was hem voor. Hij zei: ‘Sorry, Guido.’ En daarmee was de kous af.

‘Ik bel eerst Hannelore en dan drinken we nog een glaasje’, zei hij.

Ze nam niet op. Ook niet toen hij het een halfuur nadien nog eens probeerde.

9

Het regende en dat vond Van In voor een keer niet erg. De hondsdagen hadden lang genoeg geduurd. Hij glimlachte naar de grijze lucht voor hij de voordeur achter zich dichttrok en liep daarna zonder zich te haasten naar de Moerstraat, waar hij rechts afsloeg. Het gebeurde niet vaak dat hij te voet ging werken, Versavel kwam hem normaal iedere ochtend ophalen met de wagen, maar vandaag had hij een uitzondering gemaakt omdat hij wilde genieten van de plenzende regen en de grijze lucht die perfect bij zijn stemming pasten. Van In maakte zich zorgen om Hannelore omdat hij het gevoel had dat ze iets verborg. Waarom had ze de telefoon niet opgenomen op de avond voor zijn vertrek? Akkoord, ze had hem de volgende ochtend teruggebeld en gezegd dat ze de telefoon niet had gehoord omdat ze in slaap was gevallen, maar dat kon hij moeilijk geloven omdat zij altijd voor hem wakker werd als er 's nachts gebeld werd. De tweede vraag was nog verontrustender. Waarom had ze de kinderen bij haar moeder laten logeren terwijl hij op Île d'Arz verbleef? Omdat haar vriendin Mia haar twee keer uit eten had gevraagd? Van In vloekte binnensmonds toen een voorbijrijdende auto het water in de goot deed opspatten, met een natte broek als gevolg. Hannelore ging wel vaker uit eten met Mia, maar nooit twee keer na elkaar. Hij had haar natuurlijk kunnen vragen waar ze gegeten had en vandaag in die restaurants navraag kunnen doen of ze er ook daadwerkelijk was geweest, maar dat was misschien een brug te ver. Stel je voor dat ze er niet was geweest. Waarom had ze dan gelogen? Hij kon maar één reden verzinnen waarom een vrouw daarover zou liegen. Verdomme. Hij had zin om tegen een geparkeerde auto te trappen. Aan de andere kant kon hij zich niet voorstellen dat ze zich halsoverkop in een avontuur had gestort. Het was ook bijzonder frustrerend dat hij er met niemand over kon praten, zelfs niet met Versavel. En hij kende zichzelf goed genoeg om te weten dat hij niet zou rusten voor hij de waarheid had achterhaald. Hij stak het Zand over en liep schuin over het plein naar de Hauwerstraat. De onrust in zijn binnenste nam toe naarmate hij zijn hersens bleef pijnigen. Hij dacht aan de kinderen en ook aan wat er met hen zou gebeuren als hij ooit ontdekte dat ze hem bedroog. Nee, Hanne zal me nooit bedriegen, probeerde hij zichzelf te troosten.

'Goedemorgen, commissaris.'

Hij negeerde de groet van een collega en liep zwijgend de trap op. De lucht in de gang voelde klam aan en het rook er naar natte kleren.

'Goedemorgen, Pieter.'

Versavel zat aan zijn bureau met een kop koffie die nog dampte. Saskia kwam Van In begroeten met een zoen.

'Ik ben blij dat je terug bent', zei ze met een stralende glimlach. 'Het is toch jouw schuld niet dat het regent?'

'Nee', zei hij. 'Het is mijn schuld niet.'

Het woord 'schuld' deed hem weer aan Hannelore denken. Was het misschien zijn schuld dat... Vrouwen zoeken vaak troost in de armen van een andere man als ze thuis niet voldoende aandacht krijgen.

'Ik heb het rapport over Pierre Pieters op je bureau gelegd. Wil je ook een kopje koffie?'

Ze kreeg geen antwoord, maar dat was ze gewoon. Ze liep spontaan naar de vensterbank, pakte de thermoskan en schonk een kopje in.

'Vertel eerst wat je over die kerel hebt ontdekt.'

Van In ging zitten en nam het kopje aan dat ze hem aanreikte. Het aroma van de koffie deed hem trek krijgen in een sigaret. Hij deed het niet omdat hij zich vanochtend had voorgenomen om minder te roken. Het was echter zeer de vraag hoe lang hij het zou volhouden. Het zou immers niet de eerste keer zijn dat zijn poging minder te roken mislukte.

'Pieters is zijn carrière begonnen als aanvuller bij Delhaize, maar dat heeft hij niet lang volgehouden.'

'Hoe oud was hij toen?'

'Negentien. Zijn ouders waren hardwerkende mensen die liever hun zoon hadden zien studeren, maar Pierre was geen uitblinker op school. Hij heeft zijn middelbare school zelfs niet afgemaakt.'

'Drugs?'

'Dat weet ik niet', zei Saskia. 'Hij heeft in ieder geval geen strafblad.'

'Wat heeft hij daarna gedaan?'

'Een café uitgebaat in de Langestraat, waar hij nog als jobstudent had gewerkt.'

Van In kon zich niet langer beheersen. Hij haalde zijn sigaretten uit zijn broekzak en stak er eentje op ondanks het strikte rookverbod. Versavel zou dadelijk weer protesteren en Saskia zou hem er vriendelijk op wijzen dat hoofdcommissaris Duffel een nultolerantie hanteerde wat roken betrof, maar dit keer reageerde geen van beiden.

'Vijf jaar later is hij als barman op Tenerife gaan werken. Over die periode beschikken we over weinig gegevens. Het enige wat ik heb kunnen achterhalen is dat hij daar behoorlijk veel geld heeft verdiend.'

'Als barman?'

'Nee. Naar verluidt zou hij ook voor een vastgoedmakelaar hebben gewerkt, een gerucht dat wel eens zou kunnen kloppen, want toen hij terug in België was, is hij zelf als makelaar begonnen, maar dat is minder goed afgelopen.'

'Hij is failliet gegaan?'

'Nee, zijn partner is er met het geld vandoor gegaan.'

Van In nam een slokje koffie terwijl hij zijn sigaret in het schoteltje uitdrukte. De loopbaan van Pieters deed hem een beetje denken aan die van een klasgenoot, die eveneens de middelbare school niet had afgemaakt en na talrijke omzwervingen schrijver was geworden.

'En wat heeft hij daarna gedaan?'

'Hij is eerst in een nachtclub gaan werken aan de kust voor hij uiteindelijk in 1990 De Pitaleir heeft overgenomen.'

'Tiens, tiens', glimlachte Van In.

De Pitaleir was een bekende bar langs de Maalsesteenweg waar hij nog met vrienden een feestje had gebouwd, maar dat was in 1993, voor hij Hannelore had leren kennen natuurlijk. Het was een wilde nacht geworden die hem de helft van zijn spaarcenten had gekost, maar hij had het zich nooit beklaagd. Hij kon zich Pieters niet herinneren, wat op zich niet veel uitmaakte. Het was lang geleden en hij had toen te veel gedronken.'

'Aan je gezicht te zien ben je er ook nog geweest', sneerde Versavel.

Van In haalde zijn schouders op. Hij was er na 1993 nooit meer geweest, maar mensen die er geregeld over de vloer kwamen, hadden hem verteld dat de mooiste meisjes in De Pitaleir werkten. Hij probeerde zich in de plaats van Pieters te stellen. De bofkont.

'En dat heeft hij tien jaar gedaan.'

'Inderdaad. Daarna is hij naar Frankrijk uitgeweken.'

'Geen schandalen?'

Saskia had met een aantal mensen gesproken die in de buurt van De Pitaleir woonden toen Pieters de zaak uitbaatte en ze had hun getuigenissen genoteerd.

'Buren hebben me verteld dat er in de bar regelmatig bekend volk werd gesignaleerd. Hun namen staan in het rapport, maar ik kan niet garanderen of die geruchten kloppen.'

'Wat bedoel je met bekend volk?'

'Sportmensen, artiesten, politici, magistraten.'

'Het hele zootje dus', knikte Van In. 'En dat is waarschijnlijk de reden waarom er nooit klachten zijn geregistreerd.'

De meeste bars stelden illegale meisjes te werk, er werden drugs gebruikt en over de inkomsten werd amper belasting betaald, wat in normale omstandigheden klachten uitlokte, behalve als je op voldoende invloedrijke mensen kon rekenen die je de hand boven het hoofd hielden. Een koosjere bar was immers even zeldzaam als een vrome jood op een pensenkermis. Van In sloeg het mapje met het rapport van Saskia open en doorliep de lijst met namen. Hij moest toegeven dat ze niet had overdreven.

'We kunnen hun natuurlijk allemaal een bezoekje brengen', zei hij. 'Maar ik vrees dat een dergelijke actie niet veel zal opleveren. De jongste feiten zijn meer dan tien jaar oud en het zou me sterk verbazen als een van die kerels na al die jaren nog iets zou toegeven. Hun namen staan ook niet in het schriftje van Pieters en tot nader order is een bar bezoeken nog altijd geen misdaad.'

'Het zaakje heeft in ieder geval veel geld opgebracht', zei Saskia.

Ze had voordat Van In en Versavel naar Île d'Arz vertrokken de bevoegde Franse autoriteiten verzocht haar een overzicht van Pieters' financiële toestand te bezorgen, en het had voor één keer niet lang geduurd voor ze op dat verzoek hadden gereageerd.

'Behalve zijn privé-eiland en een huis op Île d'Arz, bezat Pieters ook nog een villa in Portugal. De rest van zijn fortuin wordt op anderhalf miljoen euro geraamd.'

'Dat betekent dat we nog een snoepreisje te goed hebben.'

'Nee, Guido. De villa in Portugal is al jaren verhuurd aan een gepensioneerde ambtenaar. Ik denk niet dat je er bezwarend materiaal zult aantreffen.'

Van In stak een nieuwe sigaret op. Saskia had puik werk geleverd, maar uiteindelijk had haar onderzoek niet veel meer opgeleverd dan wat ze tot nu toe te weten waren gekomen of veronderstelden. Het enige wat ze konden doen was de slachtoffers die in het schriftje stonden vermeld, confronteren met de boekhouding die ze op het privé-eiland hadden ontdekt.

'Ik denk niet dat het in eerste instantie loont de mensen die Pieters in de jaren negentig heeft gechanteerd lastig te vallen, omdat ik me moeilijk kan voorstellen dat zij iets te maken hebben met zijn dood twintig jaar later. We moeten ons blijven concentreren op Snoeck, De Nul, Demaeght en Deckmyn.'

Het was een logisch voorstel, omdat ze nu over voldoende aanwijzingen beschikten om een onderzoek te rechtvaardigen en de vier bewoners van de Colettijnenhof officieel onder verdenking te stellen. Een DNA-test was de eerste logische stap.

Hannelore had meer dan een uur zitten twijfelen voor ze Mia durfde te bellen. De blik waarmee Van In vanochtend afscheid had genomen, bleef haar achtervolgen. En ze wist zeker dat hij er zich vragen over zou stellen dat ze twee keer na elkaar uit eten was geweest.

'Hallo, met Hanne. Heb je even tijd voor mij?'

Mia zat in haar badjas de krant te lezen. Naar de kapper gaan was het enige wat ze vandaag te doen had.

'Natuurlijk. Voor jou maak ik desnoods tijd. Toch geen problemen, hoop ik.'

'Een beetje wel. Ik maak me zorgen om Pieter.'

'Heeft hij iets gevraagd?'

'Nee, dat is het net. Daarom denk ik dat hij iets vermoedt.'

Mia onderdrukte een geeuw. Ze vond dat haar vriendin een beetje overdreef. Een vrouw zou zoiets doorhebben, maar een man... Maar ze moest ook toegeven dat Van In een gewiekste speurder was en ervaring had met mensen die logen of iets probeerden te verbergen. In zijn geval kon je beter het zekere voor het onzekere nemen.

'Als hij iets vraagt, zeg hem dan dat we twee keer bij Danny Horseele zijn gaan eten. Ik ken hem persoonlijk. Hij dekt ons wel.'

'In een tweesterrenrestaurant!'

'Ik heb je uitgenodigd omdat je eenzaam was. Dan is het ook normaal dat ik de rekening betaal. Van In weet dat ik me zoiets kan veroorloven. En het klinkt aannemelijker dat je de kinderen bij je moeder hebt laten logeren om met je vriendin in een sterrenrestaurant te gaan dineren dan in een snackbar. Niet?'

'Je bent een feeks, Mia.'

'Ja, maar dan wel een goede.'

De smoes was steekhoudend. Toch was Hannelore nog niet helemaal overtuigd. Stel dat Van In vroeg wat ze hadden gegeten. Maar ook daar had Mia een oplossing voor.

'Ik vraag Danny of hij me het menu wil bezorgen', zei ze vastberaden. 'Ben je nu tevreden?'

Van In was de enige die bij de procureur mocht aankloppen en niet hoefde te wachten tot ze 'binnen' riep. Hannelore schrok zich een hoedje toen ze de deur zag opengaan. Ze voelde zich betrapt, hoewel hij onmogelijk kon weten wat ze aan het bedisselen waren. Wat moest ze doen? Het gesprek abrupt afbreken was niet de verstandigste keuze.

'Hallo, ben je er nog?'

'Sorry, Mia. Van In komt net binnen.'

'Zal ik je laten?'

'Nee.'

Ze kletsten nog een paar minuten over de kinderen. Van In bediende zich ondertussen van koffie en installeerde zich in een van de knusse fauteuils. Hij luisterde niet echt naar wat ze aan het zeggen waren, het verbaasde hem alleen dat Hannelore haar vriendin tijdens de kantooruren belde omdat ze daar in principe tegen was.

'Zo, wat kan ik voor je doen, schat?' glimlachte ze na afloop van het gesprek.

Van In gaf de stand van zaken en vroeg of ze een onderzoeksrechter wilde aanstellen voor het geval de verdachten niet uit vrije wil hun medewerking verleenden.

'Is er echt geen andere oplossing? Je weet toch dat Snoeck onschendbaar is. En het lijkt me zeer onwaarschijnlijk dat het slachtoffer seks heeft gehad met Roos of Rita terwijl hun respectieve mannen thuis waren.'

'Zlot heeft bij het slachtoffer ook nog ander DNA-materiaal aangetroffen.'

Hannelore trok een bedenkelijk gezicht. Mensen dwingen om mee te werken aan een DNA-test was een zware beslissing die een onderzoeksrechter niet lichtzinnig nam.

'Heb je een voorkeur voor een onderzoeksrechter?'

'Eentje op wie je invloed hebt. Of nog beter eentje die stiekem verliefd op je is.'

Hannelore kneep even haar ogen dicht en ze kreeg kippenvel op haar armen. Waarom zei hij zoiets? Hij kon onmogelijk weten dat...

'Je bent onverbeterlijk, Pieter Van In. Ik ben verdomme je vrouw.'

'En een verdomd knappe vrouw. Ik weet zeker dat de helft van de mannen hier constant op je lopen te geilen.'

Hannelore deed alsof ze verontwaardigd was. Als hij iets vermoedde, was de aanval de beste verdediging.

'Oké, Van In. Als jij er zo over denkt, neem ik de knapste onderzoeksrechter die we hebben. Ben je nu tevreden?'

Hij schrok een beetje van haar reactie, maar het was nu te laat om terug te krabbelen.

'En mag ik dan ook weten wie de uitverkorene is?'

'Nico Verbiest.'

Nico als onderzoeksrechter aanstellen was de domste beslissing die ze had kunnen nemen. Even dom als een kind opsluiten in een snoepwinkel en het verbieden van al dat lekkers te proeven. Ze had er nu al spijt van.

'Tiens', reageerde Van In verbaasd. 'Die ken ik niet.'

'Hij is nog maar een paar weken benoemd.'

'Fijn. Dan moet je hem maar eens voorstellen. Kunnen we samen iets gaan eten.'

De Colettijnenhof lag er verlaten bij. Er was parkeerruimte zat. Van In stapte uit de wagen en stak onmiddellijk een sigaret op. Het was ondertussen opgehouden met regenen, een milde bries deed de plassen langzaam opdrogen en verspreidde de geur van nat gras uit het park. Hij was benieuwd hoe de vier verdachten zouden reageren als hij hen met de nieuwe feiten confronteerde. En hoe zouden de twee vrouwen reageren als ze hoorden dat manlief tijdens hun vakantie op Île d' Arz naast de pot had gepist? Toch oordeelde hij dat ze beter met de twee vrijgezellen konden beginnen. Dus belden ze eerst aan bij De Nul. Het was Silvia die de deur opendeed.

'Commissaris Van In', zei ze verrast.

Van In deed alsof hij boven haar schouder naar binnen keek, omdat hij wilde vermijden dat ze dacht dat hij in haar decolleté stond te gluren.

'Is meneer De Nul in de buurt?'

'Dat treft', zei ze. 'Hij is net terug van zijn atelier. Zal ik zeggen dat jullie er zijn?'

'Graag.'

Toen ze zich omdraaide, durfde hij naar haar benen te kijken en naar haar kontje natuurlijk. Zelfs Versavel gunde haar een blik. Silvia leidde hen naar een achterkamer en vroeg of ze even wilden wachten. Daarna verdween ze. Er stonden vier leren fauteuils in de vorm van een hand met opgestoken vingers en een lage salontafel bezaaid met dure tijdschriften. Aan de muren hingen een tiental schilderijen van de meester zelf. In een kast stonden flessen sterkedrank en wijn achter een glazen schuifdeur. Het was duidelijk dat De Nul zijn klanten in deze kamer ontving. De Meester liet hen gelukkig niet lang wachten.

'Daar zijn jullie weer.'

Hij klonk niet vriendelijk, maar ook niet bars. De Nul glimlachte zelfs toen hij hun de hand drukte. Die stemming zou waarschijnlijk omslaan als hij hoorde waarvoor ze gekomen waren.

'Kan ik jullie iets aanbieden?'

Van In ging gretig op het aanbod in, omdat hij net als Versavel vreesde dat De Nul een andere toon zou aanslaan als hij hem met de nieuwe feiten confronteerde. Een stevige cognac kon daarbij een hulpmiddel zijn. De Nul leek zijn gedachten te raden. Hij schonk royaal in. Versavel weigerde beleefd. Daarna gingen ze in de fauteuils zitten, die ondanks hun bizarre vorm bijzonder comfortabel waren. Van In nam een fikse slok voor hij van wal stak.

'We zijn net terug van Île d'Arz', zei hij. 'En we hebben ook het privé-eiland van meneer Pieters bezocht. Ik neem aan dat u er ook bent geweest?'

Hij hoefde niet meer te zeggen om De Nul duidelijk te maken dat ze wisten wat er op het eiland gebeurd was, maar de excentrieke kunstenaar liet zich niet imponeren. Integendeel. Hij glimlachte en schudde zijn hoofd. Dat ze op het eiland geweest waren, bewees op zich niets. Het was ook zeer onwaarschijnlijk dat ze de hand hadden gelegd op de beelden, anders waren ze niet langsgekomen voor een gesprek. Dan hadden ze hem gewoon laten oppakken.

'Natuurlijk ben ik er geweest. Mooi eiland trouwens.'

'Hebt u er ook gelogeerd?'

'Nee.'

'Dat hebt u geluk gehad', vervolgde Van In zeemzoet.

'Wat bedoelt u met geluk?'

Van In laste bewust een korte pauze in. Hij nam een slok cognac en walste ermee in zijn mond voor hij de godendrank doorslikte. De stilte maakte De Nul echter niet zenuwachtig. De verbazing op zijn gezicht leek zelfs echt.

'Wist u dan niet dat er in elke slaapkamer verborgen camera's geïnstalleerd zijn waarmee meneer Pieters het intieme leven van zijn gasten vastlegde?'

De Nul tuinde er niet in omdat hij ervan bleef uitgaan dat ze niet over de beelden beschikten.

'Waarom zou Pieters een oude slapende man filmen?'

'Ja, dat vraag ik me ook af. Maar waarom hebt u hem dan zes maanden later vijfenzeventigduizend euro betaald?'

'Meneer Van In. Ik kan u verzekeren dat ik meneer Pieters nooit vijfenzeventigduizend euro heb betaald.'

Schilderijen verkopen was een ondoorzichtige handel. De meeste van zijn klanten beschikten over nogal wat zwart geld, waardoor ze meestal cash betaalden, met het gevolg dat hij veel baar geld in huis had. Er was nooit een officiële transactie geweest, Pieters was het geld persoonlijk komen ophalen.

'Weet u dat zeker, meneer De Nul?'

De zelfverzekerdheid van de man begon Van In te irriteren. Hij haalde het schriftje uit zijn binnenzak en liet het hem zien. De reactie van De Nul was vernietigend. Hij verhief zijn stem en schreeuwde.

'Wat stelt dit in godsnaam voor? Iedereen kan zoiets produceren. Dat weet iedere oen toch. Als u dit bewijsmateriaal noemt, commissaris Van In, zou u beter dienst nemen in het Vreemdelingenlegioen of beter nog: u laten opnemen in een psychiatrische instelling.'

Van In deed zijn best om niet kwaad te worden, omdat hij moest toegeven dat De Nul gelijk had. Het schriftje was niet voldoende om te bewijzen dat De Nul zich had laten chanteren. Hij had er echter nooit op gerekend dat de excentrieke kunstenaar zo koelbloedig zou blijven.

'U vergeet blijkbaar dat ik de onderzoeksrechter inzage van uw bankgegevens kan vragen', zei hij rustig.

De Nul grijnsde en ontblootte zijn tanden als een roofdier dat op het punt stond zijn prooi te verslinden.

'Waarom zou u daarvoor een onderzoeksrechter lastigvallen? Komt u gerust mee naar mijn kantoor. Dan laat ik u alles zien wat u wilt weten.'

Van In ging bijna op het voorstel in, tot hij zich realiseerde dat De Nul wellicht ook rekeningen in het buitenland had of erger nog, dat hij Pieters cash had betaald. Het was misschien verstandiger hem een poosje met rust te laten. En het was nu ook niet de meest geschikte gelegenheid om hem te vragen of hij uit vrije wil aan het DNA-onderzoek wilde meewerken.

'Daar heb ik jammer genoeg geen tijd voor', zei hij. 'Maar u hoort nog van ons.'

Van In stond op en liep zonder nog een woord de kamer uit. Versavel knikte met respect naar de oude kunstenaar voor hij wegging, hij kon zich niet meer herinneren hoe lang het geleden was dat iemand Van In schaakmat had gezet.

Van In stond buiten een sigaret te roken. De rook smaakte bitter, net als de nederlaag.

'Het is jouw schuld niet, Pieter.'

Versavel kwam bij hem staan. Hij kende zijn vriend en wist wat er in hem omging. De bullebak, zoals sommigen hem noemden, had een flinke opdonder gekregen. Hij stond erbij als een geslagen hond. Was het de leeftijd die hem parten begon te spelen? Of was zijn incasseringsvermogen niet meer wat het was geweest? Versavel had veel zin om hem eens stevig vast te pakken, maar dat kon natuurlijk niet. Stel je voor, twee flikken die stonden te knuffelen op de openbare weg.

'Laten we ergens rustig gaan zitten', zei hij. 'Kom, we zijn weg.'

Van In gooide zijn sigaret met een lusteloos gebaar in de goot en liep mee naar de auto.

Ergens rustig gaan zitten betekende meestal dat ze in een of andere kroeg belandden, wat bijna altijd op een zuippartij uitliep. En drank was iets dat ze nu konden missen als kiespijn. Daarom nam Versavel zijn vriend mee naar huis. Hij protesteerde niet.

'Je mag roken als je wilt.'

Versavel rommelde in de kast tot hij een asbak vond, een lelijk koperen ding in de vorm van een schelp die Luk, zijn ex-vriend, had laten liggen. Hij vond het erg dat andere mensen rookten en liet het normaal niet toe in zijn huis, maar dit was een noodgeval.

'Koffie?'

'Koffie', herhaalde Van In mat. 'Ik drink alleen koffie bij het ontbijt.'

'Een Duvel dan?'

Hij liep naar de keuken, haalde een flesje uit de koelkast en koos een glas dat een beetje op het originele leek.

'Ik heb het verknald, Guido.'

'Nee, dat heb je niet.'

Versavel schonk de Duvel heel voorzichtig in. Toch lukte het niet om de inhoud van het flesje volledig in het glas te schenken. Hij produceerde bijna uitsluitend schuim.

'Nu heb ik het verknald.'

De droge opmerking van Versavel deed Van In glimlachen. Dat hij hem aanbood binnen te roken en hem met een Duvel probeerde te verwennen, bewees hoe bezorgd hij was. En dat deed goed. Hij pakte het glas, duwde zijn neus in de schuimkraag en deed een poging om te drinken.

'Bedankt, Guido.'

Versavel kwam bij hem aan tafel zitten. Hij had ondertussen een flesje mineraalwater genomen. De intieme sfeer deed hem denken aan vroeger, toen hij nog alleen woonde en Van In nog vrijgezel was, aan de avonden die ze op die manier samen hadden doorgebracht. Van In met een Duvel en hij met een flesje mineraalwater.

'Waarover wil je praten?'

Van In pakte het nog meer dan halfvolle flesje bier en deed wat Versavel niet was gelukt.

'Over de dingen die we samen hebben beleefd.'

Hij sloeg zijn ogen op naar zijn vriend. Ze waren waterig en het scheelde niet veel of hij begon te snotteren.

'Weet je nog die keer toen we samen in de sauna zaten en een van die kerels me kwam bepotelen?'

'Ik heb me toch opgeofferd?' grijnsde Versavel.

'Toen hij al vijf minuten bezig was, ja.'

'Twee minuten.'

'Nee, vijf.'

Ze schoten allebei in de lach. De anekdote dateerde van vijftien jaar geleden, toen Van In nog slank en gespierd was en ze voor een undercoveroperatie in een louche homosauna waren terechtgekomen. Van In had zich zedig met een handdoek om zijn lenden in een hoekje van de cabine genesteld, maar dat was blijkbaar niet naar de zin van een van de andere bezoekers, een oudere blonde man met een enorme penis.

'Het was eigenlijk allemaal jouw schuld', lachte Versavel. 'Welke man gaat er nu met een handdoek om zijn lenden een sauna binnen met alleen homo's. Je kunt evengoed je auto in een achterbuurt parkeren en je camera op de achterbank laten liggen.'

Het ophalen van oude herinneringen deed Van In opfleuren. Twee uur en drie Duvels later was hij bijna weer de oude.

'Ik denk niet dat we zullen kunnen bewijzen dat ze betaald hebben', zei hij plotseling. 'Volgens mij heeft De Nul contant betaald en van Demaeght weten we dat hij in dezelfde periode vier keer dertienduizend euro van zijn rekening heeft gehaald. Het zou me verbazen mocht hij niet met een sluitende verklaring op de proppen komen als we hem vragen wat hij met het geld gedaan heeft.'

'Je neemt dus aan dat de anderen het ook op die manier hebben gedaan?'

'Dat lijkt me logisch. De Nul heeft gelijk. We zullen in het beste geval kunnen aantonen dat ze alle vier in hetzelfde jaar een fors bedrag van hun rekening hebben gehaald, maar we zullen moeilijk kunnen bewijzen dat ze het aan Pieters hebben gegeven, zoals we ook niet echt kunnen bewijzen dat ze gechanteerd werden.'

'Misschien hebben ze alle vier samengespannen om Pieters te vermoorden', suggereerde Versavel.

'Dat kan, maar het lijkt me weinig waarschijnlijk, want wie dumpt er nu een lijk voor zijn eigen voordeur?'

'Er kan iets fout gelopen zijn.'

'Heb je nog een Duvel?'

Van In wees naar zijn lege glas. Hij was niet dronken en hij zou ook niet dronken worden, omdat hij het weer zag zitten. En hij had ooit ergens gelezen dat optimisten minder snel dronken werden dan mensen die het niet meer zagen zitten.

'Wat stel je dan voor?' riep Versavel vanuit de keuken.

'Dat hangt van de onderzoeksrechter af.'

Versavel ontkurkte de Duvel en zette hem voorzichtig op tafel. Het was de laatste.

'Wat doen we als hij geen DNA-onderzoek beveelt?'

'De twee vrouwen onder druk zetten', zei Van In kordaat.

Hannelore verliet het gerechtsgebouw stiekem langs een deur die uitkwam in de Koopmanstraat, wat eigenlijk een beetje stom was. Als procureur hoefde ze aan niemand verantwoording af te leggen over haar handel en wandel. Het was schuldgevoel dat haar dreef, omdat ze weer een afspraakje had gemaakt met onderzoeksrechter Verbiest. Zogezegd om de zaak-Pieters te bespreken. Hij wachtte op haar in zijn wagen. Toen ze instapte, begroette hij haar met een zoen op haar wang. Ze trok zich terug.

'Niet doen, Nico. Niet in het openbaar.'

'Mag het dan ergens anders wel?'

'Nee.'

Nee, nog niet, wilde ze zeggen. Haar schuldgevoel werd er alleen groter door. Ze had nooit mogen ingaan op zijn voorstel de zaak buiten het gerechtsgebouw te bespreken, maar hoe scheid je twee magneten van elkaar? Ze wilde Van In niet bedriegen en toch was er een kracht die haar tot hem aantrok die ze niet kon weerstaan. Ze liet zich zo diep mogelijk in haar stoel wegzakken toen ze de Langestraat insloegen en over de brug aan de Kruispoort de Maalsesteenweg opreden.

'Je hoeft je geen zorgen te maken, Hanne. Ik heb de plek zorgvuldig uitgekozen.'

Nog geen vijf minuten later reden ze een omheinde parking op. Ernaast stond een ouderwetse villa met een neonlichtreclame.

'Ben je gek geworden?' Hannelore had de neonlichtreclame gezien en de naam van het etablissement gelezen. 'Het is verdomme een bordeel.'

'Noem het een bar', suste Verbiest. 'Hier weet je tenminste zeker dat je niet gezien wordt.'

Ze had veel zin om uit te stappen en een taxi te bellen. De magnetische kracht weerhield haar. Hij pakte haar bij de arm en nam haar mee naar de voordeur. Het duurde geen dertig seconden voor er gereageerd werd op het gezoem van de voordeurbel. Een opzichtig geschminkte vrouw van een jaar of vijfenveertig met een leren minirokje en een topje dat de helft van haar gerimpelde buik liet zien, deed de deur open. Ze glimlachte en zette een stapje naar achter om hen binnen te laten. In de bar speelde een zacht muziekje en het licht was gedempt, maar behalve de schminkdoos was er gelukkig niemand. Verbiest koos een tafeltje ver van de bar en bestelde een fles witte wijn.

'Vergeet niet dat ik om halfzes thuis moet zijn', siste Hannelore.

'Dan hebben we nog ruim twee uur de tijd.'

Hannelore was nog maar een paar keer in een bar geweest en dan nog beroepshalve. Ze begreep nog altijd niet waarom mannen hier voor honderden euro's aan champagne uitgaven, om een paar uur later platzak weer naar buiten te waggelen. De meesten hadden zelfs niet eens seks gehad. Een banaal gesprek en wat gefrunnik, maar geen seks. Toch wond de gedachte dat vrouwen zoiets deden haar een beetje op.

'Laten we ter zake komen, Nico. Ik heb Van In voorgesteld jou als onderzoeksrechter aan te stellen in de zaak-Pieters. Dat betekent dat we elkaar vaker zullen zien.'

'En niemand die nog argwaan kan hebben', glimlachte hij.

Zijn hand gleed over de rugleuning van de bank tot aan haar schouder. Hannelore reageerde met enige vertraging.

'Alsjeblieft, Nico. Je hebt beloofd dat je me met rust zou laten.'

Hij trok zijn hand onmiddellijk weg. Hij had zich erbij neergelegd dat ze moeilijk te versieren viel, maar hij was niet van plan om het op te geven. Integendeel. Hij hield niet van vrouwen die gemakkelijk te krijgen waren. Hij wist zeker dat ze ooit zou bezwijken en hij dan ongelooflijk veel van haar zou genieten.

'Oké. Jij bent de baas.'

'Nee, jij bent nu de baas. Wat het onderzoek betreft uiteraard. Van In wil graag een DNA-test van de vier buren en van hun vrouwen, die waarschijnlijk bij de moord betrokken zijn. Wat ga je doen?'

'Voor jou zou ik alles doen. Dat weet je toch.'

'Eerlijk, Nico. Zeg me wat je gaat doen.'

'Ik heb het dossier nog niet grondig kunnen bestuderen, maar ik denk dat het een beetje moeilijk ligt. Zonder materiële...'

'Een ogenblikje.'

Hannelore haalde haar mobieltje uit haar handtas. Het was Van In met de mededeling dat Lieven Deckmyn dood was aangetroffen in een appartement in Zeebrugge.

10

Zeebrugge was vroeger wellicht de minst mondaine badplaats van de kust. En dat was het eigenlijk nog steeds, hoewel heel wat mensen beweerden dat er de voorbije jaren een en ander was verbeterd. Van In hield er een andere mening op na. Hij vond dat Zeebrugge het doodse nest was gebleven dat hij zich herinnerde uit zijn jeugd. In zijn ogen was er niets veranderd, laat staan verbeterd. De Zeedijk was de Zeedijk gebleven. De lelijke gebouwen stonden er nog. En de zee, ja de zee was overal hetzelfde. Hij stapte uit, strekte de benen en stak een sigaret op. Aan de horizon gleden zes vrachtschepen met welvaart voorbij. Akkoord, de haven zorgde voor werkgelegenheid en dagjesmensen konden de trein nemen tot aan het strand, maar voor de rest was er niets veranderd.

'Ga je niet naar binnen?'

Er stonden twee politiewagens voor het appartementsgebouw. Een gedeelte van de Zeedijk was afgesloten.

'Nee, Guido. Ik wacht tot Hannelore er is.'

Hij had haar eerst op het vaste nummer gebeld en pas daarna naar haar mobieltje. Toen had hij muziek gehoord, het soort muziek dat je niet op Radio 2 hoorde. Hij had haar niet om uitleg gevraagd en zij had ook niet spontaan gezegd waarom ze niet op kantoor was. Ik kom onmiddellijk, schat. Toen had ze opgehangen.

'Ben je dan niet nieuwsgierig?' vroeg Versavel verbaasd.

'Natuurlijk ben ik nieuwsgierig.'

Van In nam nijdig een trek van zijn sigaret. Hij had al een aantal keren overwogen Versavel in vertrouwen te nemen, maar hij had zich telkens weer bedacht. Stel dat hij zich vergiste en er geen vuiltje aan de lucht was. Hij wilde zelf best geloven dat er niets aan de hand was. Het was de zwoele muziek die hij door de telefoon had opgevangen die zijn argwaan weer had aangewakkerd. Versavel drong niet verder aan.

'Daar zijn ze', zei hij nog geen vijf minuten later.

'Ze?'

'Hannelore en nog iemand.'

Van In draaide zich om. Ze liepen zij aan zij. Hannelore liep links van hem en ze was drukdoend aan het praten. De man die haar vergezelde was jong en atletisch gebouwd. Hij droeg een grijs jasje en een beige broek. Ze kwamen heel snel dichterbij, maar Hannelore bleef maar praten hoewel ze hem al had moeten zien. Ze hief pas haar hoofd toen ze nog maar een paar meter van hem verwijderd was.

'Mag ik je Nico Verbiest voorstellen. Nico is de onderzoeksrechter over wie ik je heb gesproken.'

Van In glimlachte, drukte de man de hand en zei: 'Aangenaam met u te mogen kennismaken, meneer de onderzoeksrechter.' Daarna gaf ze hem een zoen. Van In ving iets op van het parfum dat hij net bij hem had opgesnoven. Of was het zijn verbeelding die hem parten speelde?

'U bent dus de nieuwe onderzoeksrechter.'

Zijn stem klonk als die van een rechter die een doodvonnis voorlas. Hannelore ontweek zijn blik, maar ze kon niet vermijden dat hij de schuwe blik in haar ogen had opgemerkt.

'Inderdaad', lachte Verbiest. 'Nieuw betekent ook dat ik

onervaren ben en u me een beetje zult moeten inwijden.'

Wat een slijmbal, dacht Versavel. Hij begreep niet goed hoe Hannelore met zo iemand kon opschieten.

'Dan kunnen we beter wachten tot de technische recherche gearriveerd is. Anders denkt Vermeulen dat ik u slecht gebrieft heb.'

'Klaas Vermeulen is het hoofd van de technische recherche', verduidelijkte Hannelore. 'Hij en Pieter zijn niet de beste vrienden.'

Verbiest lachte zuinig. Hannelore hoopte dat hij haar niet zou aankijken. Ze voelde de blik van Van In.

'Ach zo', zei hij zonder haar aan te kijken.

Ze staken de straat over en gingen het gebouw binnen. De hal was benepen. De lift bood amper plaats aan vier personen. Van In liet Vermeulen en zijn mannen voorgaan.

'Wie heeft hem eigenlijk gevonden?'

'De buurvrouw maakte zich ongerust omdat de voordeur openstond. Ze heeft de politie gebeld omdat ze dacht dat er ingebroken was', zei Versavel.

'Dan verhoren we haar eerst', zei Van In.

Een droge tik kondigde aan dat de lift weer beneden was. Van In liet Hannelore voorgaan.

'Na u, meneer de onderzoeksrechter.'

Verbiest stapte in. Hij kon niet anders dan dicht bij Hannelore gaan staan, anders was er niet voldoende plaats meer voor Van In en Versavel. De lift kwam krakend in beweging. Het duurde ellendig lang voor ze op de vijfde verdieping waren, omdat niemand iets wilde of durfde te zeggen. Je kon hen alleen horen ademen. Hannelore had zich zo klein mogelijk gemaakt en Verbiest had haar bewust de rug toegekeerd. Van In staarde doelloos naar het plafond van de liftkooi terwijl hij de seconden aftelde.

'Ziezo.'

Hij stapte uit en belde aan bij de buurvrouw. Het appartementsgebouw was zichtbaar aan renovatie toe. De voordeur was scheefgetrokken, er zaten scheuren in de muren en de vloer was gebarsten, hoewel het gebouw nog geen dertig jaar oud was. Het was een typisch voorbeeld van vakantieverhuurarchitectuur, een synoniem voor goedkoop bouwen en duur verhuren aan argeloze vakantiegangers, zonder daarbij rekening te houden met kwaliteit en duurzaamheid, met als gevolg dat de meeste van dit soort appartementsgebouwen na twintig jaar begonnen te verpulveren.

'Goedemiddag, mevrouw. Ik ben commissaris Van In. En dit zijn procureur Martens, onderzoeksrechter Verbiest en hoofdinspecteur Versavel.'

De arme vrouw verschoot van kleur en stamelde iets dat niemand verstond, maar eigenlijk 'kom binnen' wilde zeggen. De woonkamer was redelijk ruim, maar dat was dan ook het enige positieve. Het meubilair was even oud en versleten als het gebouw. De vloerkleden stonken muf en op het bankstel lagen gehaakte dekens met uitspringende rode rozen. De vrouw droeg een spijkerbroek waarvan het kruis tot bijna aan haar knieën hing en een blouse zonder mouwen. Van In schatte haar een jaar of vijftig. Ze had dun bruin haar en kale plekken op haar schedel. En ze stonk naar WC-EEND. Ze vroeg hun ook niet om te gaan zitten, dus bleven ze staan.

'Vertel het maar, mevrouw. We luisteren.'

Van In ging voor het raam staan en keek naar het strand en de zee onder hem en naar de vrachtschepen die welvaart bleven aanvoeren.

'Wat willen jullie nog weten?' klonk het schuchter. 'Ik heb alles al verteld.'

'Vertel het dan nog een keer aan de procureur en aan de onderzoeksrechter.'

De vrouw had echter niet veel te vertellen. Ze was vanmiddag met de trein van tien voor drie aangekomen in het station van Zeebrugge en toen ze thuiskwam, had ze opgemerkt dat de voordeur van het appartement naast dat van haar openstond.

'Mag ik vragen waar u vandaan kwam, mevrouw?'

'Ik ben op bezoek geweest bij mijn zus in Brussel.'

'U was dus de hele dag afwezig?'

De vrouw schudde haar kalende hoofd en keek angstig naar Hannelore, Verbiest en Versavel, die zwijgend stonden toe te kijken. Van In kon begrijpen dat het mensje zich geïntimideerd voelde. Hij glimlachte en zei dat ze zich geen zorgen hoefde te maken.

'Wanneer bent u dan naar uw zuster vertrokken?' vroeg hij.

'Gisteren, meneer.'

Zlotkrychbrto zou straks bepalen wanneer het slachtoffer gestorven was, maar Van In durfde er nu al zijn hand voor in het vuur te steken dat het vannacht was gebeurd.

'Kent u het slachtoffer?'

'Nee, meneer.'

'U weet dus niet wie uw buurman is', zei Van In.

'Niet echt', zei ze. 'Het appartement staat het grootste gedeelte van het jaar leeg.'

Van In wendde zich tot Versavel, die zich discreet achter Hannelore en Verbiest had opgesteld.

'Wil je vlug eens natrekken wie de eigenaar van het appartement is?'

Versavel reageerde met een enthousiast 'Natuurlijk, chef' en verdween. Hij had beneden in de hal een bordje zien hangen met de naam van de syndicus van het gebouw. Normaal stond daar ook een telefoonnummer op vermeld.

'Bedoelt u daarmee dat het appartement feitelijk leegstaat?'

De vraag maakte de vrouw zichtbaar zenuwachtig. Ze schoof haar onderlip naar voren en ze wreef haar klamme hand droog aan haar spijkerbroek. Ze had niet gelogen dat het appartement niet bewoond was en dat ze haar occasionele buurman niet kende, ze wist echter wel wat er af en toe gebeurde.

'Er komt maar af en toe iemand', zei ze. 'Een man en een vrouw. Of...'

Het was altijd dezelfde man, maar nooit met dezelfde vrouw of vrouwen. Ze bleven ook meestal maar voor één nacht. Het waren haar zaken niet. Het voornaamste was dat ze geen lawaai maakten.

'Of wat, mevrouw?' vroeg Van In scherp.

'Het is een liefdesnest, commissaris. Ze komen en ze gaan. Een keer per maand of drie keer per week. Er zit geen regelmaat in.'

'Ach zo', zei Van In.

Verbiest had naar Hannelore gekeken toen het woord liefdesnest viel. Het had haar ook niet onberoerd gelaten. Een anoniem appartement was een verleidelijke gedachte. En een bijzonder veilige oplossing voor een koppel dat alleen op een avontuurtje uit was. Ze hoopte alleen dat Van In niet had gezien hoe hij haar had aangekeken.

'En kent u ook de naam van die parochiestier?'

'Nee, meneer', zei ze.

'Kunt u hem beschrijven?'

'Dat zal waarschijnlijk niet nodig zijn', zei Versavel, die ondertussen ongemerkt was binnengekomen. 'Het appartement is eigendom van Albert Snoeck.'

Lieven Deckmyn lag naakt op een breed tweepersoonsbed. Op het nachttafeltje lag een lege spuit. Het leek alsof hij vredig was ingeslapen. Zlotkrychbrto was net klaar met het onderzoek. Hij stopte de thermometer weer in zijn tas en maakte een paar notities op een blocnote. Twee speurders van de technische recherche kamden de slaapkamer minutieus uit op zoek naar bruikbare sporen.

'Volgens mij is hij al meer dan twaalf uur dood', zei de Poolse wetsdokter.

'Doodsoorzaak?'

'Een overdosis insuline.'

Van In liep de kamer uit. Pierre Pieters was gestorven aan een overdosis bloeddrukverlagende middelen. Lieven Deckmyn, een van de verdachten van de moord op Pieters, was vermoord met insuline. De vergelijkbare modus operandi wees erop dat beide mannen door dezelfde persoon waren omgebracht. Een medicus of iemand die voldoende van medicijnen af wist om te weten dat een overdosis propranolol en insuline de dood konden veroorzaken. In het eerste geval was het motief duidelijk. Pieters was vermoord omdat hij mensen chanteerde. De vraag was wat Deckmyn daarmee te maken had. En hoe was hij in het appartement van Snoeck terechtgekomen? Hij dacht onwillekeurig aan Silvia.

'Heeft iemand mevrouw Deckmyn al op de hoogte gebracht?'

'Ik denk het niet', zei Versavel.

'Dan wachten we daar nog even mee.'

In de woonkamer was alles aan kant, net als in de keuken, wat op zich verdacht was omdat Van In zich niet kon voorstellen dat Deckmyn op het bed had liggen wachten op een dodelijke injectie. Hij liep naar de keuken en inspecteerde de kasten. Koppen en glazen stonden netjes gerangschikt. De pedaalemmer was leeg. In de berging trof hij een stofzuiger, twee emmers, dweilen, een bezem en een vloerwisser aan.

'Wil je dat ding even voor me openmaken, Guido?'

Versavel ging op zijn hurken zitten. De bovenkant van de stofzuiger klikte gemakkelijk open. De bergruimte voor de stofzak was leeg. Dat kon twee dingen betekenen. Iemand was vergeten de stofzak te vervangen of de moordenaar had hem meegenomen nadat hij of zij de plaats delict eerst zorgvuldig had schoongemaakt.

'Denk je dat het een vrouw was?' vroeg Versavel.

'Ken jij mannen die stofzuigen?'

'Het is niet omdat jij geen hand in het huishouden uitsteekt dat andere mannen dat niet doen', klonk het scherp.

Hannelore en Verbiest stonden achter hen in de gang. De onderzoeksrechter stond erbij en keek ernaar. Hij had de hele tijd nog geen vraag gesteld. Van In vroeg zich af waarom Hannelore hem had meegenomen.

'De borstel van de stofzuiger is ook verdwenen.'

Versavel veerde soepel op en liet Van In de onthoofde verlengbuis zien. Het was nu helemaal duidelijk dat de moordenaar alle mogelijke voorzorgen had genomen.

'Moeilijk gaat ook', zei Van In. 'Vermeulen mag een verwaten blaaskaak zijn, hij is goed in zijn vak. Een haartje is voldoende.'

'Van In heeft gelijk', knikte Verbiest. 'De moordenaar kan onmogelijk alle sporen uitgewist hebben. Forensische wetenschappers zijn tegenwoordig tot bijna alles in staat.'

Verbiest had behalve rechten ook criminologie gestudeerd en hij was daar bijzonder trots op. De extra kwalificatie was voor justitie een doorslaggevende reden geweest om hem op relatief jonge leeftijd tot onderzoeksrechter te benoemen. In normale omstandigheden had Van In de reactie van Verbiest als een compliment beschouwd. Nu deed hij alsof hij het niet had gehoord. Hannelore sloeg haar ogen neer.

'Heeft het buurtonderzoek al iets opgeleverd?'

Versavel legde de verlengbuis van de stofzuiger weer op de grond en kwam naast Van In in de gang staan. Van de twintig appartementen in het gebouw waren er zeventien min of meer bewoond. Twee inspecteurs waren druk bezig een lijst op te stellen van de mensen die er effectief woonden en van hen die er tijdelijk verbleven. Twee andere verhoorden de bewoners die momenteel thuis waren. Die waren niet zo talrijk, de meeste vakantiegangers waren gaan wandelen of ze lagen op het strand. Van In wist toch evengoed als hij dat het nog een tijdje zou duren voor ze klaar waren met het onderzoek. Waarom was hij zo ongeduldig? Was het dan toch die onderzoeksrechter die hem op de zenuwen werkte?

'Coppens heeft beloofd onmiddellijk contact met ons op te nemen zodra hij en zijn team op iets relevants stuiten', zei hij.

'Fijn, dan kunnen wij ons beter op iets anders concentreren. Wat doen jullie ondertussen?'

'Wij?' vroeg Hannelore.

'Jij was in ieder geval niet op kantoor toen ik je belde.'

Versavel hield zijn adem in. Hij had nog nooit meegemaakt dat Van In Hannelore in het openbaar terechtwees. En dan nog in het bijzijn van een jonge onderzoeksrechter. Wat was er in hemelsnaam mis met die twee? Hannelore liet zich evenmin onbetuigd. Ze reageerde vinnig, met als resultaat dat Van In woedend het appartement uitliep.

Een blauw gat in de lichtgrijs gesluierde hemel kondigde een opklaring aan, waardoor meer mensen naar buiten waren gekomen. Groepjes nieuwsgierigen verdrongen zich op de grens van de afgebakende zone. Een eindje verderop ging het leven zijn gewone gang. Schaarsgeklede dagjesmensen flaneerden op de Zeedijk of ze genoten van een drankje op een terras. Van In stond bij de auto een sigaret te roken toen Versavel naar buiten kwam. Als hij een stripfiguur was geweest, had de tekenaar hem met een donkere wolk en een bliksemschicht boven zijn hoofd afgebeeld.

'Nu moet je toch eens uitleggen wat er aan de hand is, Pieter.'

Van In trok nijdig aan zijn sigaret. Wantrouwen kon een mens gek maken, zeker als je het bleef opkroppen. Toch had hij er spijt van dat hij zo heftig tegen haar tekeer was gegaan. Hij moest dit zien op te lossen voor hij eraan ten onder ging. Versavel was de enige die hem kon helpen en de enige die hij nog vertrouwde. Hij gooide zijn halfopgerookte sigaret op de grond en trapte ze uit, alsof hij een schorpioen vermorzelde.

'Niet hier', zei hij.

Ze liepen naar het dichtstbijzijnde terras waar nog een tafeltje vrij was. Hij bestelde Duvel, Versavel nam een perrier met een schijfje citroen.

'Ik luister, Pieter.'

Van In stortte zijn hart uit. Versavel luisterde aandachtig. Hij kon geen enkel element vinden dat de these van zijn vriend ondersteunde. Of weigerde hij het te geloven omdat het Hannelore betrof?

'Ik denk dat je gewoon jaloers bent.'

'En ik wist dat je voor haar zou opkomen. Anders had ik je eerder in vertrouwen genomen.'

'Je hebt het mis, Pieter. Als het waar was, zou ik de eerste zijn om het voor je op te nemen. Probeer rustig na te denken. Waarom zou Hannelore je bedriegen?'

'Wat weet jij van vrouwen af?'

'Niet zo erg veel, maar ik ken Hanne als mens.'

'Mensen kunnen veranderen', reageerde Van In bitter. 'Zie mij hier zitten. Een rokende zuipschuit met een bierbuik. Welke vrouw valt nog op een man als ik?'

Versavel glimlachte. Van In had van die momenten dat hij zich compleet waardeloos voelde. Zijn zwartgallige buien gingen gelukkig redelijk snel over.

'Dat van die bierbuik valt nog best mee. En vergeet niet dat je ook geen adonis was toen ze met je trouwde. Ze heeft je altijd genomen zoals je was. Waarom zou ze je nu nog inruilen voor een jongere kerel?'

'Precies omdat het een jongere kerel is. Heb je hem al eens goed bekeken?'

'Dat heb ik zeker gedaan. Hij is mijn type niet.'

Van In stak een nieuwe sigaret op en dronk gulzig van zijn Duvel. Hij mocht er niet aan denken dat ze seks met elkaar hadden. Was Verbiest de kerel die hij in zijn droom had gezien? Waar was ze toen hij haar belde en waarom waren ze met zijn tweeën naar Zeebrugge gekomen. Had Versavel dan niet opgemerkt dat hij haar voortdurend met zijn ogen stond uit te kleden?

'Ik kan het niet uit mijn hoofd krijgen, Guido. Je moet me helpen.'

Versavel bracht zijn hand naar zijn mond en wreef nadenkend over zijn snor. Van In proberen te overtuigen dat hij zich geen zorgen hoefde te maken, was moeilijker dan een Nederlander Frans leren spreken. Hij moest iets anders zien te verzinnen.

'Ik zal mijn best doen, Pieter. Geef me even de tijd om erover na te denken.'

'Meen je dat echt?'

Van In had nooit verwacht dat Versavel hem zou steunen. Toch niet tegenover Hannelore, die hem heel na aan het hart lag.

'Ja, maar dan op één voorwaarde. Dat je me gelooft als ik kan aantonen dat de hele affaire op een misverstand berust.'

'Hoe kun jij zoiets aantonen?' klonk het schamper.
'Laat dat maar aan mij over.'

Roos, de vrouw van Lieven Deckmyn, glimlachte toen ze de voordeur openmaakte, een teken dat ze nog niet op de hoogte was van wat er gebeurd was. Van In vroeg of ze mochten binnenkomen. Hij zag er vreselijk tegenop. Er waren prettigere opdrachten dan een vrouw te komen vertellen dat haar man dood was. Normaal was het de taak van een collega die daarvoor een speciale opleiding had gekregen, maar dit keer had Van In beslist het zelf te doen omdat hij meer wilde te weten komen over de relatie tussen Snoeck en Deckmyn.

'Er is toch niets met Lieven gebeurd?' vroeg ze bezorgd.

'Waarom vraagt u dat, mevrouw?'

'Omdat hij nog niet thuis is', zei ze met verstikte stem.

Van In keek naar Versavel. Dat ze zich zorgen maakte zou zijn taak gemakkelijker maken, want als mensen zich zorgen maakten om iemand die nog niet thuis was, hadden ze alle mogelijke scenario's de revue laten passeren, van het beste tot het slechtste.

'U kunt beter gaan zitten', zei hij.

Het was de zin bij uitstek om mensen voor te bereiden op heel slecht nieuws. Roos had de boodschap blijkbaar begrepen. Ze boog het hoofd en ging zitten.

'Hij is toch niet...'

'Ik vrees van wel', zei Van In met omfloerste stem. 'Uw man is dood.'

'Een verkeersongeluk', kreunde ze.

'Nee, mevrouw. Uw man is hoogstwaarschijnlijk vermoord, maar dat moet het onderzoek nog uitwijzen.'

Ze keek verbaasd op, maar ze barstte niet in tranen uit. Haar blik was hol, alsof de wereld was blijven stilstaan. Van In gaf haar ruim de tijd, zodat ze zich kon realiseren wat er gebeurd was. Roos bleef bijna vijf minuten roerloos zitten voor ze iets zei.

'Waarom zou iemand Lieven vermoorden?' vroeg ze zich ongelovig af.

'Daar willen het graag met u over hebben, mevrouw.'

Van In ging ongevraagd naast haar zitten. Versavel keek ondertussen een beetje rond. De kamer was netjes aan kant. De vloer glansde en je kon je spiegelen in de ramen. Op de tafel lag een opengeslagen weekblad. Alles leek perfect in orde.

'Wist u dat uw man gechanteerd werd?'

'Gechanteerd?'

Het was geen verbaasde reactie van haar kant, maar een vraag. Van In krabde achter zijn oor. Zou ze echt niet weten wat chanteren betekende?

'Uw man werd afgeperst door Pierre Pieters om iets wat op Île d'Arz gebeurd is', verduidelijkte hij.

Haar hulpeloze blik deed Van In de wenkbrauwen fronsen. Begreep ze hem niet omdat ze nog altijd in shock was, of was ze gewoon niet erg snugger? Het was misschien beter dat hij daar nu niet dieper op inging. De arme vrouw had net te horen gekregen dat haar man vermoord was, het was nu niet het geschikte moment om haar ook nog te zeggen dat hij zich had laten filmen terwijl hij met een of andere deerne aan het wippen was.

'Maar daar kom ik later nog op terug', zei hij.

Ze knikte wezenloos terwijl ze dacht: Niet overdrijven, Roos, anders gelooft hij je niet. Ze draaide haar hoofd een beetje naar rechts omdat ze anders de andere flik niet meer kon zien. Waar was hij verdomme? Versavel stond inderdaad niet meer op dezelfde plek. Hij had een stap naar achteren gezet omdat hij vandaar in de keuken kon binnenkijken.

'Mag ik u een andere vraag stellen, mevrouw?'

Roos stond op, slofte naar de keuken en kwam terug met een pakje sigaretten en een asbak. Ze stak er een op en ging weer aan tafel zitten.

'U moet ook uw werk doen', zei ze nadat ze diep had geïnhaleerd. 'Zegt u het maar, commissaris.'

'Heeft uw man gisteren gezegd waar hij naartoe ging?'

'Nee', zei ze. 'Dat deed hij zelden of nooit.'

Ze keek triest voor zich uit. Lieven was een tiran en een bullebak die af en toe een nachtje ging stappen, ze was opgehouden hem de volgende ochtend te vragen waar hij de hele nacht had uitgehangen. Maar moest ze hun dat nu al vertellen?

'Het was dus niet de eerste keer dat hij een nachtje wegbleef?'

'Nee', zei ze. 'Lieven had een druk leven, hij moest nu en dan stoom kunnen aflaten.'

'Had hij een vriendin?'

'Dat weet ik niet.'

Ze klonk onverschillig. Van In had een beetje met haar te doen. Ze hoefde de rest van het verhaal eigenlijk niet meer te vertellen. Succesvolle mannen bedrogen hun vrouw nu eenmaal. Hij dacht weer aan Hannelore. Deden succesvolle vrouwen zoiets ook?

'Een andere vraag dan', zei hij. 'Hoe was de relatie tussen uw man en Albert Snoeck?'

'Lieven en Albert schoten goed met elkaar op.'

'Geldt dat ook voor de andere buren?'

'Ik denk het wel', zei ze.

'Waren het ook vrienden?'

'Vrienden is veel gezegd. Lieven ging af en toe een glas drinken met Albert en soms ook met Eddy.'

'Maar niet met De Nul?'

'Nee. Johannes is een echte kunstenaar, moet u weten. Hij heeft weinig behoefte aan contact met andere mensen. Het gebeurde dat ze een praatje maakten, maar verder ging het niet.'

'Zou u het erg vinden als we een kijkje namen in de werkkamer van uw man?'

'Natuurlijk niet. Kan ik jullie ondertussen iets aanbieden? Een kop koffie, of drinken jullie liever iets hartigers?'

'Koffie is oké', zei Van In.

Roos zette eerst koffie en ging hen daarna voor naar de werkkamer van haar man. Ze hoefde zich geen zorgen te maken dat de flikken er bezwarend materiaal zouden aantreffen. Alles was perfect geregeld.

'Nemen jullie gerust de tijd. Ik breng de koffie straks wel naar boven', zei ze voor ze weer naar beneden ging.

Van In en Versavel namen ruimschoots de tijd om de kamer te doorzoeken, maar ze vonden inderdaad niets dat Lieven Deckmyn in verband kon brengen met Pierre Pieters, behalve een aantal vakantiekiekjes die hij op Île d'Arz had genomen.

'Wat doen we met zijn laptop?' vroeg Versavel. 'Zal ik vragen of we hem mogen meenemen?'

'Dat lijkt me het beste.'

Alle bestanden controleren zou te veel tijd vergen en als Roos het wachtwoord niet kende, zouden ze toch een beroep moeten doen op een specialist om de klus voor hen te klaren.

'Het is vreemd dat we zijn agenda niet hebben gevonden', zei Van In.

Het was ondenkbaar dat een man als Deckmyn geen agenda had. Een papieren versie of een elektronische, het maakte niet uit.

'Lieven gebruikte zijn mobiel als agenda', zei Roos toen ze haar de vraag stelden. 'Dan wist hij zeker dat hij zijn agenda altijd op zak had.'

Ze hadden haar nog niet verteld dat Deckmyn naakt was toen ze hem in het appartement hadden aangetroffen en dat de moordenaar zijn kleren en persoonlijke bezittingen had meegenomen.

'Hebt u er bezwaar tegen dat we zijn laptop meenemen?'

'Natuurlijk niet', zei ze weer. 'Ik kan toch niet met computers overweg.'

Ze wensten Roos veel sterkte toe voor ze afscheid van haar namen. De vrouw slaakte een diepe zucht en begeleidde hen met hangende schouders naar de voordeur.

Versavel legde de laptop in hun wagen voor ze bij Snoeck aanbelden, maar die gaf niet thuis.

'Zal ik hem bellen?'

'Ja, doe dat maar, Guido.'

Van In stak een sigaret op, liep terug naar de wagen en ging op de motorkap zitten terwijl Versavel belde. De Colettijnenhof lag er zoals gewoonlijk verlaten bij. De rust en de stilte stonden in scherp contrast met de drukte een paar honderd meter verderop, waar om de vijf minuten een huurkoets voorbijratelde en duizenden toeristen zich een weg naar het centrum baanden. Eilandbewoners waren doorgaans stugge mensen die in een besloten gemeenschap leefden en zo weinig mogelijk in contact kwamen met de buitenwereld, een manier van leven die perfect te vergelijken was met die van de bewoners van de Colettijnenhof.

'Heb je hem kunnen bereiken?'

'Ja', zei Versavel. 'Hij zit bij Danny Horseele, maar hij vindt het niet erg als we hem komen opzoeken.'

Van In keek op zijn horloge. Het was vijf over zeven. Hun

dagtaak zat er allang op. Als ze nu nog naar Dudzele reden, zou het laat worden. Het alternatief was naar huis gaan en de rest van de avond ruzie maken met Hannelore. De keuze was snel gemaakt.

'Heb jij nog tijd?'

Het was een retorische vraag. Versavel had niemand met wie hij ruzie kon maken. Als hij naar huis ging, wachtte hem een eenzame avond. Hij deed dus geen moeite om de vraag te beantwoorden. Hij stapte in en startte de motor.

'Moet jij Hannelore niet bellen?'

'Ik vind dat zij mij moet bellen, Guido.'

Versavel deed er het zwijgen toe. Hij kon zich beter niet bemoeien met hun relatie, toch niet op die manier.

Het restaurant van Danny Horseele was ondergebracht in een gerenoveerde hoeve vlak bij de Herdersbrug. Het was klassiek ingericht met een moderne toets. Snoeck zat aan een tafel bij het raam met twee andere mannen. Hij stond spontaan op toen ze binnenkwamen, excuseerde zich bij zijn tafelgenoten en kwam naar hen toe.

'U zei dat het dringend was', fluisterde hij.

'Dat is het inderdaad', zei Van In.

'Dan kunnen we het beter boven bespreken.'

De ruimte op de eerste verdieping was even smaakvol ingericht als het restaurant op de begane grond, maar ze werd zelden gebruikt, behalve door mensen die rustig van een borrel bij de koffie wilden genieten. Een ober die hen discreet was gevolgd, vroeg of hij hun iets van de chef kon aanbieden.

'Hij heeft u de parking zien oprijden', zei de ober toen Van In hem vroeg hoe de chef wist dat zij er waren. 'Hij komt straks nog even langs om dag te zeggen.'

'Dan heeft uw chef een ongelooflijk geheugen. Ik ben hier amper één keer komen eten.'

'Het is mijn schuld', zei Snoeck. 'Ik heb hem op de hoogte gebracht dat jullie op komst waren', voegde hij er met een grijns aan toe. Die grijns verdween van zijn gezicht toen de ober weg was en Van In vertelde waarom ze hem zo dringend wilden spreken.

'Deckmyn vermoord. Dat menen jullie niet.'

'In uw appartement in Zeebrugge nota bene.'

Iedere politicus wordt na verloop van tijd bedreven in het pareren van een rechtstreekse aanval. En iedere doortrapte politicus slaagt er doorgaans ook in van een ogenschijnlijk nadeel een voordeel te maken. Snoeck reageerde verrassend minzaam.

'We mogen geen kwaad spreken over de doden', zei hij. 'Maar de mensen die Deckmyn een beetje kennen, weten dat hij het niet zo nauw nam met de huwelijkse trouw. Toen ik hem een tijdje geleden vertelde dat ik een appartement had in Zeebrugge, heeft hij gevraagd of hij er af en toe gebruik van mocht maken. Wat doe je dan als je iemand goed kent? Ik heb hem gewoon de sleutel gegeven.'

Het was een geloofwaardige uitleg. Mannen deden dit soort dingen. En als ze Roos mochten geloven, schoten Snoeck en Deckmyn goed met elkaar op.

'Dat begrijp ik', zei Van In. 'Maar waarom kwam u er dan ook regelmatig? U hebt toch niets te verbergen. Of vergis ik mij?'

Snoeck vertrok geen spier. De moord op Deckmyn stemde tot nadenken en het feit dat hij in zijn appartement vermoord was kon vervelend zijn, maar hij had geen misdaad begaan. Het was een fait divers dat hem hoogstens wat negatieve publiciteit zou bezorgen, maar het publiek was tegenwoordig zo vergeetachtig dat hij zich er geen zorgen over maakte.

'Ik zal open kaart met u spelen, commissaris, maar dan

zou ik het ook op prijs stellen dat u discreet blijft. Ik ben vrijgezel en het gebeurt dat ik een korte relatie heb met een vrouw die ik liever niet thuis ontvang. Als u begrijpt wat ik bedoel.'

Van In kreeg de tijd niet om te reageren. Iemand kwam de trap opgelopen. Het was de chef in hoogsteigen persoon.

'Ik heb de vorige keer geen gelegenheid gehad om kennis te maken met de beroemde commissaris Van In', zei hij enthousiast. 'En ik wil dat euvel nu goedmaken.'

Hij drukte Van In de hand. Van In reageerde een beetje verbouwereerd. Die kerel overdreef. Beroemd. Was hij beroemd?

'En ik wil bij dezen van de gelegenheid gebruikmaken om de groeten te doen aan uw charmante vrouw.'

Van In begreep er nu helemaal niets meer van. Hij was hier destijds komen lunchen met burgemeester Moens en hoofdcommissaris Duffel. Zonder Hannelore dus.

'Kent u mijn vrouw?'

'Sinds kort wel', glunderde de chef. 'Ze is hier onlangs twee keer met een vriendin komen eten.'

11

‘Alles wijst erop dat Pieters en Deckmyn door een en dezelfde persoon zijn vermoord. Maar wat was in godsnaam het motief?’

Versavel nipte bedachtzaam van zijn koffie. Pieters was hoogstwaarschijnlijk vermoord omdat hij De Nul, Snoeck, Demaeght en Deckmyn chanteerde. Het lag voor de hand dat een van hen de dader was. Uit beide stellingen volgde bijna automatisch dat een van de buren ook Deckmyn had omgebracht. Aan de andere kant hadden beide moorden iets vrouwelijks. In dat geval waren er ook drie verdachten. Rita, de vrouw van Demaeght, Roos, de weduwe van Deckmyn en Silvia, de poetsvrouw.

‘Het enige wat ik kan bedenken is dat Deckmyn bang werd en de boel wilde verlinken.’

‘Dan ga je ervan uit dat de vier buren hebben samengezworen om Pieters te vermoorden.’

‘Ze hoeven er niet per se alle vier bij betrokken te zijn’, zei Saskia.

‘Het klopt allemaal niet, jongens. Het lijk van Pieters lag bij wijze van spreken voor hun voordeur en dat van Deckmyn in een appartement van Snoeck. Wie is nu zo dom om zoiets te doen?’

‘Toch denk ik dat we met een soort alliantie te maken hebben’, zei Saskia.

'Een van de vrouwen heeft een affaire met een van de mannen.'

'Dat zou ook kunnen', knikte Van In. 'Hebben we de alibi's van de dames eigenlijk al nagetrokken, Guido?'

'Nee.'

'Heeft het buurtonderzoek iets opgeleverd?'

Versavel had vanochtend alle pv's in verband met de moord op Deckmyn gelezen. Een bewoner van het appartementsgebouw aan de Zeedijk had iemand om een uur of twee horen stofzuigen, een andere had de lift op en neer horen gaan, maar hij herinnerde zich niet meer hoe laat het toen was.

'Ik had niet anders verwacht. Is er al nieuws van de technische recherche?'

'Ze hebben een paar haarplukjes gevonden in de slaapkamer.'

'Haarplukjes?' herhaalde Van In verbaasd.

In de slaapkamer lag een stenen vloer en ze wisten zeker dat de dader had gestofzuigd. Waar kwamen die plukjes haar dan vandaan?

'En dat is nog niet alles', vervolgde Versavel. 'Volgens Vermeulen zijn ze afkomstig van verschillende mensen.'

Van In stak een sigaret op. De technische recherche had op het lijk van Pieters eveneens veel haartjes aangetroffen, het was wachten op de resultaten van het DNA-onderzoek voor ze wisten of die overeenkwamen met de haartjes die ze in het appartement hadden gevonden.

'Het wordt tijd dat we de vrouwen eens duchtig aan de tand voelen.'

Van In dacht aan Hannelore toen hij het zei. Het werd tijd dat hij haar ook eens duchtig aan de tand voelde. Waarom had ze niet spontaan verteld dat ze twee keer in een sterrenrestaurant was gaan eten?

'Zal ik de auto voorrijden of gaan we te voet?'

Het was amper een kwartiertje lopen van het politiecommissariaat naar de Colettijnenhof en het was lekker weer buiten, maar met Van In wist je nooit.

'Laten we te voet gaan', zei Saskia.

'Heeft iemand jou iets gevraagd?'

'Nee, maar nu weet ik tenminste dat ik met jullie mee mag.'

Van In kon niet anders dan glimlachen. Versavel wist dat ze haar zin zou krijgen.

De Nul keek sip voor zich uit en Demaeght zat verveeld aan zijn das te pulken terwijl Snoeck koffie inschonk. De dood van Deckmyn had hen alle drie aangegrepen, niet zozeer omdat het hun buurman was, ze waren bang dat hun ook iets zou overkomen.

'Heb je nog nieuws van je tipgever?' vroeg De Nul.

'Nee, het onderzoek naar de moord op Lieven is nog volop aan de gang.'

'Dat bedoelde ik niet.'

'De afperser?'

'Inderdaad, Albert. De afperser.'

Snoeck ging zitten. Het onderzoek naar de afperser vorderde moeizaam, het was zelfs zeer de vraag of Van In erin zou slagen de zaak op te lossen.

'Heeft hij ondertussen nog met een van jullie contact opgenomen?'

In het laatste bericht dat ze hadden ontvangen, stond dat het geld volgende week beschikbaar moest zijn en dat hij hun dan zou laten weten waar en wanneer de betaling zou plaatsvinden.

'Nee, maar als hij nog lang talmt, blijft er straks niemand meer over om af te persen', gromde De Nul.

'Ik denk niet dat het zo'n vaart zal lopen', suste Snoeck.

'We moeten alleen op onze hoede zijn. En geen stommiteiten doen.'

'Wat bedoel je met stommiteiten?'

'Ik denk dat de moordenaar een vrouw is. Volgens mij heeft Lieven zich door haar onder bepaalde voorwendsels laten meelokken naar mijn appartement.'

'Onder bepaalde voorwendsels...' reageerde De Nul spottend. 'Om een potje te gaan neuken, ja. Maar je kunt gelijk hebben. De vraag is waarom ze hem heeft vermoord. In ieder geval niet in een vlaag van woede. De moord was zorgvuldig gepland.'

'Het is eveneens zo goed als uitgesloten dat de moordenaar iets te maken heeft met de afperser', zei Demaeght. 'Niemand is zo stom om de kip met de gouden eieren te slachten.'

Het bleef een paar ogenblikken stil. Ze dachten alle drie aan dezelfde vrouw.

'Silvia heeft nog verpleegkunde gestudeerd', zei Snoeck plotseling.

'Ik dacht ook aan haar', knikte Demaeght. 'Maar waarom zou zij Lieven vermoorden?'

'Omdat vrouwen vreemde wezens zijn, Eddy.'

'We kunnen er haar toch moeilijk over aanspreken', zei De Nul.

'Waarom eigenlijk niet?'

Snoeck stond op en liep naar de keuken. De gedachte dat Silvia er iets mee te maken had, liet hem niet los, zij was de enige vrouw die heel wat van hen af wist. Wie weet was ze toevallig iets op het spoor gekomen en probeerde ze daar op een of andere manier van te profiteren. Hij wist ook zeker dat Lieven haar willoos naar het appartement gevolgd zou zijn als ze hem dat had gevraagd. Maar waarom zou ze hem daarna vermoorden? Snoeck nam zich voor er met nog niemand over te spreken. Als hij iets ondernam, zou hij het alleen doen.

'Heeft iemand trek in een koekje?'

Hij zette een schaal met chocoladekoekjes op tafel en ging weer zitten.

'Godverdomme.' Demaeght sprong op van zijn stoel.

De Nul en Snoeck keken verbaasd op. Ze hoefden echter niet te vragen waarom Demaeght zo reageerde. Een blik door het raam was voldoende om te weten wat er aan de hand was. Aan de overkant van de straat stonden Van In, Versavel en Saskia voor zijn deur. Van In had net aangebeld.

'Weet Rita waarover het gaat?'

'Wat denk je? Dat ik haar verteld heb wat er op het eiland is gebeurd?'

'Je hoeft niet de hele waarheid te vertellen, Eddy. De helft is meer dan voldoende', reageerde Snoeck ironisch.

'Voldoende om van me te scheiden en de helft van mijn fortuin op te eisen', brieste Demaeght. 'Ik ken haar.'

'Dan heb ik met je te doen, Eddy. Maar je kunt beter de helft van je fortuin verliezen dan een aantal jaren in de cel te zitten.'

'Eddy is niet thuis', zei Rita toen ze de voordeur opendeed en hen zag staan.

'We komen niet voor Eddy, mevrouw', zei Van In. 'Mogen we binnenkomen?'

Rita keek vertwijfeld. Ze wist dat Eddy bij Snoeck zat, maar moest ze dat ook zeggen? Beter niet, dacht ze. Eddy was erg veranderd sinds de bizarre moord op Pieters. Hij at amper nog en als ze hem iets vroeg, begon hij zich op te winden of hij ontweek haar vragen. Ze was bang dat hij het niet zou appreciëren als ze de flikken vertelde waar hij was.

'Natuurlijk', zei ze met een flauwe glimlach.

Ze gingen in de woonkamer zitten. Rita vroeg uit beleefdheid of ze iets wilden drinken.

'Nee, dank u, mevrouw', zei Van In. 'We hebben pas koffie gedronken.'

'Ik neem aan dat u hier bent in verband met de moord op Lieven', zei ze. 'Ik heb het vanochtend in de krant gelezen.'

'Tiens', zei Van In. 'Heeft uw buurvrouw u dan niet op de hoogte gebracht?'

'Nee', zei ze. 'Ik heb Roos al een paar dagen niet meer gezien.'

'En uw overbuurman dan?'

Snoeck had Eddy gisterenavond gebeld, maar ze vond het beter om ook dat niet te verklappen, dus zei ze dat Eddy het ook in de krant had gelezen.

'Tiens', zei Van In.

Hij vond het vreemd dat Snoeck zijn buurman in het ongewisse had gelaten over de moord, maar dat hoefde Rita niet te weten.

'Maar daarover gaat het in eerste instantie niet, mevrouw. We wilden u eigenlijk spreken over uw verblijf op Île d'Arz twee jaar geleden.'

Rita keek hen onbegrijpend aan. Ze had Eddy er misschien toch beter bij geroepen. Stel dat ze weer iets verkeerds zei, zoals de vorige keer toen ze had toegegeven dat Eddy in een bedrijf van Pierre had geïnvesteerd.

'Ik denk dat ik alles verteld heb wat ik weet.'

'Wellicht wel', zei Van In. 'Tenminste alles wat u wist of wat Eddy u heeft wijsgemaakt, zoals die zogezegde investering die hij toen heeft gedaan.'

Saskia kreeg medelijden met de arme vrouw omdat ze wist wat die straks te horen zou krijgen, en ze dacht aan Jan, de vader van haar ongeboren kind. Was hij ook in staat om haar te bedriegen? Ze legde instinctief haar hand op haar buik, die al flink begon op te bollen. De kans was groot dat Rita en Eddy Demaeght van elkaar zouden scheiden en dan waren de kinderen daar de dupe van. Ze haalde diep adem terwijl ze zich op haar ongeboren kindje concentreerde. Het hielp de negatieve gedachten verjagen.

'De waarheid is dat Pierre Pieters uw man chanteerde.'

'Leugens', protesteerde Rita. 'Mijn Eddy is een eerlijke boekhouder.'

'Ik wil best aannemen dat uw man een eerlijke boekhouder is', zei Van In. 'Maar dat belet niet dat een eerlijke boekhouder geen scheve schaats kan rijden. Uw man heeft zich tijdens uw vakantie op Île d'Arz laten verleiden en dat heeft Pierre Pieters netjes gefilmd. Als u begrijpt wat ik bedoel.'

Rita was niet achterlijk. Natuurlijk begreep ze wat hij bedoelde. De vraag was: wanneer had hij het gedaan? Ze hoefde niet lang te zoeken naar het antwoord. Pierre en Eddy hadden op een dag een trip gemaakt naar een onbewoond eilandje in de baai en ze waren pas heel laat teruggekomen.

'Kunt u dat ook bewijzen?' vroeg ze bitter.

Van In had die vraag verwacht, hij had een antwoord voorbereid dat min of meer geloofwaardig klonk.

'We hebben een getuige', zei hij.

'Welke getuige?'

'U moet begrijpen dat ik gebonden ben door het geheim van het onderzoek, mevrouw. De getuige blijft anoniem tot op de dag van het proces.'

'Een proces. Ik wist niet dat vreemdgaan een strafbaar feit was.'

Rita mocht onder de indruk zijn, ze liet zich niet intimideren. Ze was evenmin van plan haar leven in de war te laten sturen omdat Eddy het een keertje met een andere vrouw had gedaan. Zij en Eddy hadden in de loop der jaren heel wat opgebouwd. Hun twee kinderen deden het goed, ze hadden een mooi huis, gingen vaak op reis en ze hadden een aardig kapitaal bijeengespaard. Akkoord, het was even slikken als je te horen kreeg dat je man het met een hoer had gedaan, maar het bleef een hoer. Met hoeren had je geen emotionele band. Bovendien verschafte de misstap haar een geducht wapen waarmee ze hem in de pas kon laten lopen. Nee, eigenlijk viel het allemaal nog best mee.

'Vreemdgaan is inderdaad geen strafbaar feit. Moord wel.'

'Wat bedoelt u daarmee? Wij hebben niets met de dood van Pieters te maken.'

'Dat valt nog te bezien', zei Van In. 'Pieters chanteerde uw man. Dat impliceert dat hij een motief heeft, net als uw drie, herstel: twee buren. Zelfs u bent een potentiële verdachte, mevrouw. Mag ik vragen waar u was in de nacht dat Deckmyn vermoord werd?'

Haar mond zakte letterlijk open.

'U denkt toch niet dat ik...'

'Wilt u alstublieft de vraag beantwoorden? Waar was u in de nacht dat Deckmyn werd vermoord?'

'Thuis in mijn bed natuurlijk. Waar anders?'

'En dat zal uw man zeer zeker bevestigen?'

'Natuurlijk zal Eddy dat bevestigen. Hij lag naast me.'

Van In wist dat hij het resultaat van het DNA-onderzoek zou moeten afwachten voor hij verdere stappen kon doen, het vervelende was dat onderzoeksrechter Verbiest hem de toestemming moest geven om een dergelijk onderzoek uit te voeren en het was bijlange niet zeker dat hij dat zou doen. Maar hij had de knuppel in het hoenderhok gegooid. Hij kon alleen de druk opvoeren en hopen dat het iets zou opleveren. Rita wist nu dat Eddy haar had bedrogen en zoiets kon niet zonder gevolg blijven. Het was beter dat hij haar voorlopig met rust liet en afwachtte hoe de zaak evolueerde.

'Zal ik opendoen?' vroeg Silvia.

De ontbijttafel was nog gedekt. De krant lag open op de pagina met het relaas over de moord. Roos had de moeite niet gedaan om zich aan te kleden. Ze zat in haar badjas met een sigaret tussen haar vingers.

'Ja, doe maar', zei ze lusteloos.

Silvia schrok niet toen ze de flikken voor de deur zag staan. Integendeel, het kwam haar goed uit dat ze uitgerekend vandaag langskwamen. Ze glimlachte. Van In vroeg of ze mochten binnenkomen. Wie trekt in vredesnaam een witte jurk aan om te gaan schoonmaken, dacht hij.

'Van mij mogen jullie binnenkomen', zei ze.

'Is mevrouw Deckmyn er?'

Silvia knikte en ging hen voor naar de keuken. De witte jurk bleef Van In dwarszitten. Er stonden ook twee borden en twee koppen op tafel en Silvia maakte geen aanstalten om hen alleen te laten. Ze kwam er gewoon bij zitten. Roos maakte een einde aan zijn bedenkingen.

'Silvia helpt me niet alleen in het huishouden, ze is ook mijn beste vriendin.'

Van In vond het vreemd dat ze hem dat niet eerder had verteld.

'Ik begrijp dat de dood van uw man u diep geschokt heeft', zei hij. 'Maar ik ben genoodzaakt u nog een paar vragen te stellen.'

'Doet u maar, commissaris.'

Ze leek heel rustig, maar ze sprak een beetje te traag, waardoor Van In vermoedde dat ze een kalmeringsmiddel had genomen.

'U vertelde gisteren dat uw man af en toe stoom moest kunnen aflaten, maar dat u niet zeker wist of hij een vaste vriendin had. Wist hij dat u dat wist?'

Rita Demaeght, bij wie ze net weg waren, had de indruk

gegeven dat ze niet erg zwaar tilde aan wat er op het eiland van Pieters was gebeurd. Als hij gelijk had, rees de vraag: waarom had Demaeght zich dan laten chanteren in plaats van alles op te biechten?

'Natuurlijk niet. De meeste mannen weten immers niet dat hun vrouw vermoedt dat ze vreemdgaan.'

Versavel wist ondertussen al een en ander af van vrouwen, maar hij verbaasde zich nog iedere keer over de manier waarop ze redeneerden.

'Welk soort man was hij eigenlijk?'

Roos beet op haar onderlip. Hun romantische periode had minder dan drie maanden geduurd, daarna was hij haar in het openbaar beginnen te kleineren en ze hadden alleen nog seks als hij het wilde. Ruwe seks waarbij ze zich volledig aan hem moest onderwerpen. En ze kreeg steeds vaker slaag.

'Vertel het hun maar, Roos. Anders doe ik het.'

Van In had Silvia nog nooit zo ernstig zien kijken. Haar sprankelende ogen verstarden en haar ademhaling vertraagde, alsof ze zichzelf in een trance bracht. Haar huid leek donkerder te worden, waardoor ze nog feller contrasteerde met haar witte jurk.

'Lieven was een arrogante, breedsprakerige betweter en een idioot, maar dat kun je een mens niet kwalijk nemen. Dat hij voortdurend zijn lul achternaliep valt misschien ook nog te vergeven, het is echter onvergeeflijk en misdadig dat hij haar martelde.'

'Martelen?' herhaalde Van In ongelovig.

'Ja, martelen, commissaris. Hij ranselde haar af als het hem uitkwam, vernederde haar in het openbaar en ze moest zich onderwerpen aan al zijn perverse wensen. Of steek jij soms voorwerpen in de aars van je vrouw?'

Haar stem trilde en haar ogen werden hard als steen. Het

was duidelijk dat zij het niet erg vond dat hij dood was en eerlijk gezegd vond Van In het ook niet erg meer. Tenminste, als het klopte wat ze over hem vertelde.

'Waarom hebt u dan nooit een klacht ingediend bij de politie?'

'Omdat ze niet durfde, hoewel ik tientallen keren heb gezegd dat ze bij mij mocht intrekken.'

'Is dat waar, mevrouw Deckmyn?'

Roos sloeg haar ogen op. Ze kwam uit een eenvoudig gezin waar papa de baas was en mama deed wat papa zei. Ze had nooit anders geweten. Haar moeder had ook slaag gekregen en ze had haar ontelbare keren horen huilen, maar ze was bij papa gebleven omdat hij het nadien altijd weer goed probeerde te maken, net als Lieven. Hij verwende haar dan met een etentje in een duur restaurant, ze mocht gaan winkelen of hij kwam thuis met een grote bos bloemen.

'Ja', zei ze met een gebroken stem. 'Het is waar.'

Waarom liet hij zich dan chanteren, vroeg Van In zich af. Hetzelfde gold voor Snoeck en De Nul. Snoeck had weliswaar zijn reputatie als politicus te verdedigen, maar wie maalde tegenwoordig nog om een politicus die naar de hoeren ging. En De Nul was een kunstenaar, hij hoefde zich van niemand iets aan te trekken. Sterker, kunstenaars die er geen complex liefdesleven op na hielden, werden als abnormaal beschouwd. Het zag ernaar uit dat hij een beoordelingsfout had gemaakt en hij zich had laten misleiden door de camera's en de opnameapparatuur in het eilandhuis van Pieters. Maar dat gaf nog altijd geen antwoord op de vraag waarom ze zich hadden laten afpersen. Het idee dat hij waarschijnlijk een stomme fout had gemaakt, bezorgde hem een bittere smaak in zijn mond. En de vragen bleven zich opstapelen.

'Mag ik vragen waar u was in de nacht waarop Deckmyn vermoord werd, mevrouw Moerman?'

'Zeg jij het maar, Roos.'

'Silvia was bij mij omdat ik haar gebeld heb. Het gebeurde wel vaker dat ik haar belde als Lieven een nachtje ging stappen.'

Van In onderdrukte een zucht. Het bewijsmateriaal dat ze tot nu toe verzameld hadden was bijzonder mager, te mager om onderzoeksrechter Verbiest te overtuigen, maar hij viel liever dood dan het op te geven.

'Ik heb behoefte aan een Duvel', zei Van In.

Hij stak nijdig een sigaret op. De gevels van de huizen in de Colettijnedreef leken hem uit te lachen en toch wist hij dat achter één van die façades een vreselijk geheim schuilging.

'Ik ook', zei Versavel.

'Dan kan ik moeilijk nee zeggen', lachte Saskia.

Ze liepen door het Minnewaterpark en langs het Begijnhof naar het Walplein. Van In koos een tafeltje in de zon en stak prompt een nieuwe sigaret op.

'Hebben ze de laptop van Deckmyn al opengekregen?' vroeg Van In.

'Jan is ermee bezig. Zal ik hem bellen?'

'Ja, doe maar, Sas.'

Ze stond op en liep naar de overkant van het plein, waar ze discreet kon bellen, hoewel ze het liever van de daken had geschreeuwd dat Jan, de vader van haar ongeboren kind, de beste computerexpert van Brugge en omstreken was. Het zou haar sterk verbaasd hebben mocht hij nog geen resultaat hebben geboekt. Ze kreeg hem onmiddellijk aan de lijn en ja, hij had resultaat geboekt. De meeste bestanden bevatten de stukken die Deckmyn voor diverse tijdschriften schreef en hij had ook een boel foto's en muziek opgeslagen.

'Wil je vragen of Van In het nodig vindt dat ik alle foto's bekijk?'

'Heb je dan niets verdachts gevonden?'

'Nee, maar dat wil niet zeggen dat er niets verdachts te vinden valt', zei Jan. 'Hij kan ook gegevens gewist hebben.'

'Kun je die terughalen?'

'Normaal wel, maar het is natuurlijk handiger als ik weet wat jullie zoeken.'

'Ik zal het hem zeggen.'

'Is alles verder goed met jou?'

'Ik voel me prima', zei Saskia. 'En ik hou van je. Tot straks, schat.'

Ze stak het plein over en ging weer bij Van In en Versavel zitten. De drankjes waren ondertussen geserveerd.

'Jan wil weten of je naar iets specifieks op zoek bent.'

Van In nam bedachtzaam een slok van zijn Duvel. Hij had alle feiten op een rijtje gezet en eigenlijk bleven er nog maar een paar mogelijkheden over. Kinderporno was er een van. Saskia schrok toen hij het zei, Versavel knikte omdat hij ook al een tijdje in die richting had zitten denken. Het zou ook verklaren waarom De Nul en Snoeck zich hadden laten chanteren. Maar het viel moeilijk te geloven dat de vier buren pedofielen waren, of misschien hadden ze alle vier een andere afwijking die ze voor de buitenwereld verborgen wilden houden.

'Ik vind dat we dat spoor grondig moeten onderzoeken', zei hij.

'Akkoord. Maar hoe? We kunnen De Nul, Snoeck en Demaeght toch niet zomaar van pedofilie beschuldigen.'

Ze zaten muurvast. Geen enkele onderzoeksrechter zou een huiszoeking bevelen op basis van een flauw vermoeden, en de kans was bijzonder klein dat ze de hand zouden kunnen leggen op de opnamen die Pieters had gemaakt. En zelfs als Jan erin slaagde kinderporno terug te vinden op de harde schijf van Deckmyns laptop, dan bewees dat alleen dat Deckmyn een pedofiel was. En Deckmyn was dood.

'Kunnen we niets doen met de oude lijst?' vroeg Saskia.

'Welke oude lijst?'

'De lijst met namen van de mensen die Pieters in het verleden heeft gechanteerd.'

Saskia was jong en ze had nog bitter weinig ervaring, je mocht haar echter niet onderschatten. Het was immers niet de eerste keer dat ze met een lumineus idee op de proppen kwam. Van In had haar willen zoenen, zelfs Versavel reageerde bijzonder enthousiast.

'Ik geef nog een rondje. Wat dacht je van een glas champagne?'

Versavel die op champagne trakteerde, het was nog nooit gebeurd. Saskia kon niet anders dan ja zeggen, hoewel ze geen champagne lustte. De kelner, die had staan luistervinken, was er als de kippen bij om de bestelling op te nemen.

'Zal ik een selectie maken van de namen die...'

'Momentje, Guido.'

Van In haalde zijn mobieltje uit zijn zak. Het was Hannelore met de vraag of hij vanavond de kinderen kon ophalen van school.

'Hanne moet vanavond overwerken', zei hij terwijl hij op zijn horloge keek hoe laat het was.

De uitdrukking op zijn gezicht sprak boekdelen, maar hij zei niets. Saskia hoefde het niet te weten.

Versavel was zich er terdege van bewust dat hij een groot risico nam. Toch had hij beslist zich verdekt op te stellen bij het gerechtsgebouw in een anonieme wagen, nadat hij eerst aan de balie had geïnformeerd of mevrouw de procureur nog op kantoor was. Van In was ervan overtuigd dat de champagne hem naar het hoofd was gestegen en hij nu thuis zijn roes lag uit te slapen. De bedoeling van de surveillance was eenvoudig. Hij wilde zijn beste vriend geruststellen en bewijzen dat Hannelore de waarheid sprak. Hij kreeg ongelijk.

Hannelore en onderzoeksrechter Verbiest verlieten het gerechtsgebouw om vijf over vijf. Versavel zag hen samen naar buiten komen en in de auto van de onderzoeksrechter stappen.

'Verdomme.'

Hij kon moeilijk het gevoel omschrijven dat zich van hem meester maakte. Het was een mengeling van ontgoocheling, woede en verdriet. Hij sloeg de zonneklep neer, startte de motor, wachtte tot ze van de parking van het gerechtsgebouw reden en zette daarna met kloppend hart de achtervolging in. Het voordeel was dat Verbiest hem amper kende en hij hoopte dat de neergeslagen zonneklep hem voldoende aan het zicht onttrok voor het geval dat Hannelore achteromkeek. Ze reden over de brug aan de Kruispoort, sloegen daarna de Maalsesteenweg in en parkeerden vijf minuten later op een terrein naast een vrijstaande villa dat met een haag aan het zicht was onttrokken.

'Ik heb je toch gezegd dat ik hier niet meer gezien wilde worden', zei Hannelore korzelig.

'Het was jij die me dringend wilde spreken op een discrete plek', repliceerde Verbiest met een hulpeloze glimlach.

Het was dezelfde oudere vrouw als de vorige keer die de deur kwam opendoen en hen voorging naar de bar. Verbiest bestelde dezelfde fles witte wijn.

'We kunnen zo niet langer verder, Nico. Van In vermoedt dat er iets niet klopt. Het is een kwestie van tijd dat hij erachter komt dat we elkaar stiekem ontmoeten.'

'Daar is toch niets verkeerds mee?'

'Niets verkeerds mee? Ik ben verdorie een getrouwde vrouw.'

'Dat is waar, maar we hebben ook nog niets verkeerds gedaan.'

'Dat zeg jij.'

Hij bleef beweren dat er niets was gebeurd toen ze bij hem was blijven slapen en ze was bereid om hem te geloven, maar elkaar blijven ontmoeten was met vuur spelen. Er kwam een dag dat ze voor zijn charmes zou bezwijken, hoewel ze het niet wilde toegeven.

'We kunnen toch vrienden blijven.'

Verbiest vermeed angstvallig haar op een of andere manier aan te raken. Hij was zelfs bewust tegenover haar gaan zitten in plaats van naast haar. Het vertrouwen dat hij had opgebouwd, mocht onder geen beding geschonden worden.

'Maak me geen onzin wijs, Nico. Jij weet net zo goed als ik dat...'

'Dat wat?'

Er ging geen minuut voorbij of ze dacht aan hem en ze kon evenmin nog ontkennen dat ze zich fysiek tot hem aangetrokken voelde. Hannelore was doodsbang dat ze verliefd aan het worden was. Nico was een buitengewoon charmante man, erudiet, en hij had een verfijnde smaak. De complete tegenpool van Van In. Maar was hij ook eerlijk, standvastig, volhardend en liefdevol? Haar lichaam snakte naar hem, haar gezond verstand voerde een ongelijke strijd met haar emotie.

'Dat het ooit zal gebeuren als we elkaar blijven zien.'

'Wat zal gebeuren hangt volledig van jou af, schat.'

Het woord 'schat' bezorgde haar kippenvel. Was het dan toch zover?

Nico overwoog om naast haar te gaan zitten. Was dit het geschikte moment om zijn armen om haar schouders te slaan? Het gezoem van de voordeurbel deed haar schichtig om zich heen kijken.

'Ik wil hier weg, Nico.'

Ze kromp in elkaar toen er een man binnenkwam. De blik in haar richting sprak voor zich. Die kerel dacht verdorie dat ze hier werkte.

Versavel keek om de vijf minuten op zijn horloge. Ze waren al langer dan een halfuur binnen en hij durfde niet te denken aan wat ze aan het doen waren. Waarom had hij de onzalige beslissing genomen hen te schaduwen? Omdat hij rotsvast in haar onschuld had geloofd? Je doet me wat aan, Hanne. Wat moet ik in godsnaam doen? Van In zou gek worden als hij het hem vertelde. Sinds ze elkaar kenden, had Van In een paar keer op het punt gestaan Hanne te bedriegen en hij was minstens één keer verliefd geworden, maar hij had er nooit aan toegegeven. En dat vond Versavel nu jammer, anders had hij zijn vriend kunnen overtuigen haar die ene misstap te vergeven.

'Laten we nog vijf minuten wachten', suste Verbiest. 'Anders denkt die kerel dat we iets te verbergen hebben.'

De man die net was binnengekomen, installeerde zich op een barkruk en bestelde een whisky-cola. De oudere vrouw die de deur had opengedaan, had zich nog maar gebukt om een flesje cola uit de koelkast te halen of er kwamen twee schaarsgeklede jonge vrouwen binnen. De ene had een lichtbruine huid en gitzwart haar, de andere amandelvormige ogen en een Aziatisch trekje.

'Nee', reageerde Hannelore bits. 'Ik wil hier nu weg.'

'Oké', fluisterde Nico. 'Zeg jij maar waar we naartoe gaan.'

'Ik wil naar huis.'

Verbiest keek op zijn horloge en haalde daarna zijn schouders op.

'Is dat niet onverstandig? Je hebt Van In gebeld dat je moet overwerken. Als je nu naar huis gaat, ben je amper een uur weggebleven. Ik weet zeker dat hij dat verdacht zal vinden.'

Hij kon gelijk hebben, maar er was een alternatief. Ze kon

alleen ergens iets gaan drinken en een paar uur later thuiskomen.

'We kunnen ook nog wat verder praten bij mij thuis', stelde hij voor. 'Ik breng je om een uur of acht weg en de zaak is opgelost.'

'Ben je gek geworden? Als de buren ons samen zien, is het hek van de dam.'

'Ik kan je ook met een taxi laten thuisbrengen, schat.'

Hij zei weer schat in plaats van Hanne. Het bracht haar in de war. Waarom slaagde ze er niet in zich van zijn aantrekkingskracht los te maken? Waarom gaf ze niet toe dat ze zo lang mogelijk bij hem wilde blijven?

'Oké', zei ze kordaat. 'Ik ga met je mee als je plechtig belooft geen avances te maken en me niet dronken probeert te voeren.'

'Als je dat echt wilt.'

Hij stak twee gestrekte vingers op en zwoer met een brede glimlach dat hij haar deugdelijkheid zou respecteren, maar hij beloofde niet dat hij haar niet dronken zou voeren. In de kelder lagen nog twee flessen Pomerol van 2005, een godendrank die mensen loom en gewillig maakte.

'Dan neem ik je op je woord.'

Het klonk een beetje dubbelzinnig. Zij zag er geen graten in. Hij interpreteerde 'nemen' op een andere manier.

Ze zaten al drie kwartier in de bar. Versavel werd steeds zenuwachtiger. Hij had zelfs overwogen naar binnen te gaan en haar uit de klauwen van Verbiest te redden. De kans was groot dat hij zich daardoor onsterfelijk belachelijk maakte, maar dat had hem geen moer kunnen schelen. Hij was desnoods bereid morgen naakt op het politiecommissariaat te verschijnen als dat iets aan de zaak had kunnen veranderen, maar het onheil was waarschijnlijk al geschied. Hij wist dan ook niet wat te denken toen ze even later naar buiten kwamen, in de auto stapten en wegreden. Vooruit dan maar. Hij startte de wagen en reed hen achterna. Aan de ringweg sloegen ze rechts af, maar in plaats van aan de Ezelpoort links af te slaan, de kortste weg naar de Vette Vispoort, reed hij rechtdoor. Versavel wist waar Verbiest woonde. Als hij aan de volgende verkeerslichten rechts afsloeg, was het helemaal om zeep. Doe me dat alsjeblieft niet aan, Hanne. Zijn smeekbede werd niet verhoord. Verbiest sloeg rechts af aan de volgende verkeerslichten. Versavel had moeite om zijn tranen te onderdrukken. Hij zette de wagen aan de kant en legde zijn hoofd op het stuur terwijl hij zich wanhopig afvroeg wat hij nu moest doen. Het was pure ellende.

12

‘Kom binnen, Guido.’

Hannelore stond breed lachend in de deuropening. Ze had alleen een badjas aan en haar haar was nog nat van de douche. Van In zat met de kinderen aan de ontbijttafel.

‘En?’ vroeg hij. ‘Heb je goed geslapen?’

‘Wat dacht je?’

Versavel probeerde luchtig over te komen. Geen van beiden mocht merken dat hij verscheurd werd door een vreselijk dilemma. Hij gaf de kinderen een zoen, maakte een grapje en ging zitten. Hannelore bediende hem van koffie. Ze straalde en dat maakte het nog erger.

Sarah liet zich van haar stoel glijden, kwam op zijn schoot zitten en drukte haar hoofdje tegen zijn borst.

‘Jij bent de liefste oom van de wereld’, zei ze.

Versavel verstijfde. Hij had tot laat in de nacht zitten piekeren over wat hij zou doen. Hij was er niet uit gekomen, maar nu wist hij het zeker. De kinderen waren te belangrijk.

‘Het belooft weer een mooie dag te worden’, zei hij.

Hannelore trok haar wenkbrauwen op. Versavel had een hekel aan mensen die over het weer zeurden. Hij ontweek haar blik toen ze hem er attent op maakte. En de koffie die ze voor hem had ingeschonken, bleef onaangeroerd. Er scheelde hem iets.

‘Heb je gisteren nog met Verbiest kunnen praten?’ vroeg Van In.

Versavel keek haar nu wel aan. Ze voelde zijn blik. Wat scheelde hem toch? Ze probeerde te glimlachen.

'Ja,' zei ze, 'we hebben er lang over gediscussieerd, maar hij blijft bij zijn standpunt. De aanwijzingen zijn te zwak om een DNA-onderzoek te bevelen. En ik heb nochtans mijn best gedaan.'

De laatste zin maakte Versavel kwaad. Waar haalde ze het lef vandaan om Van In op die manier te kleineren? Het scheelde niet veel of hij had het uitgeschreeuwd.

'Is er iets?'

'Nee, waarom?'

'Je ziet zo bleek', zei Van In.

'Je hebt toch geen kater?' grapte Hannelore.

'Nee, Hanne. Ik heb geen kater.'

'Dan is het goed.'

Ze nam een slokje koffie, keek op haar horloge. Het was tien voor acht en ze moest haar haar nog föhnen. Ze verontschuldigde zich en haastte zich naar boven.

'Ben jij gisteren nog lang gebleven?'

Van In keek zijn vriend verbaasd aan.

'Weet je dan niet meer dat ik de kinderen ben gaan ophalen?'

Versavel had willen vragen hoe laat Hannelore gisteren thuis was gekomen, in de hoop dat hij zou antwoorden dat het niet te laat was geworden. Wie weet was er toch niets aan de hand en hadden ze gewoon met elkaar zitten praten.

'Ja', zuchtte hij. 'Dat komt ervan als je te veel drinkt.'

De hoofdzetel van Vitotal, het cosmeticabedrijf van Arthur Coens, was ondergebracht in een modern gebouw op het industrieterrein de Blauwe Toren. Versavel parkeerde de Audi naast een zwarte Porsche.

'Een mens moet met iets geld verdienen', zei hij terwijl ze naar de hoofdingang liepen.

Aan de balie zat een meisje van een jaar of twintig. Ze verwelkomde hen met een brede glimlach. Ze had een gave huid en een perfect gebit. Dat kon ook niet anders. Een bedrijf dat reclame maakte met de slogan 'Iedere vrouw wordt mooier met Vitotal' kon het zich niet veroorloven een sloerie met scheve ogen en pukkels in dienst te nemen.

'Wat kan ik voor u doen?' vroeg ze.

Het meisje had niet alleen een gave huid en een perfect gebit, haar stem was ook nog eens zacht en diep, het soort stem dat je alleen op de radio hoort. Ze was ook heel stijlvol gekleed. Niet te deftig, maar ook niet te sexy. En ja, ze had een prachtig figuur. Van In stelde zich voor en vroeg of ze meneer Coens konden spreken. Het meisje bleef glimlachen, alleen haar ogen verraadden dat ze een stomme vraag hadden gesteld. Wisten zij dan niet dat de agenda van iemand als meneer Coens drukbezet was en je hem zonder afspraak niet te spreken kreeg? Ze bleef echter professioneel.

'Ik kan een afspraak voor u proberen te regelen', zei ze minzaam. 'Maar ik kan niet garanderen dat het deze week nog lukt.'

'Probeer het toch maar', zei Van In. 'En zeg hem dat het een oude zaak betreft, iets dat hem vijftien jaar geleden is overkomen.'

Het meisje knikte en belde de secretaris van Coens. Het duurde een paar minuten voor ze een antwoord kreeg.

'Meneer Coens zal jullie over een kwartier ontvangen', zei ze zichtbaar verbaasd.

Vijf minuten later kwam een jonge man hen ophalen. Ook hij voldeed aan het schoonheidsideaal waarvan Vitotal zijn handelsmerk had gemaakt. Versavel kon zijn ogen niet van hem afhouden. Een lift bracht hen naar de vierde verdieping. De gang die naar het kantoor van de baas leidde, was breed en helder verlicht. Aan de muren hingen schilderijen van hedendaagse kunstenaars en het rook er naar bloemen, want behalve cosmetica verkocht Vitotal ook luchtverfrissers.

'Meneer Coens zal u dadelijk ontvangen', zei de jonge man. 'U kunt ondertussen hier nog even plaatsnemen.'

Hij leidde hen binnen in een kleine wachtkamer en verdween daarna discreet. Van In ging zitten. Versavel bleef staan. Hij was er bijna van overtuigd dat het personeel op de vierde verdieping uitsluitend uit mannen bestond en hij kon niet ontkennen dat hij Coens daarom benijdde. Hij kreeg gelijk wat het personeel betrof. Nog geen twee minuten later ging de deur weer open. Een jonge man in een onberispelijk pak vroeg hun mee te komen. Het kantoor van Coens was, hoe kon het anders, ruim en modern. De grote baas van Vitotal stond voor het raam naar buiten te kijken. Ze waren al ruim vijftien seconden binnen voor hij zich omdraaide. Van In wist dat hij vijfenvijftig jaar was, maar hij zag er minstens tien jaar jonger uit. Dat kwam omdat hij veel tijd in de gymzaal doorbracht en zijn haar liet verven.

'Wat kan ik voor u doen, heren?'

Hij begroette hen niet met een handdruk, hij gaf een teken dat ze konden gaan zitten. Arrogantie of smetvrees? Het maakte Van In niet uit. Hij hoefde de man niet sympathiek te vinden.

'We komen in verband met Pierre Pieters', zei hij.

'Wat is er met hem?'

'Weet u dan niet dat hij vermoord is?'

'Nee.'

Van In sprak hem niet tegen. Officieel was Pieters in verdachte omstandigheden gestorven, een fait divers waaraan de kranten niet veel aandacht hadden besteed.

'Dan weet u waarschijnlijk niet dat hij al tien jaar in Frankrijk woonde. Op Île d'Arz om precies te zijn, maar dat zegt u waarschijnlijk ook niets.'

'Île d'Arz is een klein eilandje in de Golf van Morbihan.'
'U bent er dus geweest?'
'Commissaris,' klonk het neerbuigend, 'moet een mens per se op Île d'Arz geweest zijn om te weten dat het bestaat?'
Versavel was benieuwd hoe Van In op de denigrerende opmerking zou reageren. Hij wist één ding zeker: het antwoord zou niet mals zijn.
'Dat had u beter wel gedaan, meneer Coens. Wie weet had u dan de hand kunnen leggen op een oud schriftje waarin uw naam vermeld staat. En niet alleen uw naam. Er staat ook in hoeveel u Pieters destijds betaalde om bepaalde beelden niet openbaar te maken.'
'U maakt een grapje.'
Coens leek niet onder de indruk. Alleen mensen die hem goed kenden, wisten dat dit niet zo was. 'U maakte een grapje' was zijn manier om duidelijk te maken dat hij zich over iets zorgen maakte.
'Nee, meneer Coens, ik maak geen grapje.'
Als de politie over de beelden beschikte van zijn escapades, kwam hij in zeer nauwe schoentjes te staan. De gedachte dat hij een aantal jaar in een vieze cel zou moeten doorbrengen, maakte hem misselijk. Coens had echter geleerd dat er maar één manier was om met een schijnbaar onoplosbaar probleem om te gaan. Hij ging in de aanval.
'En ik denk dat het tijd is om op te houden met grapjes maken. Ik heb u niets meer te vertellen, commissaris Van In. En ik neem onmiddellijk contact op met mijn advocaat met de vraag of ik tegen u een klacht kan indienen wegens laster en eerroof. Mag ik u bijgevolg verzoeken mijn bedrijf onmiddellijk te verlaten.'
Van In keek naar Versavel. Ze hadden niet verwacht dat Coens zou toegeven dat hij vijftien jaar geleden strafbare feiten had gepleegd, zijn pathetische reactie was op zijn

minst veelzeggend. Ze hadden zich gelukkig goed voorbereid.

'U doet maar, meneer Coens. Maar welke advocaat u ook belt, hij zal niet kunnen verhinderen dat u als getuige wordt opgeroepen als de moordenaar van Pieters voor de rechter verschijnt en we verplicht zullen zijn al het bewijsmateriaal openbaar te maken. En dat hoeft natuurlijk niet, omdat het mij niet interesseert wat u vijftien jaar geleden hebt uitgespookt. Als u begrijpt wat ik bedoel.'

Coens was niet alleen een geslaagde zakenman, hij speelde ook een aardig partijtje schaak. Die kennis was hem al talloze keren van pas gekomen.

'U hebt de moordenaar dus te pakken gekregen?'

Van In wist dat hij daarover niet kon liegen. Verdomme, het was hem bijna gelukt de arrogante klootzak in het nauw te drijven.

'Nee, we beschikken nog niet over voldoende aanwijzingen om hem te arresteren, maar ik verzeker u dat het niet lang meer zal duren. Pleegt u ondertussen maar rustig overleg met uw advocaat. Hier is mijn kaartje voor het geval u van mening verandert. U kunt me dag en nacht bellen op dit nummer.'

Van In overhandigde Coens zijn kaartje en liep zonder zich nog om te draaien naar de deur. Versavel volgde hem op de voet.

'Je hebt in ieder geval indruk gemaakt.'

'Indruk maken is niet voldoende, maar het is beter dan niets. Laten we hopen dat zijn advocaat hem voorstelt om met ons te onderhandelen.'

Het was bloedheet in de auto toen ze instapten. Van In liet het raampje zakken en stak een sigaret op. De lijst met namen van mensen die Pieters had gechanteerd was lang, maar hij begon er hoe langer hoe meer aan te twijfelen dat iemand van hen iets over het verleden zou loslaten. Maar hadden ze nog een andere keus? Misschien lukte het wel als ze de druk bleven opvoeren.

Roos trok haar slipje uit en stapte naakt in de borrelende jacuzzi. Op de rand van het bad stonden een ijsemmer met champagne en twee glazen. De dood van Lieven had van haar een vrije vrouw gemaakt, ze was Silvia er eeuwig dankbaar voor. Zonder haar was haar leven een puinhoop gebleven, nu kon ze weer genieten. En dat was ze ook van plan. Het huis was afbetaald, de royalty's van Lievens boeken garandeerden haar een goed inkomen.

'Je weet niet hoe gelukkig je me hebt gemaakt.'

Ze ging naast Silvia in de jacuzzi zitten en gaf haar een tedere zoen op haar wang.

'Hij had je maar niet op die manier moeten behandelen. De klootzak verdiende niet beter, net als de andere drie smeerlappen.'

Silvia strekte haar arm uit, haalde de fles champagne uit de ijsemmer en vulde de glazen. Ze maakte zich minder zorgen dan Roos. De kans was klein dat ze opgepakt werd, de politie had geen enkele reden om haar te verdenken. Ze had bovendien alle sporen van haar aanwezigheid in het appartement in Zeebrugge zorgvuldig uitgewist. Het enige dat ze zouden vinden waren de haarplukjes van De Nul, Snoeck en Demaeght die ze had verzameld in hun respectieve badkamers. De insuline en de spuit had ze meegenomen na een wilde nacht bij een bevriende apotheker, net als de propranolol en de nitroglycerinespray, die een vervangmiddel was voor Cedocard, een ander bloeddrukverlagend middel, en handiger in gebruik. De diefstal was voor zover ze wist onopgemerkt gebleven.

'Ja', glimlachte Roos. 'Maar jij hebt het wel durven doen.'

'Zonder jouw hulp was het nooit gelukt, meid. Als jij niet de foto's en de film had gevonden die Lieven op het privé-eiland had gemaakt, was ik er nooit achter gekomen dat Pieters zijn activiteiten naar Île d'Arz had verplaatst.'

Zij en Roos waren sinds een paar maanden goede vriendinnen geworden. Het was dan ook heel normaal dat Roos haar in vertrouwen had genomen. Silvia had daarna gezworen dat ze Pieters zou laten boeten voor alles wat hij had aangericht. Ze had een plan bedacht en uitgevoerd. De uitvoering ervan was vlot verlopen. Le Tzigane had haar in ruil voor een nachtje seks naar het privé-eiland van Pieters gebracht, waar ze een hele collectie bezwarend beeldmateriaal had aangetroffen. Ze had een selectie gemaakt en alles meegenomen wat nog bruikbaar was. Daarna had ze hem met het voorwendsel dat hij het materiaal kon terugkopen naar Brugge gelokt. Ze had hem geneukt en daarna dronken gevoerd met whisky-cola waaraan ze propranolol had toegevoegd. Toen het medicament begon te werken, had ze hem halfbewusteloos in haar auto gesleurd en in de Colettijnenhof gedumpt, waar ze hem met de nitroglycerinespray had afgemaakt als een soort van waarschuwing voor de andere klootzakken.

'Het komt niet vaak voor', zei Roos met een glas champagne aan haar lippen. 'Maar soms kan het leven rechtvaardig zijn.'

'Nog een glaasje?'

'Graag', zei Roos.

De vrouwen dronken het tweede glas in één teug leeg, terwijl krachtige waterstralen hun lichaam masseerden. De combinatie van drank en wervelend water bracht hen op gedachten waarover ze al vaak gefantaseerd hadden als ze alleen waren.

'Je vindt het toch niet erg dat ik je teergeliefde eerst heb moeten pijpen en neuken voor ik hem dronken kon voeren?'

'Pff', blies Roos. 'Mannen zijn mannen, en vlees is vlees. Wat maakt het verdomme nog uit?'

'Weet je dat zeker?'

Silvia kwam dichter bij Roos zitten, tot hun dijen elkaar raakten en ze legde haar hoofd op haar schouder. Het geluid van het borrelende water werkte als een zenmeditatie. Ze raakten allebei in een trance.

Het voordeel van een mortuarium is dat het er 's zomers altijd fris is. Van In was voor één keer blij dat hij er moest zijn. Zlotkrychbrto stond hem in de deuropening op te wachten in een groen chirurgenpak. Zijn reusachtige handen hingen als schoppen langs zijn lijf.

'Duveltje?'

Hij wachtte het antwoord niet af en Van In hoefde hem niet te vragen waar hij het bier vandaan zou halen. Zlotkrychbrto bewaarde zijn voorraad in een van de laden die eigenlijk bestemd waren voor het koel houden van de lijken. De glazen stonden op de sterilisator. Hij schonk er twee vol.

'Gezondheid.'

Lieven Deckmyn lag naakt op de ontleedtafel. Zijn borst en zijn buikholte waren slordig dichtgenaaid.

De Poolse wetsdokter mocht een van de beste pathologen-anatomen van het land zijn, het fijne werk was niet aan hem besteed, maar daar had geen enkele patiënt tot dusver over geklaagd. In een schaaltje lag nog een stukje bloederige lever.

'Onze culinaire specialist lustte blijkbaar ook een glaasje', zei hij. 'Ik durf te wedden dat zijn lever er beroerder aan toe is dan de mijne.'

Van In wierp een blik op het lijk voor hij een slok Duvel nam. Ieder mens ging dood, maar hij mocht er niet aan denken dat hij ooit op een ontleedtafel zou belanden en een of andere arts hem eerst vakkundig in reepjes sneed voor hij in een kist belandde.

'De moordenaar heeft geen risico genomen. Ze heeft hem eerst dronken gevoerd en daarna verdoofd.'

'Hebben ze seks gehad?'

'Ja. En ik vermoed dat ze hem daarna gewassen heeft.'

'Die vrouwen toch', sakkerde Van In.

Behalve de plukjes die van drie mensen afkomstig bleken te zijn, hadden ze weinig bruikbare sporen in het appartement aangetroffen.

'Heb jij ondertussen al iets ontdekt?'

'Nee', zei Van In. 'De vrouwen die we verdenken, hebben alle drie een alibi.'

'Of ze beschermen elkaar', merkte Versavel op.

'De haartjes die we op het lichaam van Pieters hebben aangetroffen, zijn in ieder geval niet van een vrouw afkomstig', zei Zlotkrychbrto.

'Heb je ze vergeleken met de plukjes in de slaapkamer?'

'Daar zijn ze mee bezig.'

Van In probeerde de walging die hij in zijn maag voelde opkomen te neutraliseren met een fikse slok Duvel en hij stak ongegeneerd een sigaret op. De haarplukjes deden hem denken aan een zaak die hij tien jaar geleden had opgelost. Toen had de moordenaar, ook een vrouw, hen proberen te misleiden door plukjes haar die ze bij de kapper had verzameld, op de plaats delict achter te laten.

'Wil je ook weten wat hij gegeten heeft?'

'Alleen als het relevant is', antwoordde Van In met tegenzin.

Gelukkig was het lijk dichtgenaaid, anders was Zlotkrychbrto in staat geweest hem de inhoud van de opengesneden maag te laten zien en ruiken.

'Frieten met stoofvlees.'

'Noem je dat relevant, Zlot?'

'Relevant misschien niet, maar volgens mij koop je frieten met stoofvlees doorgaans aan een frietkraam. En wie weet deed hij dat in het gezelschap van de moordenaar toen ze op weg waren naar het appartement.'

'Ik denk dat je te vaak naar politieseries kijkt op de televisie', lachte Van In. 'Je moet er maar op komen: frieten met stoofvlees lossen het mysterie op. Je bent een goede arts, Zlot, maar blijf alsjeblieft bij je leest.'

'Ga je het niet natrekken?'

'Ja, als mijn overbuurvrouw morgen beweert dat ze zwanger is.'

Versavel keek verbaasd op. De overbuurvrouw van Van In was achtenzeventig. Waarom zei hij zoiets? De suggestie van Zlot om de uitbaters van de frietkramen in de buurt te verhoren leek hem allerminst stom.

'Ik wil het anders alleen doen', stelde hij voor.

Versavel kreeg nul op het rekest. Twee Duvels later namen ze afscheid van Zlotkrychbrto en liepen door de gang naar buiten.

'Wat doen we nog?'

'Geen idee, Guido. Ik ben in ieder geval niet gehaast. Hannelore moet vanavond weer overwerken en de kinderen logeren bij mijn schoonmoeder.'

'Vind je het niet erg dat ze zo vaak moet overwerken?'

'Erg vinden is zwak uitgedrukt. Ik haat het gewoon. Ze was beter onderzoeksrechter gebleven, maar ja, mevrouw wilde per se carrière maken.'

'Jullie hebben toch geen ruzie?'

Ze stapten in de auto. Versavel startte de motor en ze lieten de raampjes gelijktijdig zakken.

Van In dacht even na voor hij de vraag van zijn vriend beantwoordde. Ieder stel maakte ruzie, het ene vaker dan het andere, het was ook onvermijdelijk dat er sleet op een relatie kwam. Begeerde hij haar nog zo vurig als vroeger? Deed zij nog voldoende moeite om hem te verleiden? Het leek allemaal zo vreselijk normaal na al die jaren. Toch vond hij dat ze veranderd was sinds ze procureur was geworden. Afstandelijker en vaker in gedachten verzonken. Ze lachte ook minder vaak. De rest probeerde hij te verdringen. De gedachte dat Hannelore een verhouding had met adonis de onderzoeksrechter was ondraaglijk. Voor één keer wilde hij niet met de waarheid geconfronteerd worden. Omdat hij gek zou worden als zou blijken dat het waar was.

'Het zal wel aan mij liggen. Wat moet ik zeggen? Dat ieder huisje zijn kruisje heeft?'

'Geen grote problemen dus.'

'Nee, Guido. Ik zie haar doodgraag.'

Versavel durfde zijn vriend niet aan te kijken. Het geheim dat hij met zich meedroeg begon steeds zwaarder te wegen. Hij wilde Van In geen pijn doen en anderzijds zou hij het zichzelf nooit vergeven dat hij het van iemand anders te horen kreeg. Zoiets lekte gegarandeerd uit. Hij moest dringend met Hannelore praten.

'Ik was net van plan om jullie te bellen', zei Saskia toen ze kamer 204 binnenkwamen.

Ze droeg een ruime jurk, waardoor het niet opviel dat ze zwanger was, en modieuze sandalen met veters om haar enkels. Van In had zelfs de indruk dat haar borsten groter waren geworden. Of lag het aan de jurk die aan de bovenkant veel strakker zat.

'Heb je nieuws voor ons?'

'Inderdaad. Ik heb vanochtend Arthur Coens op het internet zitten googelen. Heel interessant. Ik heb zelfs een artikel in een roddelblad over hem teruggevonden over de stukgelopen relatie met zijn ex-vriend, met wie hij meer dan twintig jaar lief en leed deelde.

Van In wilde het enthousiasme van zijn jonge zwangere medewerkster niet al te veel temperen. Hij pakte het heel voorzichtig aan.

'Hoe meer informatie we over die kerel te pakken kunnen krijgen, hoe beter, maar wat meneer Coens met volwassenen heeft uitgespookt gaat ons niets aan.'

'Dan stel ik voor dat je het artikel leest, Pieter. Ik heb het netjes voor je afgedrukt.'

Ze liep heupwiegend naar haar kantoor en kwam terug met vier A4'tjes. Van In herkende onmiddellijk de stijl van een bepaald weekblad dat mensen doorgaans bij de kapper lazen. De koppen en de ondertitels bij de foto's spraken voor zich. *Cosmeticagigant dumpt vriend voor toyboy. Ex-vriend getuigt over zijn lijdensweg.* Arthur Coens en Kevin Storms in betere tijden met erboven een foto van Coens en zijn ex-vriend op een of ander exotisch strand met een glas champagne in de hand. Verder was er nog een foto van de toyboy, die trots naast een gloednieuwe Maserati poseerde, met als ondertitel: *Coens verwent nieuwe vriendje met luxeauto.*

'Lees eerst het stukje onder de titel "Ex-vriend getuigt over zijn lijdensweg".'

Saskia wees de passage voor alle zekerheid met haar vinger aan omdat ze wist dat hij geen zin had om het hele artikel te lezen. Er stond dat Kevin alle dure cadeaus had moeten teruggeven, dat hij het huis was uitgezet en meer dan eens was bedreigd. Op de vraag 'Hoe voelt u zich nu?' had Kevin geantwoord dat hij Coens haatte en dat hij hem nooit zou vergeven wat hij hem had aangedaan.

'Wat denk je?' vroeg ze.

'Mm', klonk het niet erg overtuigd.

'Saskia heeft toch wel een punt', sprong Versavel haar bij. 'Gedumpte partners nemen geen blad voor de mond.' Hij pakte het bovenste A4'tje en bekeek de foto van de verongelijkte vriend. De man op de foto was ondertussen vijftien jaar ouder geworden. Versavel probeerde zich voor te stellen hoe hij er tegenwoordig uitzag. 'Dat betekent echter niet dat hij automatisch een flik in vertrouwen zal nemen', voegde hij er met een geheimzinnig lachje aan toe.

Van In kende het lachje. Het voorspelde niet veel goeds. Versavel bleef naar de foto van de ex-vriend kijken.

'Als we nu eens een journalist op hem afstuurden.'

'Waar ga je die vandaan halen?'

'Het hoeft geen echte journalist te zijn, Pieter.'

Van In had nu pas door wat Versavel aan het bekokstoven was. De foto had zijn hormonen op hol doen slaan.

'Je wilt het zelf doen.'

'Waarom niet?'

Het was lang geleden dat Van In hem had zien glunderen. En het was waarschijnlijk ook lang geleden dat hij nog iets had voelen kriebelen. Alleen Saskia leek het niet echt te snappen.

'Is dat niet een beetje vergezocht?' vroeg ze.

Beide mannen glimlachten vaderlijk. Saskia hoefde niet alle details te kennen.

Versavel stond langer onder de douche dan anders en hij trimde zijn snor nauwgezet, voor hij een nieuwe onderbroek van Björn Borg aantrok en zijn lichaam in de spiegel keurde. Zijn schouders en zijn borstkas vielen nog best mee omdat hij zich iedere dag tweehonderd keer opdrukte en hij kon zich verzoenen met zijn wat minder strakke buik. Na de keuring in de spiegel die ruim drie minuten in beslag nam, trok hij een nieuw hemd van McGregor aan en een ribfluwelen broek die hem een jongere uitstraling gaf. De schoenen vormden een groter probleem. Hij had drie paar klaargezet maar kon zijn keuze niet maken. De zwarte mocassins vond hij te gekleed, de Italiaanse puntschoenen te janetterig, de oranje sportschoenen te opvallend. Hij trok ze om de beurt aan en koos uiteindelijk toch voor de oranje sportschoenen. Ze hadden om acht uur afgesproken in De Herborist, een sterrenrestaurant in de buurt van de abdij van Zevenkerken, omdat het er rustig was en de kans op herkenning kleiner was. Versavel wierp een blik op zijn horloge. Het was tien voor zeven. Hij was bloednerveus. Aan de telefoon had Kevin redelijk enthousiast geklonken en hij had onmiddellijk ingestemd met het voorstel het interview vandaag nog te laten doorgaan. Ook de keuze van het restaurant had hem aangenaam verrast, maar hij had zich geen vragen gesteld, omdat hij er waarschijnlijk van uitging dat interviews altijd op dergelijke locaties werden gevoerd, anders was hij zeer zeker argwanend geworden. Versavel trok om exact kwart over zeven de voordeur achter zich dicht, stapte in de auto die hij anderhalf uur daarvoor aan de overkant van de straat had geparkeerd en reed rustig naar de plek waar ze afgesproken hadden. Het was eindelijk zover.

'Ik heb een tafel voor twee gereserveerd. Op naam van Versavel.'

De ober knikte en leidde hem naar een tafeltje in de hoek van de zaal waar het rustig praten was. De Herborist was ondergebracht in een gerenoveerde boerderij. Het rustieke interieur zorgde voor een ouderwetse gezelligheid en wie er 's winters kwam, kon genieten van de warmte van knetterende houtblokken in de open haard. Er was ook een kruidentuin, vandaar de naam van het restaurant, en er waren vier gastenkamers.

'Wenst u ondertussen een aperitiefje?'

Versavel dronk alleen bij speciale gelegenheden en als het van hem afhing, zou dit een speciale gelegenheid worden. Hij bestelde champagne, geen glas maar een fles. Kevin Storms arriveerde om vijf over acht. Hij droeg een spijkerbroek van Diesel, een polo van Boss en sportschoenen van Nike, en dat was een hele opluchting voor Versavel. Hij zag er ook geen vijftien jaar ouder uit dan op de foto, maar dat lag aan zijn kleding en het halflange krulhaar. Hij was ook mooi gebruind en aan zijn schouders te merken deed hij iedere ochtend dezelfde oefeningen als Versavel. Een godsgeschenk. Ze drukten elkaar de hand.

'Ik vind het ongelooflijk tof dat u onmiddellijk bereid was om mij te ontmoeten.'

'En ik heb er absoluut geen spijt van', reageerde Kevin spontaan.

Homo's beschikken over een zesde en een zevende zintuig als het op het herkennen van een 'familielid' aankomt. Versavel wist nu bijna zeker dat het zou klikken tussen hen.

'En ik vind dat uw blad er goed aan doet schandalen van vroeger weer op te rakelen.'

Versavel had Kevin wijsgemaakt dat er een reeks op stapel stond waarin mensen die vroeger onheus door hun partner behandeld waren, de kans kregen te vertellen hoe het verder met hen gegaan was en hoe ze het nu stelden.

'Hebt u er bezwaar tegen dat ik het gesprek opneem?'

Versavel had een kleine digitale recorder meegebracht en hij had de vragen schriftelijk voorbereid om de indruk te geven dat het allemaal echt was.

'U hebt uiteraard het recht om de tekst na te lezen en correcties aan te brengen', zei hij met een glimlach.

Kevin Storms keek hem dromerig aan. Hij viel op oudere mannen en de journalist was een aantrekkelijke oudere man.

'Ik vertrouw u, meneer Versavel.'

De ober bracht hun de menukaart en vroeg of ze ook wijn wilden. Versavel koos voor het degustatiemenu van honderd en vijf euro en bestelde in samenspraak met Kevin een fles stevige bourgogne, die ongeveer de helft van zijn budget opslorpte, maar dat trok hij zich niet aan. Desnoods betaalde hij de tweede fles zelf.

'Ik neem aan dat u uw leven ondertussen weer op orde hebt gebracht?' begon hij voorzichtig.

'Ja, maar het heeft een tijdje geduurd voor ik weer de oude was. Weet u dat Arthur me na het verschijnen van het artikel van diefstal heeft proberen te beschuldigen? Hij beweerde dat ik twee dure horloges en een aantal juwelen had meegenomen. Het heeft me verdomd veel moeite en geld gekost om die aantijgingen te weerleggen. Hij had me die troep verdorie cadeau gedaan.'

'Maar u hebt de zaak uiteindelijk gewonnen?'

'Ja, maar tegen welke prijs? Ik heb noodgedwongen de Breitling moeten verkopen om mijn advocaat te kunnen betalen.'

Versavel hield in principe niet van materialisten. Hij vond mensen die alleen met geld en bezittingen bezig waren geen inhoud hebben. Kevin was duidelijk een verwende kerel die het van uiterlijk vertoon moest hebben, maar hij was bereid om in dit geval een oogje dicht te knijpen, omdat het te lang geleden was dat hij nog eens een man had gevoeld.

'Heeft hij u nog op andere manieren lastiggevallen?'

'U zou die vraag niet stellen als u Arthur kende. Natuurlijk heeft hij me nog lastiggevallen. De roddels die hij over me verspreidde, hebben me bijna al mijn vrienden gekost.'

Ze onderbraken het interview toen de ober het voorgerecht serveerde: carpaccio van zwaardvis met een zalfje van pastinaak en dagverse noordzeegarnalen met diverse soorten zelfgekweekte kerstomaatjes.

‘Mag ik weten welke roddels hij over u verspreidde?’

‘De eikel strooide overal rond dat ik seropositief was. Ik moet u niet vertellen wat zoiets kan aanrichten.’

Kevin had nu duidelijk laten blijken dat hij wist dat Versavel homo was. Het ijs was gebroken. Ze hoefden niet langer formeel te doen. Toen de ober het hoofdgerecht serveerde, waren ze elkaar al aan het tutoyeren.

‘Er doen anders ook wilde verhalen over hem de ronde’, zei Versavel.

Kevin hield abrupt op met eten. De journalist kon onmogelijk weten wat hij en Arthur destijds bij Pieters hadden gedaan. Versavel zag dat zijn reactie hem in de war had gebracht. Zou het kunnen dat zij hetzelfde geheim deelden? Hij besliste al zijn kaarten op tafel te gooien.

‘Ik weet dat het bij wet verboden is’, fluisterde hij. ‘En dat rechters niet mals zijn voor mannen die het met kinderen doen, maar ik moet eerlijk bekennen dat ik het ook nog heb gedaan. Meer nog, ik heb het me nooit beklaagd.’

‘Jij ook? Dat meen je niet.’

‘Toch wel.’

Versavel zette ostentatief de recorder af en stak het ding in zijn broekzak. De rest was kinderspel. Bij de koffie in de salon vertelde Kevin honderduit over de seksfuiven bij Pieters.

‘Weet je ook waarom hij ermee gestopt is?’

‘De politie zat hem op de hielen, maar ze hebben nooit iets kunnen bewijzen. Voor zover ik weet heeft Pieters zijn zaak verkocht en hij is naar het buitenland vertrokken.’

De verhalen over hoe ze tientallen knapen hadden misbruikt, deden Versavel walgen. Hij had gehoopt dat de avond anders was afgelopen, het werd hem niet gegund. Slapen met een pedofiel, hij mocht er niet aan denken.

13

De camera zoemde in op een motorboot die tussen andere plezierboten voor anker lag. Van In hoefde niet te wachten tot hij de naam op de achtersteven kon lezen, hij herkende de boot Big Brother, waarmee ze amper een week geleden naar het privé-eiland in de Golf van Morbihan waren gevaren. De camera zwenkte. Pierre Pieters en een andere man zaten achter in een kleine rubberboot met buitenboordmotor. Het beeld ging op en neer en viel daarna even uit toen ze aan boord van de Big Brother klommen. Wat ogenschijnlijk als een onschuldig vakantiefilmpje begon, ontaardde na tien minuten in een walgelijke pornofilm. De meisjes die erin meespeelden, waren zichtbaar minderjarig. Een van hen had amper borsten. Deckmyn lag op bed met twee meisjes die hem beurtelings pijpten. De beelden waren statisch en er werd niet ingezoomd, wat deed veronderstellen dat Deckmyn de camera op een statief had geplaatst. De film duurde ruim anderhalf uur.

'We weten nu zeker dat alles om kinderprostitutie draait', zei Van In. 'Het probleem is dat we niets kunnen aanvangen met het bewijsmateriaal. De dader is dood.'

'Is de film dan niet voldoende om de onderzoeksrechter ervan te overtuigen dat de andere buren er ook bij betrokken waren?'

'Ik denk het niet, Sas.'

'Heeft Jan dan al die moeite voor niets gedaan?'

Het had haar vriend twee lange avonden gekost om de gewiste gegevens op de harde schijf van Deckmyns laptop terug te halen.

'Voor niets is misschien overdreven', reageerde Versavel.

'Waarom denk je dat?'

'Omdat ik me moeilijk kan voorstellen dat Lieven Deckmyn de gegevens zelf heeft gewist.'

Van In knikte. De conclusie was logisch. Deckmyn had de opnamen gemaakt om er later nog van te kunnen genieten.

'Dan komen we weer bij de vrouwen uit', zei hij. 'Vergeet niet dat Roos en Silvia vriendinnen zijn en dat ze elkaar een alibi hebben verschaft.'

Van In stond op en liep naar het bord waarop alle belangrijke informatie over de moorden stond genoteerd. Wat wisten ze eigenlijk? Pierre Pieters was hoogstwaarschijnlijk vermoord omdat hij De Nul, Snoeck, Demaeght en Deckmyn chanteerde. Het lag bijgevolg voor de hand dat een van hen Pieters had vermoord, maar het was ook mogelijk dat ze hadden samengespannen. Maar wie had Deckmyn dan vermoord? En waarom? Roos had een motief om haar man te vermoorden, maar ze had niets te maken met Pieters. Silvia had zelfs helemaal geen motief.

'Ik zal Verbiest de beelden laten zien', zei Van In. 'Wie weet kunnen we hem ermee overtuigen.'

Hij liep terug naar zijn bureau, zette de laptop af en stak een sigaret op.

'Kunnen we die andere kerel niet proberen te identificeren?'

'Dat kunnen we inderdaad proberen, Guido', zei Van In.

Als de andere pedofiel bij Pieters te gast was geweest, zou het niet veel moeite kosten hem te identificeren. Ze hoefden alleen de gastenlijst op te vragen. Het probleem was dat ze nooit zouden kunnen bewijzen dat hij aan de orgie had deelgenomen omdat er geen beelden beschikbaar waren. Vijftig jaar geleden was het allemaal gemakkelijker verlopen. Toen werd een verdachte opgepakt en hardhandig verhoord tot hij bekende. Tegenwoordig moest je een crimineel op heterdaad betrappen voor je hem kon laten berechten. Het was allemaal bijzonder frustrerend.

'En ik vraag me af hoe de vrouw van Demaeght zal reageren als we haar met de realiteit confronteren. Vergeet niet dat zij denkt dat haar man haar met een volwassen vrouw heeft bedrogen.'

Saskia had een punt. Erachter komen dat je man het met kinderen heeft gedaan, kon bij de vrouw van Demaeght de stoppen doen doorslaan. En dan zou het best kunnen dat ze zozeer van hem walgde, dat ze hun toestemming gaf om het huis te doorzoeken.

'Geen slecht idee', mompelde Van In. 'Neem zo snel mogelijk contact met haar op en vraag haar of ze hiernaartoe wil komen. Alleen uiteraard.'

Hij deed zijn sigaret uit en stak onmiddellijk een nieuwe op. De zaak schoot nauwelijks op en dat maakte hem zenuwachtig.

Silvia installeerde zich op het terras van een brasserie aan het Walplein en bestelde een glas witte wijn. In haar handtas zat een bruine envelop met belastende informatie over Snoeck. Deckmyn had de straf gekregen die hij verdiende, Snoeck verdiende het om eerst vernederd te worden voor hij stierf.

'Ik neem aan dat u mevrouw Moerman bent?'

Een man van een jaar of veertig keek haar vragend aan. Hij was sportief gekleed, zijn keurig getrimde stoppelbaard gaf hem iets intellectueels.

'Dan bent u Jacques Cortekaas.'

'Inderdaad, mevrouw.'

Silvia vond Jacques een knappe kerel met een warme, aangename stem, maar was hij ook keurig? Ze wist bijna zeker dat hij nu aan andere dingen dacht. De manier waarop hij haar bekeek sprak voor zich. Alle mannen waren eender. Ze dachten maar aan één ding. Hij droeg een trouwring en hij had waarschijnlijk ook kinderen, toch was ze er zeker van dat ze hem met een vingerknip kon verleiden.

'U bent stipt', zei ze. 'En ik hou van stipte mensen. Ga zitten. Ik trakteer.'

Ze had met opzet een jurk met een diep decolleté aangetrokken, het soort decolleté dat mannen fascineerde. Cortekaas ging recht tegenover haar zitten. Hij had zichtbaar moeite om zijn blik niet van haar gezicht te laten afdwalen.

'Wat kan ik u aanbieden?'

Ze wenkte de kelner, die in de deuropening was blijven staan. De kelner, die haar eveneens aan het begluren was, reageerde onmiddellijk.

'Doe mij maar een pilsje', zei Cortekaas.

Hij glimlachte naar Silvia. Zij deed alsof ze het niet merkte. Het had maanden gekost om achter de code van de kluis te komen, ze kon eindelijk de vruchten plukken van haar volgehouden speurwerk. Het was allemaal begonnen toen Snoeck op een dag bezoek kreeg van een bevriende minister en ze een paar flarden van het gesprek had opgevangen. Na afloop van het gesprek had de minister hem documenten overhandigd en ze had gezien dat hij die documenten in zijn kluis had gelegd. Omdat ze de inhoud van het gesprek kende, wist ze bijna zeker wat er in de documenten stond. Vanaf toen had ze alles in het werk gesteld om achter de code van de brandkast te komen. Het toeval had haar een handje geholpen. Drie weken geleden, toen ze in de kamer aan het stofzuigen was, had ze hem eerst een blik in zijn agenda zien werpen voor hij de kluis openmaakte, en hij had haar ooit toevertrouwd dat hij geen telefoonnummers kon onthouden. Ze had eruit afgeleid dat hij dan waarschijnlijk ook de code van zijn kluis niet uit het hoofd kende en die voor alle zekerheid ergens had opgeschreven. Haar gevolgtrekking bleek juist toen ze drie dagen later de hand op zijn agenda had weten te leggen.

'Ik mag er toch op rekenen dat u de informatie integraal publiceert?' zei ze.

'Alleen als u de aantijgingen tegen meneer Snoeck hard kunt maken.'

Cortekaas legde de nadruk op 'hard' en keek haar daarbij recht in de ogen. De smeerlap dacht weer aan iets anders. Ze haalde de envelop uit haar handtas en overhandigde ze hem. Hij maakte het klepje los, haalde de documenten eruit en begon ze aandachtig te lezen. Zijn gezicht verstrakte naarmate de lectuur vorderde.

'Wat vindt u ervan?' vroeg ze.

Cortekaas stak de documenten weer in de envelop en haalde diep adem. Als het klopte wat hij net gelezen had, kon meneer Snoeck een kruis maken over zijn politieke carrière en hij zou een goede advocaat in de arm moeten nemen, wilde hij niet voor een paar jaar in de gevangenis belanden.

'Het is inderdaad explosief materiaal, mevrouw', zei hij. 'En ik verzeker u dat het gepubliceerd zal worden. Eén ding is me echter niet duidelijk. Waarom doet u zoiets? Iemand anders zou er munt uit proberen te slaan. En u vraag niets in ruil.'

'Dat zijn mijn zaken, meneer Cortekaas.'

'Heeft hij u misschien lastiggevallen?'

Snoeck had een slechte naam wat vrouwen betrof. En zij

was zo verdomd knap dat hij haar ook had proberen te pakken als hij daartoe de kans kreeg.

'Ik heb uw vraag beantwoord', zei ze streng. 'Publiceer het verhaal en laat me verder met rust.'

Cortekaas schrok van haar vastberadenheid, hij dronk zijn pils op en nam afscheid met een knikje. Zij bestelde nog een glas witte wijn. Morgen zou de bom barsten en dan bleven ze nog maar met hun tweeën over.

Mevrouw Demaeght bekeek de film op een laptop. In het begin met een zekere verbazing, omdat ze wist dat Eddy eveneens een trip naar het privé-eiland van Pieters had gemaakt en ze zich afvroeg waarom hij haar de beelden die ook hij toen had gemaakt nooit had laten bekijken. De verbazing sloeg echter snel om in verbijstering toen ze de rest te zien kreeg. Na een halfuur vroeg ze huilend om de vertoning stop te zetten. Van In gaf haar de tijd om te bekomen van de emotie.

'We kunnen niet bewijzen dat uw man hetzelfde heeft gedaan', zei hij. 'Maar het is zeer waarschijnlijk dat hij ook aan iets dergelijks heeft deelgenomen.'

'Dat kan ik niet geloven', snikte ze. 'Eddy houdt van kinderen en we hebben zelf een dochter.'

'De gevangenissen zitten vol met getrouwde mannen die kinderen hebben misbruikt', zei Van In zacht, om haar niet nog meer te choqueren. 'En hij zal het in alle toonaarden ontkennen als u het hem vraagt. Daarom verzoek ik u om toestemming om uw huis en zijn computer te doorzoeken.'

De gedachte dat Eddy haar met een prostituee had bedrogen, was nog enigszins draaglijk, de beelden die ze net had bekeken, vervulden haar met zoveel afschuw dat ze nooit nog een aanraking van hem zou kunnen verdragen als hij zich aan dergelijke perverse handelingen schuldig had gemaakt.

'Denk aan de slachtoffers die hij nog zal maken, mevrouw. Het is wetenschappelijk bewezen dat pedofielen nooit ophouden.'

'Mijn man is geen pedofiel, commissaris.'

Ze stond op van haar stoel en wilde de kamer uit lopen. Van In hield haar tegen met zachte dwang, met als gevolg dat ze weer begon te huilen. Hij gaf Saskia een teken dat ze zich over de arme vrouw moest ontfermen. Hij vond het zelf een vreemde zaak omdat hij moeilijk kon geloven dat de vier buren ook alle vier pedofiel waren.

'Dat is best mogelijk', zei Van In voorzichtig. 'U moet echter toegeven dat hij iets te verbergen heeft. Anders had hij zich niet laten chanteren.'

Rita Demaeght keek hem met betraande ogen aan. Eddy zou razend zijn als hij erachter kwam dat ze de politie toestemming had gegeven hun huis te doorzoeken. Zij vond het eerlijk gezegd ook niet prettig dat vreemde mannen in haar lingerie zouden snuffelen. Niet op het verzoek ingaan was ook geen optie omdat ze zelf wilde weten wat er op het eiland gebeurd was. Het beste scenario was dat ze niets vonden en hen daarna met rust lieten.

'Oké', zei ze. 'Jullie hebben mijn toestemming om het huis te doorzoeken.'

'Kunt u dat ook schriftelijk bevestigen?'

'Alleen als het echt moet.'

'Het moet', zei Van In.

Ze maakte geen bezwaar. Saskia handelde de formaliteiten af. Ze stelde een document op en liet het ondertekenen. Versavel reed ondertussen de auto voor.

Nog geen kwartier later stopten ze bij het huis van Demaeght. Jan Bonte, de vriend van Saskia, was al gearriveerd. Hij zou zich met de computer bezighouden.

'We kunnen misschien het best met zijn werkkamer beginnen', zei Van In. 'Kent u het wachtwoord van zijn computer?'

Rita Demaeght hoefde niet lang na te denken. Eddy hield niet van ingewikkelde toestanden. Het wachtwoord was gewoon 'Eddy'. Jan Bonte fronste de wenkbrauwen. Hij wist uit ervaring dat mensen die een voor de hand liggend wachtwoord kozen, meestal niets te verbergen hadden.

'Kunt u ons ook vertellen om hoe laat uw man ongeveer thuiskomt?'

'Nooit voor halfzeven', zei Rita.

'Dan hebben we even de tijd.'

De werkkamer was ruim en beantwoordde perfect aan wat Van In zich van de werkkamer van een boekhouder had voorgesteld. Metalen kasten, ordners, stapels papieren, twee desktops en boeken over fiscaliteit.

'Ik neem aan dat uw man ook over een laptop beschikt.'

'Ja', zei ze. 'Die neemt hij overal met zich mee.'

'Brengt hij hier veel tijd door?'

Eddy was een hardwerkende man. Na het avondmaal sloot hij zich op in zijn werkkamer en hij kwam zelden voor elf uur naar beneden. Rita besefte plotseling dat ze een eenzaam leven leidde.

'Hebt u me verder nog voor iets nodig?'

Het antwoord was negatief. Ze liep met hangende schouders naar beneden. Waarom zou iemand haar nog nodig hebben? Ze leefde haar hele leven al in de schaduw van Eddy. Het grootste deel van wat ze samen hadden opgebouwd, kwam van hem. Het geld dat zij verdiende als schoonheidsspecialiste ging hoofdzakelijk naar de kapper en dure merkkleding. Wat zou er van haar worden als er hem iets overkwam? Hij was meestal lief voor haar en hij zeurde nooit over haar koopgedrag. Integendeel, hij stopte haar af en toe een extraatje toe. Het kon toch niet dat een man als hij onoorbare dingen met kinderen had gedaan. Ze liep naar de barkast en schonk zich een glas port in. Rita dronk vaak stiekem als ze zich moedeloos voelde en het was de laatste jaren alleen erger geworden. Soms dronk ze meer dan een fles per dag. Ze was er zo aan gewend geraakt dat niemand nog merkte dat ze dronken was, zelfs Eddy niet. Arme Eddy. Ze hoopte dat hij niet zou merken dat de flikken zijn werkkamer hadden doorzocht, wat bijna onmogelijk was. Hij wist exact waar alles lag. Ze had hen nooit mogen binnenlaten.

Wenduine was waarschijnlijk een van de rustigste badplaatsen aan de kust. Zelfs in het hoogseizoen was het er zelden razend druk zoals in het naburige Blankenberge. Dat was dan ook de reden waarom Albert Snoeck er regelmatig een portie frisse zeelucht kwam opsnuiven. De mensen die hem herkenden vielen hem niet lastig, hij kon rustig een paar uur op een terras doorbrengen zonder dat iemand hem aanklampte of over politiek begon te lullen. Hij had er ook zijn stamcafé, De Markt, op de hoek van de Markt en de Pauwaerstraat. Normaal kwam hij er om zich te ontspannen en rustig van een Brugse Zot te genieten. Vandaag was een uitzondering. Hij had een afspraak met hoofdinspecteur Vermeersch, zijn tipgever bij de Brugse politie, die het onderzoek naar de moord op Pieters en Deckmyn op de voet volgde. Het had tot dusver nog niet veel opgeleverd. Het onderzoek vorderde traag, de kans was klein dat Van In de moordenaar, die volgens hem ook de afperser was, wist te identificeren. Hij had lang over die kwestie nagedacht en was tot de conclusie gekomen dat hij de zaak beter alleen kon afhandelen. De moord op Deckmyn had hun alle drie de stuipen op het lijf gejaagd en de verwarring compleet gemaakt, want als de moordenaar en de afperser een en dezelfde persoon was, waarom had hij Deckmyn dan vermoord? Politici werden regelmatig met ondoorzichtige problemen geconfronteerd die ze toch op een of andere manier moesten zien op te lossen. Dan zat er niets anders op dan een beslissing te nemen, ongeacht de gevolgen ervan. Snoeck zag hoofdinspecteur Vermeersch de Markt oversteken. Hij stak zijn hand op en wenkte hem.

'Ga zitten', zei hij bijna gebiedend. 'Wat drink je?'

'Een pilsje.'

De hoofdinspecteur voelde zich opgelaten in het gezelschap van de politicus. En hij hoopte vurig dat Van In het onderzoek zo snel mogelijk kon afronden en hij van zijn weinig benijdbare taak werd ontheven.

'Heb je nieuws voor mij?'

'Ze hebben een film teruggevonden op de laptop van Deckmyn. Kinderporno op een eiland in de Golf van Morbihan.'

'Verdomme.'

Het ondenkbare was gebeurd. Snoeck sloeg uit pure frustratie zijn benen over elkaar, raakte daarbij de onderkant van de tafel, waardoor zijn glas omver viel en het bier over zijn dijen stroomde. Vermeersch keek lijdzaam toe terwijl een kelner de natte broek van Snoeck met een vaatdoek probeerde droog te deppen.

'Heb jij de film gezien?' vroeg Snoeck toen de kelner een nieuwe vaatdoek ging halen.

'Een stukje maar.'

Vermeersch had niet langer dan een kwartier durven te kijken uit angst om betrapt te worden. Dat hij op dezelfde verdieping als Van In werkte gaf hem niet het recht om in de dossiers van de recherche te gaan snuffelen. Als Van In hem daarop betrapte, kon hij de rest van zijn carrière parkeerboetes uitschrijven.

'Weet je zeker dat er maar één film is?'

'Nee', zei Vermeersch.

'Ik wil dat je zo snel mogelijk alle bestanden wist.'

'Dat gaat niet, meneer Snoeck.'

Snoeck kreeg bijna een woedeaanval. Hoe durfde die stomme flik hem tegen te spreken? Maar hij besefte ook dat de man uitkafferen geen oplossing was.

'Ook niet als ik je een bonus betaal?'

Vermeersch legde Snoeck uit dat het niet veel zin had de film te wissen. Iemand had de film al een keer gewist.

'Tegenwoordig zijn we in staat gewiste gegevens terug te halen.'

'Gooi het ding dan weg.'

'Dat kan ik echt niet doen, meneer Snoeck.'

Nu kon Snoeck zich niet langer beheersen. Hij rechtte zijn rug en stak dreigend zijn wijsvinger uit naar de aangeslagen hoofdinspecteur.

'Ik zal het nog één keer zeggen, stomme flik. Je laat dat ding verdwijnen of ik sta niet in voor de gevolgen. Heb je dat goed begrepen?'

Vermeersch beet op zijn onderlip. Hij had geen keuze. Het was kiezen tussen de pest en de cholera.

'Misschien is dit iets', zei Versavel.

Hij had in de onderste lade van een van de archiefkasten een doosje met twee usb-sticks aangetroffen. Bonte nam er een tussen duim en wijsvinger en stak hem in een poortje van een desktop. Het vermoeden van Versavel werd bewaarheid. De titel van de eerste film sprak voor zich: *Virgin fucked by older man.* In tegenstelling tot het filmpje dat ze op de laptop van Deckmyn hadden gezien, waren de meisjes duidelijk geen kinderen meer, maar ze waren wellicht ook niet meerderjarig.

'Je kunt het niet echt kinderporno noemen', zei Van In.

'Tegenwoordig zie je amper nog het verschil tussen een meisje van vijftien en een van twintig.'

Ze bekeken een stuk of vijf filmpjes voor ze ermee ophielden. Het ging telkens om tienermeisjes, maar Van In had er een eed op durven doen dat de meeste minderjarig waren.

'Zijn vrouw had toch een beetje gelijk. Demaeght is wellicht geen pedofiel, maar hij heeft waarschijnlijk de wet overtreden.'

'Alles hangt af van wat hij in Frankrijk heeft uitgevreten', zei Versavel. 'Zolang we niet over het materiaal van Pieters beschikken, zijn we daar niet zeker van.'

'Hoe pakken we dit verder aan?' vroeg Jan.

'Ik vind dat we open kaart moeten spelen', zei Versavel.

'Met hem of met zijn vrouw?'

'Met allebei.'

'Ik ga niet akkoord', kwam Van In tussenbeide. 'Ik stel voor dat we hem oppakken en de druk een beetje opvoeren. Demaeght lijkt me niet echt een stoere bink. Geef me vierentwintig uur en hij bekent.'

'Ik wil je grif geloven', zei Versavel. 'Het is alleen de vraag of de onderzoeksrechter het aanhoudingsbevel zal ondertekenen.'

'Dat moet Hannelore dan maar regelen', snoof Van In. 'Ik zeg dat we hem vandaag oppakken en verhoren.'

Versavel wilde het uitschreeuwen. Het leed geen twijfel dat Verbiest het verzoek van Hannelore zou inwilligen. Van In wist echter niet dat ze het hem niet op kantoor zou vragen, maar tussen de lakens.

'Kunnen we echt geen dag wachten, Pieter?'

'Nee, Guido. Ik ben het wachten beu.'

Hij draaide zich om en stormde de trap af als een nukkige stier. Rita keek verschrikt op toen ze het gestommel op de trap hoorde.

'Scheelt er iets?' vroeg ze benepen.

'Ik wil weten waar uw man nu is.'

Ze was nog zo onder de indruk van wat ze net op de laptop van Deckmyn had gezien dat ze automatisch antwoordde.

'Hij is op kantoor', zei ze.

Als succes evenredig was aan de infrastructuur van een bedrijf, dan had Demaeght goed geboerd. Het gebouw waar zijn kantoren waren ondergebracht, telde drie verdiepingen. Het was modern en lag in een groene oase aan de rand van de stad. Versavel reed het terrein op en parkeerde recht voor de hoofdingang. Een tweede politiewagen ging dwars op de oprijlaan staan. Van In stapte uit, stak een sigaret op.

'Zijn auto staat er in ieder geval.' Versavel wees naar de beige Range Rover die op een voorbehouden plaats onder een afdak stond.

'Oké.'

Van In nam haastig nog een paar trekken voor ze naar binnen gingen. Een jonge man van een jaar of vijfentwintig met blond sluik haar keek verbaasd op van zijn scherm.

'Kan ik u helpen?'

'We komen voor Eddy Demaeght.'

De man glimlachte. Het kantoor stelde veertig accountants te werk, maar iedereen wilde per se de baas spreken.

'Meneer Demaeght zit momenteel een vergadering voor', zei hij vriendelijk. 'Maar ik weet zeker dat een van zijn medewerkers u graag verder zal helpen. Kunt u me ook zeggen waarover het gaat?'

Van In haalde zijn politiekaart uit zijn achterzak en duwde ze onder de neus van de verbouwereerde medewerker.

'We komen hem arresteren. En hij mag kiezen: hij komt zelf of we gaan hem halen. Een arrestatieteam wacht op mijn teken om het gebouw binnen te vallen en uw baas in de boeien te slaan. Als ik u was zou ik hem bellen en uitleggen wat er aan de hand is.'

De man pakte zonder nog langer na te denken de hoorn van de telefoon en toetste onhandig een nummer in.

'Excuseer dat ik u stoor, meneer Demaeght. Politie. Ze vragen of u onmiddellijk hierheen wilt komen.'

Van In zag de jonge man knikken. Hij kon niet horen wat er gezegd werd, maar hij had de indruk dat Demaeght tegensputterde.

'Momentje, ik vraag het hun.'

De man bedekte het mondstuk met zijn hand en keek naar Van In met een blik van ik-kan-er-echt-niets-aan-doen.

'Meneer Demaeght heeft het zeer druk, hij vraagt of jullie niet in de loop van de dag kunnen terugkomen.'

'Nee, jongen. Zeg hem dat we hem komen halen.'

Het dreigement werkte niet. Demaeght weigerde naar beneden te komen. Versavel wachtte niet op een teken, hij riep het arrestatieteam op over de mobilofoon. Nog geen minuut later stapten vier potige inspecteurs in gevechtskledij de hal binnen. Hun gezichten zaten verborgen achter bivakmutsen.

'Vooruit', zei Van In tegen de man. 'Breng ons naar hem toe.'

Het kantoor van Demaeght bevond zich op de derde verdieping. Van In deed geen moeite om aan te kloppen. Hij stapte gewoon naar binnen. Demaeght zat aan zijn laptop.

'Wat heeft dit in godsnaam...'

'U staat onder arrest wegens het bezit van kinderporno', snauwde Van In. 'U gaat vrijwillig met ons mee of we nemen u mee. Is dat duidelijk, meneer Demaeght?'

Twee mannen van het arrestatieteam zetten een stap naar voren, maar ze hoefden geen actie te ondernemen. Demaeght stond op, zette zijn laptop af en kwam met gebogen hoofd van achter zijn bureau. Hij was zo onder de indruk dat hij geen vragen stelde. Ze namen zwijgend de lift naar beneden. Een medewerker die het allemaal zag gebeuren, vluchtte schichtig het kantoor van een collega in. Het nieuws van de arrestatie ging als een lopend vuurtje door het gebouw. Toen Demaeght op het parkeerterrein in de politiewagen stapte, keek het gros van de medewerkers achter het raam toe.

Twee inspecteurs leidden Demaeght naar de verhoorkamer en vatten daarna post voor de deur. Van In en Versavel lieten hem bewust een uur wachten voor ze zelf ten tonele verschenen. Het was een oude truc om een verdachte onzeker en kwetsbaar te maken.

'Speel jij de slechte flik, of doe ik het?'

'Doe jij het maar', zei Versavel.

Ze gingen de verhoorkamer binnen en namen allebei plaats aan de andere kant van de tafel. De korte quarantaine had blijkbaar vruchten afgeworpen. Demaeght zat ineengezakt op zijn stoel en leek plotseling jaren ouder.

'We zullen er geen doekjes om winden, meneer Demaeght. Uw vrouw heeft ons toestemming gegeven uw werkkamer te doorzoeken en we hebben het doosje met usb-sticks gevonden. Wat hebt u daarop te zeggen, oude viespeuk?'

Demaeght boog het hoofd nog dieper. Niet omdat hij zich schaamde of zich schuldig voelde, hij was doodsbang voor wat hem eventueel te wachten stond. Rita en de kinderen zouden hem laten vallen, klanten zouden massaal bedanken voor zijn diensten, het netwerk dat hij in de loop der jaren zorgvuldig had opgebouwd, zou hem uitspuwen. Het leven had geen enkele zin meer.

'En u mag blij zijn dat we in de eenentwintigste eeuw leven, anders had ik eigenhandig uw ballen afgesneden. Gelukkig zijn rechters tegenwoordig minder laks als het om dit soort smeerlapperij gaat. Ik weet nu al zeker dat u minstens voor vijf jaar de cel ingaat en ik zal er persoonlijk voor zorgen dat u de eerste weken niet van de andere gevangenen afgezonderd wordt. Ik verzeker u dat die kerels er ook niet om kunnen lachen. Geloof me, als ze met u klaar zijn, zal uw sluitspier nooit meer functioneren als voordien. Ik geef u echter één kans om uw lot in de gevangenis wat te verzachten. Beken en vertel de waarheid over wat er op het eiland van Pieters gebeurd is.'

Demaeght mocht een angsthaas zijn, hij was niet dwaas. Hij kon niet ontkennen dat hij op jonge meiden kickte, maar zij konden niet bewijzen dat hij zich daadwerkelijk aan minderjarigen had vergrepen.

'Ik wil een advocaat.'

Versavel keek naar Van In. Als Demaeght zich door een advocaat liet bijstaan, zou het verhoor anders verlopen dan Van In gepland had. Maar ze hadden geen keus. De Salduzwet was duidelijk. Als ze Demaeght de bijstand van een advocaat weigerden, zou iedere rechter verplicht zijn het bewijsmateriaal nietig te verklaren en hem buiten vervolging te stellen, maar hij besefte ook dat dit niet het moment was om Van In daarop attent te maken.

'En hoe wilt u uw advocaat. Met of zonder slagroom?'

Van In liet zijn vuist met een daverende dreun op het tafelblad neerkomen. Het was een onderdeel van zijn rol als slechte flik. Zich opwinden en daarna woedend de kamer uit lopen. Daarna zou Versavel het vertrouwen van de verdachte proberen te winnen. Nog geen twee minuten later was het zover. Van In sloeg de deur achter zich dicht, Versavel nam het verhoor van hem over.

'U moet mijn collega begrijpen', suste hij. 'Hij heeft zelf kinderen en...'

Versavel probeerde gedurende anderhalf uur het vertrouwen van Demaeght te winnen, hij ving bot. De verdachte bleef beweren dat hij geen strafbare feiten had gepleegd op het eiland en hij ontkende met klem dat hij op de hoogte was van de opnamen die Deckmyn had gemaakt. Hij bleef ook volhouden dat hij niets met de moord op Pieters te maken had, dat hij zich nooit door hem had laten chanteren en dat hij met het geld dat hij destijds van zijn rekening had gehaald iemand in het zwart had betaald.

Van In speelde nadien nog twee keer het spel van slechte flik voor hij het opgaf, en hij moest toegeven dat hij zich vergist had. Demaeght was sterker dan hij had gedacht.

Saskia zat al in haar auto toen ze merkte dat ze haar zonnebril vergeten had. Het was niet de eerste keer dat ze iets vergat op kantoor en meestal ging ze ook niet terug om het te halen. Dit keer deed ze het wel omdat ze het niet zag zitten om met dit weer zonder zonnebril naar huis te rijden. Ze stapte uit, stak de straat over en ging het politiebureau binnen.

'Iets vergeten, Sas?'

De collega die aan de informatiebalie zat, drukte glimlachend op de zoemer die het slot van de toegangsdeur ontgrendelde. Saskia stak haar hand op en liep haastig de trap op. Ze hoefde niet door de gang te lopen, kamer 204 bevond zich vlak naast de traphal. Ze deed voorzichtig de deur open en liep door het territorium van Van In en Versavel naar haar eigen kantoortje dat zich ernaast bevond. Waar had ze haar zonnebril toch weer gelaten? Hij lag niet op haar bureau en ook niet op de vensterbank, waar ze hem gewoonlijk legde. Het ding kon toch niet weg zijn? Ze probeerde zich te herinneren waar ze hem voor het laatst had gezien. Het schoot haar te binnen. Ze had hem vanochtend gereinigd met een vochtig doekje en daarna in een lade gelegd om te vermijden dat hij weer onder het stof kwam te zitten. Een klik deed haar opschrikken. Iemand kwam kamer 204 binnen. En dat was vreemd omdat Van In en Versavel nog steeds in de verhoorkamer zaten. Ze schuifelde voorzichtig naar de deur van haar kantoor en gluurde door het sleutelgat. Iemand trok systematisch de laden van alle kasten open. Hij ging haastig te werk en hij probeerde zo weinig mogelijk lawaai te maken. Saskia bleef gespannen door het sleutelgat turen. Ze had natuurlijk de deur kunnen opengooien en vragen wat er aan de hand was, haar instinct zei dat ze beter kon wachten. Haar geduld werd even later beloond toen ze de indringer weer in haar gezichtsveld kreeg en hem herkende. Ze wilde het eerst niet geloven, maar er was geen twijfel mogelijk. De man die kamer 204 aan het doorzoeken was, werkte op dezelfde verdieping als zij. Wat kwam Vermeersch hier in godsnaam zoeken? Ze legde haar hand op de deurkruk en duwde ze voorzichtig naar beneden, maar ze bedacht zich net op tijd. Zolang Vermeersch niet gevonden had wat hij zocht, kon ze hem van niets beschuldigen. Hij zou zich met een smoes proberen te redden en dan zouden ze er nooit achter komen wat hij hier was komen uitspoken. Van In zou er in ieder geval niet om kunnen lachen.

14

Politici die de voorpagina van een krant haalden, hadden meestal niet veel redenen om zich daarover te verheugen, omdat het zelden een eerbetoon betrof. Albert Snoeck hoefde het stuk niet te lezen om te weten wat erin stond. De kop sprak voor zich: *Omkoopschandaal van de eeuw*, met eronder een recente foto van hem. Hij stond op, liep naar de bar en schonk zich ondanks het vroege uur een dubbele whisky in. Daarna ging hij weer aan tafel zitten en las het stuk. Het klopte allemaal. Snoeck vroeg zich alleen af hoe Silvia, wie anders, de hand had kunnen leggen op documenten die veilig in zijn kluis lagen. Hij begreep evenmin waarom ze het gedaan had en waarom ze naar de pers was gestapt. Wat had hij haar misdaan? Hij kreeg geen tijd om erover na te denken. De telefoon ging over. Hij wilde eerst niet opnemen, maar dat had niet veel zin. De voorzitter zou blijven bellen tot hij opnam, wat hij uiteindelijk ook deed. De voorzitter liet de gebruikelijke beleefdheden achterwege en viel onmiddellijk met de deur in huis.

'Ik denk dat je in de stront zit, Albert.'

Het zou bijzonder stom zijn om de voorzitter te vragen wat hij daarmee bedoelde. Toch gaf Snoeck de feiten niet onmiddellijk toe.

'Ik heb al ergere stormen doorstaan, Vic.'

De voorzitter ging er niet op in. Het lot van Snoeck interesseerde hem niet meer, hij maakte zich zorgen om de partij. Het was zijn taak om de schade zo veel mogelijk te beperken.

'Het is van het allerhoogste belang dat je meewerkt aan het onderzoek. We zouden het bijzonder op prijs stellen mocht je vrijwillig ontslag nemen als parlementslid.'

Snoeck hoefde niet te vragen wie hij met 'we' bedoelde. De leden van het partijbureau hadden uiteraard ook de krant gelezen. Hij was afgeschreven. Zoveel was duidelijk. Maar in de politiek had alles zijn prijs.

'Kun je daar iets tegenover stellen?'

Het bleef een paar seconden stil omdat de partijvoorzitter de vraag niet botweg met 'nee' durfde te beantwoorden. Niemand kon Snoeck immers dwingen ontslag te nemen zolang de feiten niet bewezen waren.

'Daar spreken we later over, Albert.'

In het politieke jargon betekende 'later' eigenlijk nooit. Ze waren dus echt van plan om hem te laten vallen als een baksteen.

'Het is vandaag of niet, Vic. Anders mogen jullie mijn ontslag iets later verwachten.'

'Oké. Ik denk erover na.'

'Doe dat, Vic. En vergeet niet me te bellen.'

Het telefoontje met de voorzitter was het eerste van een hele reeks waar waarschijnlijk geen einde aan zou komen. Snoeck zette zijn mobiel af na de vijfde oproep en schonk zich een nieuwe whisky in. Het was acht uur en het hele land wist nu al dat hij een schurk was.

Van In stak een sigaret op en dronk koffie. De krant lag naast hem op zijn bureau.

'Hij is gearriveerd', zei Saskia.

'Laat hem dan maar komen.'

Vermeersch knikte toen Saskia hem kwam vragen of hij met haar wilde meekomen. Hij had uiteraard verwacht dat Van In een onderzoek zou instellen naar de verdwenen laptop van Deckmyn en hij had zich erop voorbereid. Het politiekorps telde meer dan driehonderd medewerkers, die allemaal toegang hadden tot het gebouw. Iedereen was bijgevolg verdacht. Toch was hij er niet gerust op omdat hij Saskia zelden zo ernstig had gezien.

'Ga zitten.'

De bevelende toon voorspelde niet veel goeds. Van In keek hem dwingend aan, je kon de minachting van zijn gezicht aflezen.

'Ik denk dat je weet waarom ik je geroepen heb', klonk het streng.

Vermeersch kromp in elkaar. Dit was geen routineverhoor, maar een regelrechte beschuldiging aan zijn adres. Of was het bluf? Het zou best kunnen dat Van In van plan was iedereen op die manier aan te pakken. Hij probeerde zich te troosten met de gedachte dat niemand kon weten dat hij de dader was. Hij had gewacht tot iedereen weg was die op de tweede verdieping werkte voor hij kamer 204 was binnengegaan en hij had de laptop in zijn aktetas naar buiten gesmokkeld.

'Met alle respect, commissaris. Ik zou het echt niet weten.'

'Je gaat toch niet met mijn kloten spelen, Vermeersch?!'

Iedereen die op de tweede verdieping werkte hoorde Van In schreeuwen, een tirade van verwensingen en vloeken.

'En nu de waarheid. Je bent gisteren mijn kantoor binnengedrongen en je hebt alle kasten doorzocht tot je de laptop vond. Vertel hem wat je gezien hebt, Sas.'

'Ik ben gisteren teruggekomen omdat ik mijn zonnebril had vergeten. Ik was in mijn kantoor toen jij binnenkwam, ik heb je bezig gezien. Wat wil je nog meer weten?' Haar stem was zacht, maar haar woorden klonken hard.

Zijn wereld stortte in. Hij zou oneervol ontslagen worden en het was best mogelijk dat hij zijn pensioenrechten kwijtspeelde. Ander werk vinden met zo'n cv was aartsmoeilijk. Wat zou er met zijn gezin gebeuren en hoe zouden zijn vrienden reageren?

'Het spijt me', zei hij.

Van In haalde opgelucht adem. Hij had niet verwacht dat Vermeersch zich zo snel gewonnen zou geven, want tegenwoordig bleef iedereen alles ontkennen, zelfs als je hen met de neus op de feiten drukte. En dan was het aan de rechter om te beslissen wie de waarheid sprak en dat liep wel eens verkeerd af. Als de advocaat van de verdediging een procedurefout kon aantonen bijvoorbeeld. Bovendien kostte een dergelijke procedure tijd.

'Waarom, Vermeersch?'

'Ik had schulden.'

'Wie heeft die voor je betaald?'

'Albert Snoeck.'

Van In glimlachte, een reactie die iedereen een beetje verbaasde, Vermeersch niet het minst.

'Ieder nadeel heeft zo zijn voordeel, Vermeersch. Wat je gedaan hebt, valt natuurlijk niet goed te praten en je zult de gevolgen van je misstap moeten aanvaarden. Maar er zijn verzachtende omstandigheden. Je laten omkopen als politieman is een ernstig misdrijf, maar het stelt niets voor in vergelijking met de strapatsen van de heer Snoeck.'

De bekentenis van Vermeersch verschafte Van In eindelijk een argument om de onderzoeksrechter te overtuigen, omdat hij nu een rechtstreeks verband tussen Snoeck en kinderporno kon aantonen.

'Ga nu maar, Vermeersch. Neem een paar dagen vrij en spreek hier verder met niemand over. Begrepen?'

Vermeersch stond op en liep met slepende tred de kamer uit, terwijl hij zich afvroeg waarom hij een paar dagen vrij moest nemen. Versavel begreep het ook niet goed.

'Mag ik vragen waarom je Vermeersch naar huis hebt gestuurd en waarom hij er met niemand over mag spreken?'

'Dat we Snoeck kunnen pakken is oneindig veel belangrijker dan een collega voor de leeuwen te gooien en het blazoen van het korps te besmeuren. De pers smult van dit soort verhalen.'

'Dat begrijp ik inderdaad, Pieter. Maar je kunt toch niet ontkennen dat Vermeersch zich heeft laten omkopen en dat hij de laptop heeft ontvreemd?'

'Waarom niet, Guido? Vermeersch kan ook in opdracht gehandeld hebben. Als ik verklaar dat Vermeersch me vooraf op de hoogte heeft gebracht van het voorstel van Snoeck en ik hem daarna de opdracht heb gegeven het spel mee te spelen, is er geen vuiltje aan de lucht.'

'En ik dacht dat je Vermeersch niet kon luchten', zei Saskia met open mond. 'Je blijft me verbazen.'

'Wacht maar tot je hem zo lang kent als ik, meid. Dat zul je weten dat hij ook goede kanten heeft.'

Versavel zei het met enige trots. Van In kon lomp en grof zijn, hij had een groot hart. Het was niet de eerste keer dat hij een dergelijk probleem op een menselijke manier oploste. De situatie met Hannelore werd er alleen nog schrijnender door.

Twee inspecteurs leidden Demaeght geboeid door de gangen van het gerechtsgebouw naar het kantoor van onderzoeksrechter Verbiest. Een advocaat die de boekhouder herkende, keek bewust de andere kant op toen ze elkaar kruisten. Demaeght had de hele nacht liggen nadenken op zijn harde brits in de politiecel. Hij was tot de conclusie gekomen dat de toestand precair was, maar niet hopeloos. Hij had geld en met geld kon je veel oplossen. In het slechtste geval kon hij zijn zaak verkopen en in het buitenland gaan wonen. Rita zou hem misschien volgen; als ze wilde scheiden zou hij zich erbij neerleggen. Het enige grote probleem waren de kinderen. Kon hij hen nog recht in de ogen kijken? Zouden zij hem nog als hun vader accepteren? Ze hielden halt bij een deur met een bordje: *Nico Verbiest onderzoeksrechter*. Een van de inspecteurs belde aan. Het duurde geen vijf seconden voor het groene lichtje aanfloepte, het teken dat ze binnen mochten komen.

'Gaat u zitten, meneer Demaeght.'

De inspecteur die had aangebeld, ontdeed de verdachte van zijn boeien. Daarna verlieten beide inspecteurs de kamer. Verbiest ging aan zijn bureau zitten en bekeek de man die voor hem zat. Hij kon de feiten waarvan deze beschuldigd werd natuurlijk niet goedkeuren, seks met minderjarigen was een zwaar vergrijp, maar mocht je een meisje van vijftien of zestien tegenwoordig nog als een minderjarige beschouwen? Hij had onlangs gelezen dat meisjes op de middelbare school er geen probleem van maakten een klasgenootje te pijpen in ruil voor een telefoonkaart. Hij had ook een aantal films bekeken die bij de verdachte waren aangetroffen en het was inderdaad niet gemakkelijk om uit te maken of het minderjarigen betrof, wat in het geval van Deckmyn wel duidelijk was. Demaeght was een respectabele man, het was normaal dat hij de afperser had betaald omdat hij een reputatie hoog te houden had. Verbiest begreep niet goed waarom hij dat bleef ontkennen.

'U weet dat het mijn taak is om te oordelen of er voldoende gronden zijn om u te arresteren, maar het is eveneens mijn taak alle elementen te verzamelen die u kunnen vrijpleiten.'

Demaeght kon zijn oren bijna niet geloven. Had hij zijn zaak dan toch te somber ingezien?

'Dank u, meneer de onderzoeksrechter.'

'U hoeft me niet te bedanken', glimlachte Verbiest. 'Ik doe mijn werk, dat is alles. Vertel me exact wat er allemaal gebeurd is.'

'Ik geef toe dat ik op jonge meisjes val, meneer de onderzoeksrechter, maar ik heb nooit een vinger naar een minderjarige uitgestoken. Ik kijk gewoon graag.'

'Terwijl je masturbeert?'

'Inderdaad.'

Het was een beetje beschamend aan een wildvreemde man te moeten toegeven dat je masturbeerde voor je scherm. Demaeght boog een beetje het hoofd.

'En wat is er dan op dat privé-eiland gebeurd?'

'Daar weet ik niets over, meneer de rechter.'

'Uw vrouw heeft nochtans verklaard dat u er geweest bent.'

De trut. Demaeght kreeg het een beetje benauwd, maar hij kon geen kant meer uit. Er zat niets anders op dan te blijven liegen. De onderzoeksrechter leek hem een redelijke man en liegen was niet bij wet verboden. Hij had het recht om zich te verdedigen, het was de taak van justitie om te bewijzen dat hij een misdrijf had gepleegd.

'Er zijn honderden eilanden in de Golf van Morbihan, waarvan de meeste onbewoond zijn. Het zou best kunnen dat ze het ene verwart met het andere.'

'U ontkent dus niet dat u andere eilanden hebt bezocht?'

'Natuurlijk niet, maar vraag me niet welke.'

Verbiest was geneigd de boekhouder te geloven. En eigenlijk tilde hij er niet al te zwaar aan dat Demaeght zich in zijn vrije tijd aan jonge meisjes zat te vergapen. Het probleem was dat er ondertussen ook twee mensen waren vermoord.

'U hebt niets te verbergen?'

'Nee, meneer de onderzoeksrechter. Ik heb niets te verbergen.'

'Dan bent u bereid om vrijwillig een DNA-test te ondergaan?'

Demaeght keek regelmatig naar CSI. Hij wist dat de forensische wetenschap de laatste tijd veel vooruitgang had geboekt, maar hij kon zich niet voorstellen dat ze in staat waren nog een spoor van hem op het eiland terug te vinden. De vraag van de onderzoeksrechter kon alleen betrekking hebben op de moorden.

'Waarom zou ik daartoe niet bereid zijn?' zei hij zelfverzekerd.

Verbiest glimlachte fijntjes. Hij was benieuwd hoe Hannelore zou reageren als hij haar straks vertelde dat hij een DNA-onderzoek niet hoefde op te leggen.

'In dat geval zie ik geen enkele reden om u nog langer op te sluiten', zei hij. 'Op voorwaarde dat u belooft het land niet te verlaten en verder meewerkt aan het onderzoek.'

Het lot was wispelturig. Slecht nieuws kon een domper zetten op het grootste geluk en andersom kon je in één klap uit de diepste ellende naar euforie gekatapulteerd worden.

'Dank u, meneer de onderzoeksrechter. Mag ik nu echt gaan?'

'Jazeker. En let in het vervolg een beetje op als u op het internet surft.'

'Dat doe ik zeker, meneer de onderzoeksrechter.'

'Ik denk dat hij niet thuis is', zei Versavel.

'Of hij wil niet opendoen.'

Ze hadden al drie keer bij Snoeck aangebeld. Van In wilde hem per se verhoren in verband met de laptop van Deckmyn, hoewel dat eigenlijk niet veel zin had omdat Snoeck voorlopig nog parlementaire onschendbaarheid genoot. Daarom had Versavel voorgesteld te wachten tot die werd opgeheven, wat in de lijn van de verwachtingen lag. De oppositie schreeuwde moord en brand, en de voorzitter van de partij waarvoor Snoeck zetelde had een uur geleden in een radio-interview laten doorschemeren dat hij een dergelijke motie zou steunen. Het was een kwestie van tijd voor het doek viel.

'Volgens mij heeft hij ergens anders een onderkomen gezocht.'

'Dat denken mijn collega's ook.'

Versavel en Van In draaiden zich allebei om. Achter hen stond een man met een professionele camera. Hij had een stoppelbaard en heldere, doordringende ogen.

'Ik sta hier al van acht uur', zei hij.

'U bent persfotograaf?'

De man knikte. De meeste collega's waren vertrokken toen ze hoorden dat Snoeck om halfnegen was weggereden, andere hadden nog een uurtje gewacht voor ze er de brui aan gaven. Hij was alleen achtergebleven.

'Alleen?'

Het had Van In verbaasd dat er geen pers te bespeuren viel toen ze de Colettijnenhof waren ingereden. Het nieuws over het corruptieschandaal was ingeslagen als een bom. Hij had een legertje persmuskieten verwacht.

'Iedereen is vertrokken toen ze van de buurman hoorden dat Snoeck op de vlucht geslagen was. Maar ik geloof die kerel niet.'

'En u zou wel eens gelijk kunnen hebben', zei Van In. 'Kom, Guido. Ik ben benieuwd wat De Nul ons zal proberen wijs te maken.'

Ze belden aan. De persfotograaf maakte snel een paar beelden. Zo had hij toch iets.

'Goedemorgen, meneer De Nul. Mogen we binnenkomen?'

De kunstenaar droeg een lang paars gewaad en een soort tulband. Zijn gezicht stond op donder.

'Ik heb jullie niets meer te vertellen. Snoeck is weg. Met de rest wil ik niets te maken hebben.'

'U bent dus ook nooit op het privé-eiland van Pieters geweest?'

De Nul wierp een boze blik naar de persfotograaf, die ondertussen tot op een paar meter was genaderd.

'Kom binnen', zei hij nijdig.

Eddy Demaeght stak zijn sleutel in het slot en duwde de deur met zijn schouder open. In zijn andere hand hield hij een ruiker bloemen vast. Het zou een moeilijk gesprek worden, en dan kon een bloemetje nooit kwaad. Hij liep naar de woonkamer.

'Rita. Ik ben het.'

Zijn stem galmde door het huis. Er kwam geen reactie. Ze is misschien boodschappen gaan doen, dacht hij. De stilte in het huis was onwezenlijk. Hij scheurde het papier van de ruiker, verfrommelde het tot een balletje en vulde een vaas met water. Daarna schonk hij zich een glas wijn in. De minuten gleden traag voorbij. Waar bleef ze toch? Hij wachtte nog een kwartier voor hij haar belde. Ze antwoordde niet. De euforie die hij bij de onderzoeksrechter had ervaren, nam exponentieel af. Hij begon zich te ergeren. Een tweede glas wijn bracht geen soelaas. Hij werd steeds somberder. En het werd nog erger toen hij merkte dat een ingelijste foto van de kinderen op het dressoir verdwenen was. Nee, dacht hij wanhopig. Dat zou ze nooit doen. Hij stormde naar boven naar de slaapkamer. De deur van haar kleerkast stond half open. Alles was weg. Hij probeerde haar opnieuw te bellen. Geen antwoord. Het derde glas wijn bracht een beetje gemoedsrust. Rita had alleen haar kleren en een foto meegenomen. Het kon niet anders of ze zou terugkomen en dan konden ze praten. Eddy Demaeght weigerde te geloven dat Rita alles zou opgeven omdat hij pornofilmpjes had zitten bekijken. En ze zou nooit achterhalen wat er op het eiland gebeurd was, zolang hij de afperser betaalde. Twee biepjes kondigden een berichtje aan. Hij pakte zijn mobieltje en las haar naam op het scherm en de eerste zin van het bericht dat ze had verzonden. Eindelijk. Hij tikte het groene symbooltje aan en las de rest van het bericht. *Ik heb over alles nagedacht en beslist dat het niet langer zo verder kan. Ik neem vandaag nog contact op met onze advocaat en ik heb de kinderen op de hoogte gebracht van wat er de voorbije dagen is gebeurd. Ik weet niet wat je destijds op het eiland hebt uitgespookt en ik wil het niet weten. De kinderen ook niet. Ze willen je allebei nooit meer zien.*

Demaeght las het bericht vier keer voor de realiteit echt tot hem doordrong. Een tweede bericht bracht hem op de rand van de afgrond. *Na wat ik vandaag gehoord en gezien heb, zal ik je nooit meer papa noemen.* Het was afkomstig van zijn zoon. Hij strompelde naar de woonkamer, deed een fles whisky open, zette die aan zijn lippen en dronk tot hij de pijn niet meer voelde. Bruno was zijn trots. Hij herinnerde zich de fijne momenten die ze samen hadden beleefd als de dag van gisteren en de trots die hij had ervaren toen hij het diploma van burgerlijk ingenieur in ontvangst mocht nemen. Met grote onderscheiding nog wel. De sterkedrank maakte hem neerslachtiger. Een derde bericht deed iets knappen in zijn hoofd. *Je zou je moeten schamen, viezerik. Mama zou gek zijn mocht ze nog een dag bij jou onder hetzelfde dak doorbrengen. Ik haat je.* Bruno was zijn trots, Lies zijn oogappel. Hij legde zijn mobieltje op tafel, liep naar de badkamer, trok zijn kleren uit en liet het bad vollopen met warm water. Toen zijn vader tien jaar geleden was gestorven, had hij maar een paar dingen bewaard die aan hem herinnerden. Een van die souvenirs was een ouderwets scheermes waarmee zijn vader zich iedere zondag placht te scheren. Het was nog altijd vlijmscherp en hij wist waar het lag.

'We weten nu met zekerheid dat Lieven Deckmyn seks had met kinderen op het eiland van Pieters. En we hebben sterke vermoedens dat Demaeght zich ook aan dergelijke praktijken heeft bezondigd. Wat is uw geheim, meneer De Nul? Is dat de reden waarom u Snoeck beschermt? Omdat jullie allebei in hetzelfde schuitje zitten? Als ik in uw plaats was zou ik er nog eens goed over nadenken. Het is immers een kwestie van tijd voor het parlement de onschendbaarheid van uw vriend opheft. Dit keer beschikken we over voldoende bewijsmateriaal om hem aan te houden, te verhoren en een huiszoeking te bevelen. En sinds vanochtend hangt hem nog een en ander boven het hoofd. U kent politici, Snoeck zal proberen te onderhandelen en hij zal daarbij toegevingen moeten doen. Een deel van de schuld op u afschuiven bijvoorbeeld.'

De Nul barstte niet in woede uit omdat hij besefte dat Van In gelijk had. Maar hij kon onmogelijk vertellen wat er op het eiland gebeurd was. Ze moesten koste wat het kost verhinderen dat de opnamen in handen van het gerecht vielen. Maar wat zou er gebeuren als Snoeck niet meer in staat was om te betalen? Als de afperser die beelden openbaar maakte, was ook hij de klos.

'Toch hoef ik mij geen zorgen te maken, commissaris. Ik heb niets te verbergen. Integendeel. Ik ben benieuwd hoe de zaak zal aflopen.'

'Ik neem aan dat u weet waar hij zich bevindt.'

'Wilt u hem spreken?'

'Ik zou het zeer op prijs stellen, meneer De Nul.'

De kunstenaar glimlachte als een voldane boeddha. Wat

een idioten. Dachten ze nu werkelijk dat hij zou verklappen dat Snoeck bij hem zat ondergedoken? Gelukkig drongen ze niet verder aan.

'Ik vrees dat ik u niet kan helpen, commissaris. Snoeck is vanochtend vroeg vertrokken. Ik heb er geen idee van waar hij zich bevindt.' De excentrieke kunstenaar maakte een wegwerpgebaar terwijl hij Van In spottend aankeek: 'Het is toch niet mijn taak om hem op te sporen.'

'Inderdaad, meneer De Nul. Het is mijn taak om hem op te sporen, zoals het ook mijn taak is ervoor te zorgen dat moordenaars en kinderverkrachters hun gerechte straf niet ontlopen. En ik verzeker u dat ik mijn uiterste best zal doen om me zo goed mogelijk van die taak te kwijten. Tot ziens, meneer De Nul. Ik weet zeker dat we elkaar spoedig terugzien.'

'We moeten met elkaar praten, Albert. En we moeten een oplossing vinden voor het probleem', zei De Nul toen Van In en Versavel weg waren.

Snoeck knikte. De fraudezaak zou hem zijn politieke carrière kosten, maar met een beetje geluk en een goede advocaat ontsnapte hij aan een effectieve gevangenisstraf. De boete zou hij er noodgedwongen bij moeten nemen, tenzij...

'Inderdaad, beste vriend. We moeten dringend een oplossing vinden, maar ik vrees dat zoiets veel geld zal kosten.'

'Wat bedoel je met veel geld?'

'Vijfhonderdduizend euro.'

'Kun jij zoveel ophoesten?'

De Nul wist dat zijn buurman zich financieel geen zorgen hoefde te maken, maar vijfhonderdduizend euro was behoorlijk veel geld.

'Ik niet, jij wel.'

'Ben je gek geworden?'

'Maak je niet druk. Ik leg het je uit.'

Snoeck had een ruwe schatting gemaakt van wat een rechtszaak hem zou kosten en hoeveel de eventuele boete zou bedragen. Vijfhonderdduizend euro vinden was nu een absolute prioriteit, de rest konden ze op een andere manier oplossen.

'Hoeveel heb jij over voor je vrijheid, Johannes? Of laat het me anders formuleren. Hoeveel jaar gevangenisstraf denk je dat de rechter je zal opleggen als de opnamen openbaar gemaakt worden? Twintig? Dertig? Levenslang?'

'Dat geldt ook voor jou, beste.'

'Ik heb alleen maar toegekeken.'

De Nul haalde diep adem. Het vermoeden van de flik dat Snoeck een compromis zou proberen te sluiten klopte. Het klopte ook dat hij er alles voor overhad om niet in de gevangenis te belanden.

'Wat stel je voor?'

'We nemen zo snel mogelijk contact op met de Maltezer en hij zorgt ervoor dat we de opnamen in ons bezit krijgen. Kun jij ze nog eens lekker bekijken voor je ze vernietigt.'

De afperser zou het geld op een of andere manier in ontvangst moeten nemen. Ze hadden iemand nodig om de boel in de gaten te houden en de afperser te volgen nadat ze hem het geld hadden overhandigd.

'De Maltezer weet hoe hij mensen aan de praat moet krijgen. Het zal natuurlijk wat extra kosten, maar gezien de omstandigheden lijkt me dat een detail.'

'En wat als de nieuwe afperser intelligenter is dan Pieters?'

'Dan bedenken we iets anders, Johannes.'

De Nul keek nadenkend voor zich uit. Het plan was niet waterdicht en het zou hem ongelooflijk veel geld kosten om het te realiseren. De vraag was of hij een andere keuze had. Het geld was in ieder geval geen probleem.

'Je bent een smeerlap, Albert.'

'Ja, maar dan een creatieve smeerlap.'

Het licht in de kamer was gedempt, omdat Roos de gordijnen had dichtgetrokken voor ze haar kleren had uitgedaan.

'Ik ben bang', zei ze tegen Silvia, die naast haar op bed lag. 'Het is allemaal te gevaarlijk. Waarom zouden we er nog mee doorgaan? Wat maakt vijfenzeventigduizend euro nog uit? Ik heb voldoende geld om royaal van te leven en jij hoeft je helemaal geen zorgen te maken.'

Silvia draaide zich op haar zij. Ze had de voorbije dagen ook nagedacht over wat ze eigenlijk wilde bereiken. Ze alle vier vermoorden was te riskant, hen blijven chanteren een te lichte straf voor wat ze hadden misdaan. Ze realiseerde zich eveneens dat het niet lang meer zou duren voor Snoeck doorhad dat zij de pers had ingelicht.

'Ik doe het nog één keer en dan stoppen we ermee. Akkoord?'

'En wat doen we erna?'

'Alles openbaar maken. De rotzakken moeten boeten voor wat ze aangericht hebben. Snoeck en De Nul zeker.'

'Waarom zij zeker?'

Silvia streelde zachtjes de dijen van haar vriendin. Mensen konden heel lief tegen elkaar doen, maar ze konden ook ongelooflijk wreed en pervers zijn. Toen ze de opnamen voor de eerste keer bekeek, had ze halverwege de film moeten afhaken. De rest had ze pas later durven bekijken. Toen had ze beslist dat ze alle vier zouden boeten.

'Er is iets wat ik je nog niet heb verteld, schat', zei ze. 'Lieven deed het met kleine kinderen en Eddy met tienermeisjes, wat op zich onvergeeflijk is. De Nul en Snoeck zijn veel verder gegaan. Zij hebben een meisje gemarteld en op een gruwelijke manier vermoord.'

De beelden lieten haar niet los. Ze hadden het meisje eerst verkracht en daarna vastgemaakt aan een houten andreaskruis. De Nul had haar daarna langzaam in stukjes gesneden terwijl Snoeck grijnzend toekeek.

Het gezicht van Roos trok wit weg en ze begon te beven. Silvia probeerde haar te kalmeren met een zoen.

'Als ik het vooraf had geweten, had ik de politie onmiddellijk ingeschakeld, maar ik weet het nog maar pas.'

Silvia was ervan uitgegaan dat het louter om kinderpornografie ging, daarom had ze niet alle opnamen onmiddellijk bekeken.

'Waarom doe je het dan nu niet?'

Het was een verleidelijk voorstel. Roos had gelijk. Vijfenzeventigduizend euro maakte het verschil niet uit.

'Ik beloof je dat ik erover zal nadenken. Oei, het is vijf voor vier en Rita verwacht me om vier uur.'

Silvia zoende haar vriendin intens voor ze zich van het bed liet glijden en haastig haar kleren aantrok. Roos bleef verweesd achter.

'Hoe lang duurt de procedure om de onschendbaarheid van een parlementslid op te heffen eigenlijk?' foeterde Van In.

Snoeck was nog altijd spoorloos en hij kon weinig tegen hem ondernemen voor die procedure was afgerond.

'Ik heb Saskia de luchthavens laten bellen', zei Versavel. 'Hij heeft in ieder geval niet het vliegtuig genomen.'

'Dat schiet lekker op.'

De documenten die de krant had gepubliceerd leken betrouwbaar, maar het was onmogelijk om te bewijzen dat ze echt waren voordat alle betrokken partijen verhoord waren. De journalist die er de hand op had weten te leggen, weigerde zijn bron prijs te geven. Van In werd er bijna gek van.

'Ik geloof niet dat Snoeck van plan is om het land te verlaten. Volgens mij probeert hij tijd te winnen. Het zou me niet verbazen dat zijn advocaat binnenkort contact opneemt met justitie. En het zou me nog minder verbazen dat justitie het onderzoek daarna naar de federale overhevelt.'

'Heb je nog van dat goed nieuws, Guido?'

Van In stak een sigaret op en probeerde alle feiten nog eens op een rijtje te zetten. Het gerinkel van zijn mobieltje maakte abrupt een einde aan zijn gedachtegang. Toen Versavel hem 'We komen onmiddellijk' hoorde zeggen, wist hij dat er weer iets ernstigs gebeurd was.

'Onze poetsvrouw heeft Demaeght dood in zijn bad aangetroffen', zei Van In. 'Volgens haar heeft hij zijn polsen doorgesneden. Kom, we zijn weg.'

Het was de tweede keer in minder dan twee weken dat de Colettijnenhof werd opgeschrikt door loeiende sirenes. Versavel vond amper plaats voor zijn wagen. Silvia stond buiten een sigaret te roken. Van In liep naar haar toe.

'Straks wil niemand jou nog als poetsvrouw', zei hij.

Silvia haalde haar schouders op. Ze kon niet ontkennen dat de ontdekking van een naakte man in een met bloed gekleurd bad geen prettige ervaring was. Het deed haar echter niets dat Demaeght dood was.

'Je zou wel eens gelijk kunnen hebben', zei ze. 'Het is misschien beter dat ik ermee kap.'

'Is mevrouw Demaeght in de buurt?'

'Nee. Ze is onderweg.'

'Oké. Ik ga eerst binnen een kijkje nemen.'

'Hij heeft een brief achtergelaten op de keukentafel.'

Van In hoefde niet naar de badkamer te gaan om te weten dat het om zelfmoord ging. De brief op de keukentafel sprak voor zich. Eddy Demaeght had zich het leven benomen omdat zijn vrouw hem had verlaten en zijn kinderen hem hadden verloochend. En waarschijnlijk ook een beetje omdat hij vreesde dat zijn zaak failliet zou gaan als zijn escapades aan het licht kwam. Deze zaak was tenminste zo klaar als een klontje. Hij zou straks de verklaring van Silvia laten noteren en daarmee was de kous af. Hij legde de brief weer op de keukentafel en liep de trap op. Waar was Versavel eigenlijk?

'Goedemiddag, Guido.'

Hannelore gaf Versavel een zoen. Waarom keek hij zo sip? Ze glimlachte, hij bleef sip kijken.

'Is Van In binnen?'

Ze maakte aanstalten om naar binnen te gaan. Hij hield haar tegen. Ze keek verrast om. De ernstige blik in zijn ogen verontrustte haar.

'Kan ik je even spreken? Het is dringend.'

'Is straks ook goed?'

'Niet als Van In er bij is.'

Ze trok haar wenkbrauwen op. Een vreemd gevoel overviel haar. Van In en Versavel hadden geen geheimen voor elkaar. Het vreemde gevoel werd een bang gevoel.

'Vooruit dan maar.'

'Laten we een eindje door het park lopen', stelde hij voor.

Ze volgde hem met een bonzend hart. Dat hij haar alleen wilde spreken en ook niet wilde dat ze gezien werden, kon maar één ding betekenen: dat hij er op een of andere manier achter was gekomen dat ze iets had met Verbiest.

'Het is niet wat je denkt', zei ze toen hij uitgesproken was. 'Ik geef toe dat we elkaar af en toe zien en dat ik me tot hem aangetrokken voel, maar we hebben geen relatie.'

'Durf je daar een eed op te doen?'

Ze bleef staan en keek hem recht in de ogen. Het was een trieste blik van een wanhopige vrouw.

'Ik zweer het op het hoofd van mijn kinderen', zei ze met schorre stem.

15

Het was tien voor negen. Hannelore was met opzet te vroeg omdat ze Nico wilde mijden. Het lot hield echter geen rekening met wensen van mensen. Ze hoorde hem haar naam roepen net voor ze de deur van het gerechtsgebouw opentrok.

'Je bent vroeg vandaag.'

Jij ook, wilde ze zeggen. Hij hield de deur voor haar open en ze liepen samen naar binnen. Hannelore groette de baliebediende voor ze de trap opliep. Nico haalde haar in. Hun schouders raakten elkaar.

'Je bent zo stil. Is er iets?'

'Nee.'

Ze zei nee, maar ze dacht ja. Na het gesprek met Versavel had ze beslist om hem rechtuit te zeggen dat ze een einde aan hun stiekeme afspraakjes wilde maken. Waarom deed ze het dan niet? Ze had het beloofd op het hoofd van haar kinderen.

'Zin in een kop koffie?'

Ze zei spontaan ja. Stomme trut. Zeg het hem. Doe ik, zei ze in zichzelf. Terwijl we koffie drinken.

'Your place or mine?'

Hij bedoelde mijn kantoor of dat van jou, maar 'your place or mine' klonk sexyer. Mijn God, wat een wijf. Hij keek ongegeneerd naar haar kont terwijl hij droomde van een vrijpartij op haar bureau. Ze hoefde zich zelfs niet uit te kleden. Jurk omhoog, slip opzij en baf.

'Ik trakteer.'

Ze stak de sleutel in het slot en deed de deur van haar kantoor open. Hij gooide de deur achter hen dicht. Bang. Ze reageerde geprikkeld.

'Kan het niet wat minder hard?'

'Nee, schat.'

'Ik ben je schat niet.'

Het was nu het geschikte moment om hem te zeggen wat ze zich had voorgenomen. In plaats daarvan bestelde ze koffie en ging met hem op de bank zitten. Stomme trut. Je hoeft toch niet te glimlachen.

'Ben je vrij vanavond?'

Op donderdagavond ging ze gewoonlijk uit met Mia. Hij wist dat het de perfecte avond was om haar te ontmoeten omdat hij wist dat haar vriendin haar zou dekken.

'Ik heb een afspraak met mijn vriendin.'

'Dat weet ik, maar die kun je toch afzeggen?'

Ze antwoordde niet onmiddellijk. Waarom was ze zo zwak? Wat hield haar tegen om nee te zeggen? Waarom kon ze de magische aantrekkingskracht niet verbreken? Was ze toch verliefd of verlangde ze gewoon naar seks met een andere man? Zoals Mia.

'Misschien', zei ze.

Versavel had gezegd dat hij zijn mond zou houden als ze ermee stopte. Zou ze hem nu ook bedriegen? Stomme hormonen.

'"Misschien" schuldig bestaat niet in ons vak', grapte hij.

Het werd tijd dat ze een beslissing nam. Hij was het handjevrijen en de ellenlange, nodeloze gesprekken beu. Het werd tijd voor actie. Als ze vanavond langskwam, zou hij de grote middelen inschakelen: champagne, zwoele muziek en dan onverwachts handen onder de bloes. Nee. Champagne was oké, bubbels hieven de remmingen op. De zwoele muziek was te cliché en handen onder de bloes te ruw. Hij moest iets subtielers bedenken.

'Ik bel je als het zover is.'

Weer een toegeving. Ze nipte van haar koffie. De strijd die in haar binnenste woedde, deed haar zin krijgen in een sigaret. Er lag altijd een pakje in de onderste lade van haar bureau. Ze rookte alleen in geval van nood. Was dit een geval van nood?

'Ik reserveer alvast een tafeltje in De Gouden Haerinck.'

Nico kende de eigenaar van de Bonifacius, een prachtig gerenoveerd gastenverblijf recht tegenover het restaurant. Hij kon zo een sleutel lenen en haar een rondleiding geven. Iedere kamer beschikte over een jacuzzi en een fraai voorziene minibar. Vrouwen bezweken meestal voor dat soort luxe.

'We zien wel', zei ze.

Het wordt een ja, dacht hij. Een blik op haar borsten maakte hem zo geil als een sater. Haar neuken werd stilaan een obsessie. Hij had gisteren gemasturbeerd met een foto die hij stiekem van haar had gemaakt.

'Mogen de uren vlieden als zandkorrels in de wind.'

'Onnozelaar.'

Ze glimlachte breed. Stomme trut. Nu denkt hij nog dat je hem grappig vindt. Ze schoof haar kopje opzij en stond op.

'Ik ga eerst nog een beetje werken', zei ze.

Snoeck haalde voor de tweede keer de voorpagina van de krant, onder de kop: *Volksvertegenwoordiger vermist.*

'De telefoon heeft gisteren niet stilgestaan', zei Saskia. 'Iedere journalist wilde weten welke actie de politie had ondernomen om hem op te sporen.'

'En?'

'Ik heb ze allemaal doorverbonden met de hoofdcommissaris.'

'Wat zou ik zonder jou moeten aanvangen, Sas?'

'Profiteer er dan nog maar een paar maanden van', zei Versavel. 'Straks gaat ze in zwangerschapsverlof en mag je alles weer zelf doen. À propos, staat er iets in de krant over Demaeght?'

'Een klein stukje in het regionaal nieuws.'

'Leggen ze een link met de moord op Deckmyn?'

'Niet echt, maar dat komt nog. Er staat alleen: Colettijnenhof verliest twee bewoners in minder dan twee weken.'

Saskia kwam bij Van In staan. Ze hield een hand achter haar rug en er dansten pretlichtjes in haar ogen. Ze had nog goed nieuws.

'Ik ben nog iets te weten gekomen over Silvia Moerman.'

Ze legde het A4'tje dat ze achter haar rug verborgen hield op zijn bureau. Ze had het vanochtend met de post uit Nederland gekregen.

'Ze heeft twee jaar verpleegkunde gestudeerd in Tilburg. En dat zou een boel kunnen verklaren, nietwaar?'

'Inderdaad', zei Van In. 'Dat zou een boel kunnen verklaren.'

De modus operandi van de moordenaar van Pieters en Deckmyn liet vermoeden dat hij of zij een medische achtergrond had. Ze hadden Silvia voorlopig geschrapt als verdachte omdat ze een alibi had en ze geen motief konden vinden dat de moorden kon verklaren. Het document op zijn bureau stelde die these ter discussie.

'Zal ik haar bellen en vragen of ze langskomt?'

'Ja, doe maar, Guido.'

Versavel kreeg haar onmiddellijk te pakken. Silvia verontschuldigde zich dat ze niet voor vijf uur kon langskomen vanwege haar werk.

'Geen probleem', zei Van In. 'Dan gaan we zelf langs.'

'Mag ik mee met jullie?'

'Stel alsjeblieft geen retorische vraag, Sas. Natuurlijk mag je met ons mee. En houd haar goed in het oog. Vrouwen merken soms dingen op bij een andere vrouw die ons ontgaan. Bij wie werkt ze eigenlijk vandaag?'

'Bij Deckmyn.'

'Tiens', zei Van In. 'We hebben er nooit bij stilgestaan dat Deckmyns echtgenote huisvrouw is.'

'Bedoel je daarmee dat huisvrouwen geen recht op een poetsvrouw hebben?' protesteerde Saskia vinnig. 'Mijn moeder was ook huisvrouw en ze had best wat hulp kunnen gebruiken.'

'Ja, maar je moeder had ook zes kinderen met een moeilijk karakter. Als ik me niet vergis, was een van haar dochters ronduit onhandelbaar in haar puberteit. Of hoe noem je anders iemand die op haar vijftiende met een vriendje van huis wegloopt en bijna drie maanden met hem door Europa rondtrekt? Een lieverdje?'

'Ik moet leren mijn mond te houden', snoof Saskia. 'Maar ik maak tenminste geen rondje op de Markt in mijn blote kont omdat ik een weddenschap verloren heb.'

'Touché', lachte Versavel. 'Ik was het bijna vergeten. Waar ging die weddenschap precies weer om, Pieter?'

'Geen commentaar. Kom, we zijn weg.'

Het weer was te mooi om de auto te nemen, dus gingen ze te voet, een wandeling van ongeveer twintig minuten. Versavel verdreef de tijd met anekdotes die hij nog nooit had verteld in het bijzijn van Saskia.

'Eindelijk', zuchtte Van In.

Hij belde aan, maar dat hield Versavel niet tegen om zijn verhaal af te maken. Het was Roos die kwam opendoen. Ze had een luchtig jurkje aan met een redelijk diep decolleté.

Van In zou gezworen hebben dat ze geen bh droeg. Een beetje frivool voor iemand die onlangs weduwe was geworden. Haar hand flitste naar het decolleté toen ze gewaarwerd dat hij naar haar borsten stond te gluren.

'We komen voor mevrouw Moerman. Mogen we binnenkomen?'

In de woonkamer wees niets erop dat er een poetsvrouw aan het werk was. Er stonden twee kopjes koffie en een schaal met koekjes op tafel. Silvia begroette hen met een scheve glimlach. Als haar werkgeefster te frivool gekleed was voor een weduwe, was zij zeer zeker niet gekleed om te poetsen. Een kort rokje en een truitje dat om haar lijf gegoten leek.

'Wat kan ik voor u doen, commissaris?'

Dat wil je niet weten, dacht Van In. Hij onthield zich van een dubbelzinnig antwoord omdat Saskia erbij was.

'Ik heb pas vernomen dat u verpleegkunde hebt gestudeerd in Tilburg.'

'Dat klopt.'

'Waarom in Tilburg?'

'Omdat mijn vriendje er toevallig ook studeerde.'

Ze knipperde een paar keer met haar ogen. Roos hield nog steeds haar hand voor haar decolleté, hoewel niemand nog naar haar boezem keek. Alsof ze zich schuldig voelde of betrapt.

'Dan weet u een en ander van geneesmiddelen af?'

'Wat bedoelt u daarmee?'

'Pieters stierf aan een overdosis pro... bloeddrukverlagend middel.' Hij kon de naam van het medicament maar niet over zijn lippen krijgen. 'En meneer Deckmyn', hij keek naar Roos, 'bezweek aan een overdosis insuline.'

'En dan', reageerde ze vinnig. 'Denk je dat ik de enige ben die dat weet?'

'Nee, maar het werpt een ander licht op de zaak.'

'Een ander licht?' klonk het verontwaardigd. 'Ik heb een alibi en waarom zou ik in godsnaam een van mijn werkgevers vermoorden?'

'Het klopt niet helemaal wat uw alibi betreft, mevrouw. U hebt verklaard dat u thuis alleen in bed lag toen Pieters werd vermoord en...' hij keek weer naar Roos, 'de tweede keer heeft mevrouw Deckmyn u een alibi verschaft.'

'Wat heb ik met Pieters te maken? Ik kende die kerel niet eens.'

Van In kon haar geen ongelijk geven. Er bestond inderdaad geen enkele band tussen haar en Pieters. Alles begon door elkaar te lopen. De enige zekerheid was dat er nu al drie doden waren.

'Oké', zuchtte hij. 'Nog één vraag. Weet u soms waar Snoeck zou kunnen uithangen?'

'Geen idee', zei Silvia.

'Zou u het erg vinden als we een kijkje namen in zijn huis?'

'Het is mijn huis niet.'

'Dat weet ik, maar u hebt wel de sleutel.'

Het kon Silvia geen moer schelen dat de politie een kijkje ging nemen bij Snoeck. En ze was er ook van overtuigd dat ze geen bezwarend materiaal bij hem zouden aantreffen, tenzij ze de kluis openbraken. Ze weigerde echter de sleutel te geven omdat ze zoiets principieel verkeerd vond. Dat Van In haar nodig had, was ook een teken dat hij niet over voldoende aanwijzingen beschikte om een huiszoeking te doen.

'Ik kan u helaas niet dwingen, mevrouw, we vinden hem wel zonder uw hulp.'

Het spottend glimlachje en de samenzweerderige blik tussen Roos en Silvia ontging Saskia niet. Die twee hadden iets met elkaar. En ze deden niet veel moeite om het te verbergen. Vijftig jaar geleden had een lesbische relatie met een getrouwde vrouw heel wat stof doen opwaaien, tegenwoordig keken weinig mensen er nog van op. Het was echter zeer de vraag of Lieven Deckmyn zich bij die situatie had kunnen neerleggen. Misschien moesten ze het in die richting zoeken. Het gesprek had tot nu toe niet veel opgeleverd, een mogelijke lesbische relatie tussen Silvia en Roos kon de zaak een nieuwe dimensie geven.

'Was dat alles? Of hebt u nog vragen?'

'Voorlopig niet', zei Van In.

De twee vrouwen lieten zich proestend van het lachen op de bank vallen. De tranen rolden over hun wangen.

'Heb je zijn kop gezien toen ik zei...'

Silvia raakte niet uit haar woorden. Roos lag met haar hoofd tegen haar borst te schokken van het lachen. Het werkte bevrijdend. De spanning gleed van hen af.

'Ik heb een idee', zei Roos toen ze uitgelachen waren. 'We sturen de beelden van Snoeck en De Nul nu door naar de politie en de zaak is opgelost.'

Silvia ging rechtop zitten en kruiste haar benen. Ze had zelf ook overwogen om te stoppen met het chantagegedoe. Het ging haar niet om geld, maar om boete. Ze had de smeerlappen eerst in hun portemonnee willen treffen voor ze hen aan het kruis nagelde.

'We kunnen het geld evengoed innen en aan een goed doel wegschenken', zei ze.

'Moet dat echt?'

Roos stond op en liep naar de keuken. De koffie was ondertussen koud geworden. Ze had zin in een nieuwe kop. Ze hadden inderdaad met elkaar afgesproken dat ze eerst het geld zouden innen voor ze de opnamen aan de politie doorspeelden. In het begin had ze het allemaal niet erg gevonden. De vijfentwintigduizend euro die Lieven had moeten ophoesten, waren toch automatisch weer bij haar terechtgekomen, maar na alles wat er gebeurd was begon ze bang te worden. Ze had een voorgevoel dat er iets zou mislopen als ze ermee doorgingen, zeker nu de politie het verband had gelegd tussen de studie van Silvia en de moorden.

'Als we de opnamen nu openbaar maken, zal de politie De Nul en Snoeck onmiddellijk arresteren', zei ze toen ze met de koffie terug in de woonkamer was. 'En dan zullen ze eindelijk de haren die ze op het lichaam van Pieters en in het appartement van Snoeck hebben aangetroffen met elkaar kunnen vergelijken en onvermijdelijk tot de conclusie komen dat het DNA van de haren overeenstemt met dat van De Nul en Snoeck. Zo hadden we het toch gepland?'

'Ja, we hadden het zo gepland', zei Silvia. 'En je hebt gelijk dat het misschien niet verstandig is om nog langer te wachten, daarom wil ik hen morgen laten betalen.'

Ze discussieerden ruim een uur, maar Silvia won uiteindelijk het pleit. Daarna gingen ze allebei zonnen in de tuin. Silvia nam een boek mee, Roos ging op haar rug liggen en deed haar ogen dicht. Het was allemaal begonnen toen Silvia onaangekondigd de badkamer was binnengekomen en zij naakt voor de spiegel stond. In normale omstandigheden had Silvia zich moeten verontschuldigen en de deur weer dichtdoen. Ze was echter blijven staan en in plaats van zich te verontschuldigen had ze gezegd dat Roos mooie borsten had. Op zich was dat nog geen reden om aan te nemen dat ze lesbisch was, vrouwen schaamden zich niet om elkaar complimentjes te geven over hun lichaam, het was de manier waarop Silvia haar had bekeken die bij haar iets had losgemaakt, iets dat ze tot nu toe niet had ervaren, iets dat ze waarschijnlijk had proberen te onderdrukken. Seks met mannen had haar nooit echt kunnen bekoren. Ze kwamen en ze bleven tekeergaan tot ze bevredigd waren. Zij had het allemaal ondergaan omdat het blijkbaar zo hoorde. Ze kreunde zelfs af en toe om het proces te bespoedigen en als het een extraatje opbracht, zette ze hem wel eens een pijpje. Met Silvia was ze op dat vlak opengebloeid. Ze snakte om met haar klaar te komen, liefst zo vaak mogelijk. De rest was een ander verhaal.

'Ben je niet bang dat ze je iets zullen aandoen?'

Silvia klapte haar boek dicht en ging op haar zij liggen. Roos was een mooie vrouw, ze was lief en beestig goed in bed, het was jammer dat ze voor alles bang was. Een bericht over een betoging in Athene was voor haar voldoende reden om een geplande reis naar Kreta te annuleren, ze kwam ook niet buiten als het bliksemde en controleerde iedere avond minstens twee keer of alle ramen en deuren op slot waren.

'Je denkt toch niet dat ik me zal laten zien?' zei ze.

Ze zou vanavond de buurjongen aanspreken die ze ooit een flatscreen cadeau had gedaan en hem vragen of hij haar een dienst wilde bewijzen: twee pakjes aannemen en ze in het station in een bagagekluis gaan deponeren. Ze vertelde hoe ze te werk zou gaan, maar haar plan kon Roos niet geruststellen.

'En wat als iemand de jongen volgt?'

'Dan nog weet niemand wanneer ik de pakjes kom ophalen. Geloof me, schat. Het plan is waterdicht. Als alles goed gaat, zitten we hier morgenavond met een magnumfles champagne in de tuin en slapen onze twee buren in de gevangenis.'

'Kunnen ze Snoeck eigenlijk arresteren met zijn parlementaire onschendbaarheid?'

Silvia liet niet merken dat ze het een stomme opmerking vond omdat daar ruzie van kwam en ze zin had in een potje seks straks.

'Frauderen is iets anders dan een meisje van zestien in reepjes snijden', zei ze.

'Ik zal in ieder geval opgelucht zijn als het morgenavond is', zei ze. 'Dan is het eindelijk afgelopen met me ongerust te maken.'

'Trek het je toch niet zo hard aan, schat.'

Silvia kwam dichter bij Roos liggen en begon haar overal te strelen. Het duurde geen twee minuten voor ze naakt in het gras met elkaar lagen te dollen. Pas toen ze allebei verzadigd waren, stuurde Silvia Snoeck en De Nul een bericht met instructies voor de transactie. Nog één dag, dacht ze terwijl ze haar boek openklapte en zich weer naast Roos neervlijde.

De Maltees was een kleine gedrongen man met kort pikzwart haar en een pokdalige huid. Bijna niemand kende zijn echte naam of wist waar hij vandaan kwam. Ze noemden hem 'de Maltees' omdat hij een paar jaar in Valetta had gewoond. Hij sprak vloeiend Engels en een mondje Spaans. Hij was betrouwbaar, efficiënt en had geen strafblad. De Maltees dook op en hij verdween als zijn opdracht volbracht was. Wie contact met hem wilde opnemen moest zich tot Claude wenden, de baas van een louche bar in een groezelige achterbuurt. Snoeck had de man gebeld voor hij met de trein naar Charleroi was gereden. Hij had een borgsom van tienduizend euro bij zich die hij bij Claude in bewaring moest geven voor de cafébaas de moeite deed om de huurmoordenaar te bellen. Het gesprek dat ze voerden was kort en nietszeggend, omdat ze waarschijnlijk een soort code gebruikten. Na afloop van het gesprek had Claude een adres op een bierviltje gekrabbeld en gezegd dat de Maltees er over een uur zou zijn.

'En je kunt beter op tijd zijn', had hij eraan toegevoegd. 'Hij houdt niet van mensen die te laat komen.'

Snoeck had zijn glas leeggedronken en een taxi genomen. Hij belandde in een ander café, waar een kelner hem discreet naar een achterkamertje leidde. Hij was veel te vroeg. De Maltees was stipt.

'Gaat u zitten, meneer', zei Snoeck. 'Kan ik u iets aanbieden?'

'Koffie.'

De Maltees was niet erg spraakzaam en als hij iets zei, gebruikte hij korte zinnen en in sommige gevallen beperkte hij zich tot één woord, zoals hij nu deed.

'De afspraak voor de transactie is vastgelegd. Ik heb alles genoteerd wat u moet weten.'

Snoeck haalde een envelop uit zijn binnenzak en gaf ze aan de Maltees, die ze ongeopend in zijn binnenzak stak. In de envelop zat nog eens tienduizend euro en het scenario voor de overhandiging van het geld die de volgende dag zou plaatsvinden. Hij en De Nul moesten de enveloppen afgeven aan een jongen met een rode pet op en een album van Suske en Wiske onder de arm. De jongen zou tussen elf uur en halftwaalf op de Markt voor het gebouw van de post staan. Na de afgifte van de enveloppen moesten zij onmiddellijk naar huis terugkeren. Het was duidelijk dat de jongen een koerier was. De Maltees moest hem volgen, de echte afperser zien op te sporen, hem of haar dwingen het bezwarend materiaal af te geven en hem of haar daarna doden.

'U kunt me na afloop op dit nummer bellen.'

Snoeck had een mobieltje met een voorafbetaalde kaart gekocht waardoor hij en de Maltees moeilijk te traceren waren, een toestel dat hij na de operatie onmiddellijk zou vernietigen.

'Kent u een goed hotel in de buurt?'

'Ik heb een kamer voor u gereserveerd in het Kempinski-hotel.'

De Maltees knikte. De klant behandelde hem met respect en dat beviel hem.

'Hebt u speciale wensen?' vroeg hij.

'Wat bedoelt u met speciale wensen?'

'Moet het langzaam of snel gaan?'

Snoeck ondersteunde zijn kin met zijn hand terwijl hij nadacht. Langzaam betekende dat de afperser zou lijden voor hij stierf. Als De Nul zou weten dat ze die keuze hadden, zou hij de executie willen bijwonen, en hij eerlijk gezegd ook.

'Mogen wij aanwezig zijn als het langzaam gaat?'

'Nee, maar ik kan alles laten filmen door een van mijn medewerkers.'

'Hoeveel?'

'Vijfduizend.'

Snoeck aarzelde niet. De sessie bij Pieters had destijds meer gekost. En hij wist zeker dat De Nul gretig zou betalen voor de onverwachte attractie.

'We doen het', zei hij.

De verschijning van Snoeck in het gerechtsgebouw baarde enig opzien. Zij die de politicus herkenden bleven even staan toen hij voorbijliep, mensen die hem niet herkenden vroegen zich af waarom hij werd nagekeken. Snoeck groette de mensen die hem herkenden met een opgestoken hand. Hij leek erg zelfverzekerd. Zijn advocaat had hem immers verzekerd dat ze hem niet konden aanhouden voor het parlement zijn onschendbaarheid had opgeheven. Je nog langer blijven verstoppen heeft geen zin, had hij ook nog gezegd. Neem contact op met de procureur en zeg haar dat je bereid bent om met justitie mee te werken. De rest zien we later wel. Dus had hij Hannelore Martens gebeld en ze had onmiddellijk toegezegd om hem te ontvangen. Ze heeft nog niet veel ervaring, had zijn advocaat er smalend aan toegevoegd. En jij bent een oude rot. Je praat haar zo onder tafel. Snoeck liep gezwind de trap op. Hij voelde zich een stuk beter dan vanochtend.

'Goedemiddag, mevrouw de procureur.'

Hannelore stond op en kwam naar hem toegelopen. Ze had haar sexy jurk geruild voor een lange broek en een deftige bloes. Hij hield haar hand langer vast dan gebruikelijk. Zijn keurende blik deed haar opzij kijken. Toch liet ze niet openlijk blijken dat ze hem niet mocht. Ze glimlachte en zei: 'Gaat u zitten, meneer Snoeck. Waarmee kan ik u van dienst zijn?'

'Ik wil een en ander met u bespreken', zei hij.

Hannelore ging aan haar bureau zitten en schoof haar stoel zo ver mogelijk naar achteren om de afstand tussen hen groter te maken.

'Ik luister', zei ze afgemeten.

Hij vouwde zijn handen zelfvoldaan voor zijn buik. Zijn mondhoeken gingen uiteen, maar ze vormden geen glimlach.

'U hebt in de krant gelezen waarvan ik beschuldigd word, en ik moet u eerlijk bekennen dat ik ook schrok toen ik het las. Corruptie en fraude zijn zware beschuldigingen. Erger nog. Zodra het in de krant staat, gelooft iedereen dat het waar is. Gelukkig bepaalt de wet dat iemand onschuldig is tot het tegendeel bewezen wordt, en u, mevrouw, vertegenwoordigt de wet. U zult bijgevolg begrijpen dat ik tijd nodig had om na te denken en advies in te winnen. U zult het me dan ook niet kwalijk nemen dat ik niet onmiddellijk met een open vizier in de arena ben gaan staan.'

Hannelore knikte beleefd terwijl ze zich afvroeg of hij zijn discours had voorbereid of alles ter plekke aan het verzinnen was.

'Ik begrijp dat u de pers probeert te ontwijken', zei ze. 'Maar van iemand in uw positie wordt verondersteld dat hij zich niet verstopt voor de autoriteiten. U had eerder contact met me kunnen opnemen.'

'Natuurlijk, mevrouw, en ik verontschuldig me daarvoor uit de grond van mijn hart. Maar ik ben ook maar een mens.'

Het bewijsmateriaal tegen hem was inderdaad verpletterend en ze begreep dat hij zijn vege lijf probeerde te redden, het stoorde haar alleen ongelooflijk dat hij haar als een dom blondje behandelde.

'Ik neem aan dat u een verklaring wenst af te leggen', zei ze. 'Zal ik de onderzoeksrechter bellen en vragen of hij u zo snel mogelijk kan ontvangen?'

'Voor mij hoeft het niet zo snel mogelijk te gebeuren', zei hij. 'Het voornaamste is dat de politie me even met rust laat, zodat ik voldoende tijd krijg om alle beschuldigingen te weerleggen.'

Van In zou razend zijn als ze het hem vanavond vertelde, maar ze had geen andere keus dan zijn verzoek in te willigen. Zelfs als het parlement de kwestie bij hoogdringendheid behandelde, zou het een tijdje duren voor ze een beslissing namen. Als Van In hem ondertussen bleef lastigvallen, was de kans groot dat Snoeck de dans ontsprong vanwege een procedurefout. Toch wilde ze hem niet de indruk geven dat hij op zijn wenken bediend werd.

'Ik zal uw verzoek in overweging nemen', zei ze.

'Dat zou ik zeer op prijs stellen, mevrouw.'

Hannelore haalde opgelucht adem toen hij nog geen vijf minuten later afscheid nam.

'Wat denk jij van die twee meiden, Sas?'

Van In stak zijn hand op en wenkte de kelner. Ze hadden gelukkig nog een tafeltje in de schaduw gevonden want in de zon was de hitte niet te harden. Zelfs Versavel, die beter tegen de warmte kon dan hij, was hem gedwee gevolgd.

'Alles wijst erop dat ze een relatie hebben. De manier waarop ze zich kleden en elkaar bekijken spreekt voor zich.'

'Ik wist niet dat je ervaring had met lesbische vrouwen', merkte Versavel luimig op.

'Ik heb niet gezegd dat ze lesbisch zijn, Guido. Bij vrouwen ligt dat anders dan bij mannen.'

'Bedoel je daarmee dat ze biseksueel zijn?'

'Dat zou best kunnen', zei Saskia. 'Roos mag dan getrouwd geweest zijn, haar man was niet echt een romanticus, hij behandelde haar als een stuk meubilair. Zoiets kan iemand compleet veranderen. En Silvia is voor zover ik weet alleenstaand.'

'Die Silvia blijft me intrigeren', zei Van In. 'Ze is knap, intelligent en rijk. Waarom gaat zo iemand schoonmaken bij vier kerels die maar aan één ding denken?'

Hij nam een slok Duvel en stak een sigaret op. De Nul, Snoeck, Demaeght en Deckmyn werden afgeperst door Pierre Pieters, een Vlaming die tien jaar geleden was uitgeweken naar Île d'Arz, een eilandje in de Golf van Morbihan, waar hij een chambre d'hôtes uitbaatte. Pierre Pieters werd dood aangetroffen voor het huis van Snoeck. Deckmyn bezweek aan een overdosis insuline in een appartement van Snoeck en Demaeght pleegde even later zelfmoord.

'Er zit verdomme geen logica in', vloekte hij.

'Toch wel, Pieter. Ik denk dat je gelijk hebt. Het probleem is dat we niets kunnen bewijzen.'

'Guido heeft gelijk. We moeten nog een beetje geduld hebben.'

'Geduld', foeterde Van In. 'Ik ben het beu om geduld te hebben. We moeten die kerels zo snel mogelijk oppakken en hen bij hun ballen ophangen.'

De deur van het kantoor van Nico Verbiest stond op een kier. Hij was aan het bellen. Hannelore kon alles horen wat hij zei. Ze legde haar hand op de deurkruk. Nee, het zou onbeleefd zijn als ze nu naar binnen ging.

'Nee, John, ik heb vanavond een afspraak met je weet wel wie.'

Ze versteende toen ze besefte dat hij met iemand anders over haar aan het praten was hoewel hij beloofd had dat nooit te doen.

'Natuurlijk komt ze', hoorde ze hem weer zeggen. 'En dit keer laat ik haar niet meer ontsnappen. Dat wijf maakt me gek.'

Ze zette een stap achteruit en liep compleet in de war terug naar haar kantoor, waar ze een sigaret opstak, terwijl ze zich afvroeg met wie hij aan het bellen was en wat hij al over haar had verteld. Stel je voor dat het een collega was, dan wist iedereen binnen de kortste keren dat ze elkaar stiekem zagen. Hoe had ze zo stom kunnen zijn? Ze dacht na over wat haar te doen stond. Hem vanavond proberen uit te leggen dat ze niet op zijn avances wilde ingaan, was levensgevaarlijk, omdat ze niet kon garanderen dat ze niet voor zijn charmes zou bezwijken. Wat was er toch mis met haar? Ze had in haar leven bereikt wat ze wilde en nu stond ze op het punt om alles te vergooien. Waarom?

'Drink jij nog iets, Guido?'

Saskia had zich om halfvijf verontschuldigd en was naar huis gegaan, omdat ze beloofd had om vanavond te koken voor Jan. Na alles wat er gebeurd was, durfde Versavel zijn vriend niet in de steek te laten.

'Nog eentje dan', zei hij.

Van In stak gefrustreerd een sigaret op. Hij had een hekel aan een onderzoek waarover hij de controle dreigde te verliezen.

'Hoe lang duurt het nog voor we het resultaat van het DNA-onderzoek kennen?'

'Nog een dag of vier', zei Versavel.

'Het wachten komt me de strot uit.'

'Ik vrees dat er niets anders op zit, Pieter.'

Versavel haalde zijn schouders op. Hij had Van In graag willen helpen. Het minste wat hij kon doen, was hem een beetje proberen op te beuren.

'Laten we samen een Duveltje drinken', stelde hij voor.

'Oké, maar niet meer dan eentje. Ik moet de kinderen ophalen, boodschappen doen en het eten klaarmaken. Het is donderdag moet je weten. Hannelore gaat uit met Mia.'

16

De ochtendkoelte die door het open raam was binnengeslopen, wekte Van In uit een diepe slaap. Hij strekte zijn hand uit tot hij haar naakte huid kon voelen. Ze bewoog niet toen hij haar aanraakte. Vreemd. Anders was ze altijd vroeger wakker dan hij. Van In draaide zich op zijn zij en wierp een blik op de klokradio. Het was verdomme nog maar vijf over zes. Hij ging op zijn rug liggen, legde zijn hand op haar dij en probeerde de slaap weer te vatten op het ritme van haar ademhaling. Het lukte niet omdat hij zich begon af te vragen wanneer ze was thuisgekomen. Hij had haar vannacht in ieder geval niet horen binnenkomen. Het was niet dat hij haar het wekelijkse uitje niet gunde, vrouwen hadden behoefte aan een babbel met vriendinnen, hij maakte zich een beetje ongerust dat het steeds later werd. Hij was om halfeen naar bed gegaan en had nog zeker een uur liggen piekeren voor hij de slaap had kunnen vatten. De drang naar een sigaret dreef hem uit zijn bed. Ze bewoog niet, haar ademhaling bleef regelmatig. Pas nu merkte hij dat haar kleren kriskras door elkaar op de grond lagen. Hij deed de slaapkamerdeur open en sloop voorzichtig naar beneden. Het was niet haar gewoonte dat ze haar kleren liet rondslingeren. Hij stak een sigaret op en zette een kop koffie. Het gebrom van de Senseo had haar wakker moeten maken. Hij spitste zijn oren voor hij aan tafel ging zitten. Geen geluid. Haar handtas hing over de leuning van een keukenstoel. Hij wist dat ze om de beurt de rekening betaalden en dat het gisteren haar beurt was geweest. Het was de eerste keer sinds ze elkaar kenden dat hij overwoog om in haar portefeuille te snuffelen. Hij nam een trek van zijn sigaret. Hun relatie was gebaseerd op onderling vertrouwen, kon hij dit vertrouwen nu beschamen omdat ze wat later was thuisgekomen? Hij probeerde aan iets anders te denken. Aan de mooie momenten die ze samen hadden beleefd. Toch kon hij de gedachte niet van zich afzetten dat er iets niet klopte. Halfzeven. Hij zette een nieuwe kop koffie en stak een tweede sigaret op. Geen reactie. Boven bleef het stil. De handtas bleef hem aantrekken. Als hij de rekening vond, hoefde hij zich geen zorgen meer te maken. Maar wat als hij ze niet vond? De koffie smaakte bitter, de sigarettenrook prikkelde zijn keel en deed hem hoesten. Het kon toch niet dat ze hem nu niet hoorde? Kwart voor zeven. Hij pakte de handtas en ritste hem open. Haar portefeuille zat in een apart vakje aan de zijkant. Nee. Hij ritste de handtas dicht en hing hem weer over de leuning van de keukenstoel.

'Waarom heb je me niet wakker gemaakt?'

Hannelore kwam om vijf voor zeven naar beneden. Ze zag er niet erg fris uit. Haar ogen lagen diep in hun kassen en ze liep een beetje gebogen.

'Ik heb het geprobeerd, maar je sliep nogal diep.'

Ze gaf hem een zoen en haalde met een loom gebaar een haarlok van haar voorhoofd weg.

'Dat is lief van je', zei ze met een flauwe glimlach. 'Het is mijn schuld. Het is te laat geworden. Mia had iets te vieren en ze heeft op champagne getrakteerd. Ik heb veel te veel gedronken. Sorry.'

'Tiens. Ik dacht dat het jouw beurt was om te trakteren.'

‘Ik heb alleen het eten betaald.’

‘Waar zijn jullie geweest?’

‘Bij Johan in de Mojo. En je kent Johan.’

‘Ja’, zei Van In. ‘En of ik hem ken. Je weet wanneer je bij hem binnenkomt maar nooit wanneer je weer buitenkomt.’

Versavel was stipt zoals altijd. Het gerinkel van de voordeurbel was meteen ook het sein om de kinderen wakker te maken.

‘Alles goed vandaag?’

‘Ik denk het wel, Guido.’

‘Dan is het goed.’

Versavel keek naar Hannelore die met Julien op haar arm naar beneden kwam, maar dit keer ontweek ze zijn blik niet. Integendeel. Ze stelde hem gerust met een knipoog.

De jongen met de rode pet en een album van Suske en Wiske onder de arm zat op de trappen van het postgebouw. De Maltees had bij het beeld van Jan Breydel en Pieter Deconinck postgevat. Er bungelde een fototoestel om zijn hals en hij deed alsof hij in een toeristische gids aan het lezen was, zodat hij onzichtbaar werd in de massa toeristen die zich als een zwerm sprinkhanen over de Markt hadden verspreid. En ook de terrassen raakten stilaan gevuld met dorstige buitenlanders. De paarden van de huurkoetsen stonden er lusteloos bij. Snoeck kwam als eerste aangewandeld. Hij droeg een beige pak en een zomerhoedje. De transactie duurde amper vijftien seconden. De envelop verdween in een linnen tas. De Nul arriveerde tien minuten later. Hij was voor een keer niet opvallend gekleed. De jongen nam de envelop aan en stak hem bij de andere in de linnen tas. De Maltees maakte een paar foto’s, klapte zijn toeristische gids dicht en volgde de jongen door de Steenstraat naar het

Zand. Er heerste een gezellige drukte in de winkelstraat waardoor hij niet veel moeite hoefde te doen om niet op te vallen. De jongen had bovendien geen argwaan. Hij keek niet één keer om. Op het Zand kocht hij een ijsje en ging ermee op de rand van de fontein zitten, waar het lekker koel was. De Maltees stelde zich verdekt op achter een van de paviljoenen die toegang gaven tot de ondergrondse parkeergarage. Hij verwachtte niet dat de jongen hier met de afperser had afgesproken en hij kreeg gelijk. De jongen at zijn ijsje op en sloeg daarna de richting van het station in. Hij volgde het wandelpad langs het Concertgebouw, waar het ook druk was. De Maltees volgde hem op een veilige afstand. De jongen was zich blijkbaar niet bewust van de inhoud van zijn tas. Hij slenterde en hij bleef zelfs even staan om een praatje te maken met een vriend. De Maltees ging op een bank zitten en wachtte tot het gesprek afgelopen was. De jongen stak de ringweg over. Het was duidelijk waar hij naartoe ging en de Maltees wist zo goed als zeker wat hij daar zou doen. Een pakket in een bagagekluis achterlaten, waar het later door iemand anders werd opgehaald, was een klassieke truc. Toch wachtte hij om zijn handlangers te bellen tot hij met zijn eigen ogen had gezien dat de jongen de enveloppen in een kluis stak. Niemand kon voorspellen wanneer de afperser de enveloppen zou komen ophalen, maar de ervaring leerde dat het meestal niet erg lang duurde. Mensen waren nu eenmaal hebzuchtige wezens, ze kwamen op geld af als roofdieren op een verzwakte prooi. Hij zou de eerste wachtbeurt voor zijn rekening nemen.

'Ze zijn allebei weer thuis', zei Roos, die achter het raam naar buiten stond te gluren.

Silvia zat aan tafel. Ze stond op, liep naar de keuken en haalde de magnumfles champagne uit de koelkast. Haar taak zat er bijna op. Ze ontkurkte de fles en schonk twee glazen vol.

'Gezondheid.'

Ze gaven elkaar een zoen voor ze dronken. Vijf minuten later rinkelde de telefoon. Het was de jongen met de mededeling dat de enveloppen geleverd waren en het ticket van de kluis in haar brievenbus lag.

'Wanneer ben je van plan om het geld op te halen?'

Silvia stak de fles in een ijsemmer en liep ermee naar de tuin. Ze had de jongen de opdracht gegeven om een taxi te nemen naar Blankenberge en vandaar de trein terug naar Brugge. Ze zou pas beslissen wanneer ze de enveloppen ging ophalen als hij haar terugbelde.

'Wellicht vandaag nog', zei ze.

Roos kwam naast haar op het gazon zitten. Ze had haar eerste glas in één teug opgedronken van de zenuwen. Het tweede zou haar kalmeren, want ze kon niet goed tegen bubbels.

'Is dat wel veilig?'

Silvia legde beschermend een arm over de schouder van haar vriendin. Het was jaren geleden dat ze zich nog zo gelukkig had gevoeld.

'Maak je geen zorgen. Ik loop echt niet in zeven sloten tegelijk.'

'Jij hebt gemakkelijk praten. Als de politie ooit achter de waarheid komt, gaan we allebei de gevangenis in.'

'Correctie. Dan ga ik de gevangenis in. Vergeet niet wat we afgesproken hebben. Als het ooit zover mocht komen, zal ik verklaren dat ik op eigen houtje heb gehandeld. En jij moet blijven beweren dat je niet wist wat ik van plan was. Beloof het me.'

Roos sloeg haar ogen op. Ze mocht er niet aan denken dat ze gescheiden zouden worden, toch niet na alles wat ze samen hadden meegemaakt.

'Je klinkt zo pessimistisch.'

Silvia had geen zin om haar ware gevoelens te uiten. Het enige wat ze wilde was genieten zonder zich om de toekomst te bekommeren.

'Nee', zei ze. 'Ik ben gewoon realistisch.'

'Oké. Als je dan toch realistisch bent, wil ik weten wanneer we gaan samenwonen.'

'Ik vrees dat je nog even zult moeten wachten tot de zaak in het vergeetboekje is beland, maar dat betekent niet dat we elkaar niet iedere dag kunnen zien.'

'Dan gaan we volgende week op reis. Niemand ziet ons in het buitenland. Wat denk je?'

'Prima idee.'

Ze begonnen te fantaseren over allerlei exotische bestemmingen. Ondertussen zakte het peil in de fles zienderogen. Na een uurtje liep Silvia naar binnen en besmeerde enkele toastjes met foie gras, niet zozeer omdat ze honger had. Ze wilde nuchter blijven.

'Binnen.'

Hannelore hoefde niet op te kijken om te weten wie er had aangeklopt. Nico Verbiest keek niet erg vrolijk. Hij ging voor haar op een stoel zitten, sloeg zijn benen over elkaar en kruiste zijn armen.

'Ik heb je gisteren voortdurend gebeld.'

Verbiest had anderhalf uur in zijn auto op haar zitten wachten voor hij zijn reservatie in het restaurant had durven annuleren. Daarna had hij een stuk in zijn kraag gezopen en was haar tot middernacht blijven bellen.

'Klopt', zei ze droog. 'Ik had ook verwacht dat je vanochtend zou langskomen.'

'Het is toch niet uitgelekt?'

'Nee, Nico. Het is niet uitgelekt. Het heeft lang genoeg geduurd. Ik kap ermee.'

'Dat meen je niet.'

Hij sprong op van zijn stoel en wilde haar vastpakken, maar ze weerde hem af. Zelfs Mia, die het zelf niet zo nauw nam met de echtelijke trouw, was niet mals geweest. Een vrouw is geen trofee waarmee je bij je vrienden loopt te pronken, Hanne, had ze gezegd. Laat die kerel vallen en probeer het een andere keer opnieuw. Ze had zich voorgenomen het eerste advies op te volgen, het tweede weigerde ze in overweging te nemen. Er was gelukkig niets gebeurd, waardoor ze Van In nog steeds recht in de ogen kon kijken, maar het had niet veel gescheeld en daar had ze nu oneindig veel spijt van.

'Toch wel. En ik hoop dat we dit als volwassen mensen kunnen afhandelen.'

Verbiest ging weer zitten. Hij was niet van plan om het zomaar op te geven. Ze zou hem geven wat hij wilde.

'Geef me alsjeblieft nog een kans, Hanne. Ik ben bereid je een tijdje met rust te laten zodat je kunt nadenken, maar geef me alsjeblieft nog een kans.'

'Vergeet het, Nico. Het is over en uit. Doe me een genoegen: laat me met rust.'

Het was menens. Hannelore keek hem onbewogen aan met een priemende blik. Waarom bleef hij in godsnaam aandringen? Hij beantwoordde haar ijzige blik met een spottend lachje. Wat dacht die trut eigenlijk? Dat hij een wegwerpvriendje was?

'Ik denk dat je geen andere keus hebt dan minstens één keer met me te vrijen. Of vaker als het me bevalt.'

Hannelore kon haar oren niet geloven. Wat hij net had gezegd, klonk als een regelrechte bedreiging. Of was hij zo arrogant dat hij geloofde dat hij haar kon intimideren. Waarmee? Oké, ze waren samen gezien, maar als hij dacht dat hij daarmee over een argument beschikte om haar te overtuigen, was hij heel naïef.

'Je gelooft toch zelf niet wat je zegt, Verbiest. Ik zal niet verder op de zaak ingaan, maar wil je nu weggaan.'

De teef werd kwaad. Straks begon ze te roepen dat zij de baas was, of met een tuchtprocedure te dreigen wegens ongewenste seksuele intimiteiten.

'Ik ben benieuwd hoe Van In zal reageren als ik hem dit laat zien.'

Hij haalde een foto uit zijn binnenzak en gooide die op haar bureau. Hannelore verstijfde toen ze zichzelf in haar ondergoed in zijn slaapkamer zag liggen.

'Smeerlap', siste ze. 'Achterbakse, vunzige smeerlap.'

'Ik heb toch gezegd dat je geen andere keuze hebt. Wanneer spreken we af? Volgende donderdag? En à propos: vergeet je kutje niet te scheren.'

Hij pakte de foto terug, liet hem in zijn binnenzak glijden en liep neuriënd de kamer uit. Hannelore bleef enkele ogenblikken versteend zitten voor ze de onderste lade van haar bureau opentrok, haar sigaretten pakte en er een opstak. Wat nu? was de enige vraag die door haar hoofd spookte. Van In zou haar verhaal nooit geloven. Ze zou hem eerlijk gezegd ook niet geloofd hebben als hij haar iets dergelijks op de mouw had proberen te spelden. De foto terugverdienen op de manier die Verbiest voorstelde, was evenmin een optie. Versavel was de enige die haar kon helpen.

Silvia wachtte een paar minuten in de hal van het station voor ze de deur van het bagagedepot openduwde. Er was niemand. Ze wachtte weer een paar minuten voor ze de kluis openmaakte. De enveloppen lagen netjes naast elkaar. Ze griste ze weg en stak ze in haar handtas. Het zat erop. Ze hadden gisteren uiteindelijk beslist om met de helft van het geld een wereldreis te maken, de rest zouden ze doneren aan een organisatie die opkwam voor de rechten van lesbische vrouwen in landen waar die nog met de voeten werden getreden. Het was druk in de stationshal. Tientallen toeristen haastten zich naar de perrons, anderen schoven aan om een treinticket te kopen of verdrongen zich voor het bord waar de vertrektijden werden aangekondigd. Silvia liep naar buiten, stak een sigaret op en belde Roos.

'The eagle has landed', zei ze.

'Waar ben je nu?'

'Ik sta voor het station.'

'Wanneer zie ik je?'

'Vanavond, schat. Ik heb eerst nog een en ander te doen.'

Roos reageerde teleurgesteld. Ze had verwacht dat Silvia eerst bij haar zou langskomen, maar ze protesteerde niet. Silvia was een snuggere meid, ze wist wat ze deed.

'Tot vanavond dan. Ik verlang naar je.'

Silvia glimlachte terwijl ze haar mobieltje in haar handtas liet glijden. Ze dacht aan een vers uit een liedje van Jacques Brel, iets over graan dat hoger opschoot op verbrande grond. Voor Roos haar had leren kennen stelde haar seksleven niet veel voor, tegenwoordig groeide haar passie als in het lied van Brel. De Maltees wachtte tot ze halverwege het plein was voor hij zelf naar de uitgang liep. Hij was net op tijd om haar in een taxi te zien stappen. Verdomme, hij was er als een kind in getuind. Hij kon niets anders dan risico nemen. Hij trok een sprintje en sprong in een andere klaarstaande taxi. Hij had geluk. Ze haalden die van Silvia in bij het verkeerslicht.

'Ben jij privédetective?' vroeg de taxichauffeur.

Het gebeurde niet iedere dag dat iemand vroeg om een andere taxi te volgen. In films was het meestal een privédetective die zoiets vroeg.

'Niet echt', antwoordde de Maltees geïrriteerd.

Hij haatte taxichauffeurs die hem aanspraken. Maar hij

kon het de man niet kwalijk nemen dat hij de vraag had gesteld.

'Ik ben een collega van haar man', zei hij. 'Hij maakt zich een beetje zorgen over haar. Als u begrijpt wat ik bedoel.'

'Ja', knikte de taxichauffeur. 'Dat is het nadeel aan mooie wijven. Iedereen wil erop gaan zitten.'

Silvia had de Maltees achter haar in een taxi zien springen en toen ze aan het verkeerslicht op de hoek van de Hoefijzerlaan achteromkeek, stond de bewuste taxi eveneens aan te schuiven.

'Wil je aan de Ezelpoort rechts afslaan en via de Geldmuntstraat weer naar het Zand rijden?' zei ze.

De chauffeur, een grijzende man met dertig jaar ervaring, stelde geen vragen. Hij knikte. Het was zijn taak de wensen van de klanten in te willigen, zolang ze maar betaalden. Bovendien vond hij haar gezelschap best prettig. Als het van hem afhing, mocht ze de rest van de dag met hem rondtoeren.

'Wat doet ze nu?'

'Terugkeren naar het centrum.'

De Maltees wist nu bijna zeker dat ze aan het controleren was of ze werkelijk gevolgd werd. Hij pakte zijn mobieltje en belde een van zijn handlangers.

De rook in de kamer was te snijden. Hannelore had er bijna haar hele noodvoorraad doorgejaagd. Versavel vroeg niet waarom ze rookte, hij wist dat er iets ernstig mis was. Anders had ze hem niet gebeld en gevraagd of hij zo snel mogelijk wilde langskomen. Alleen dan nog. Was ze toch bezweken voor de charmes van Verbiest? Hij hoefde niet lang op een verklaring te wachten. Ze gooide zich in zijn armen en begon te huilen.

'Je had het beloofd, Hanne. Waarom heb je het toch gedaan?'

Ze hield op met snikken, de blik in haar betraande ogen bezwaarde zijn gemoed. Hij drukte haar stevig tegen zich aan.

'Het is niet wat je denkt, Guido', snikte ze.

'Rustig, Hanne. Ga zitten en vertel me wat er gebeurd is. En geloof me, voor ieder probleem bestaat er een oplossing', voegde hij er weinig overtuigend aan toe.

Hij reikte haar een pakje papieren zakdoekjes aan en verifieerde of er nog koffie in de thermoskan zat. Hij had geluk. De kan was nog zo goed als vol. Hij pakte twee koppen van een dienblad en schonk ze vol.

'En houd nu alsjeblieft op met roken. Je bent veel te mooi om vroeg oud te worden.'

De opmerking ontlokte haar een fletse glimlach. Wat was hij toch lief. Waren alle mannen maar een beetje meer homo, de wereld had er beter uitgezien.

'Ik heb je verteld dat ik één keer wakker ben geworden in mijn ondergoed.'

Ze hoefde niet meer te vertellen. Versavel kon zich voorstellen wat er gebeurd was.

'Hij heeft foto's genomen?'

Hannelore sloeg haar ogen neer. Ze was beschaamd dat ze het moest toegeven en woedend omdat ze zo stom was geweest.

'Hij dreigt ermee ze aan Van In te laten zien als ik...'

Haar stem stokte. De gedachte een man op bevel te moeten bevredigen maakte haar opstandig. En ze mocht er niet aan denken wat hij nog van haar zou verlangen als ze een keer had toegegeven. Het alternatief was bijna nog erger. Van In zou haar verhaal niet geloven en hij zou het haar nooit vergeven. Versavel sloeg zijn arm om haar heen. Er was maar één oplossing voor haar probleem. Ze moesten de foto's zien te bemachtigen en de bestanden wissen waar hij de beelden had opgeslagen. Er geld voor bieden had niet veel zin, Verbiest zou ze nooit verkopen.

'Geef hem de indruk dat je op zijn voorstel zult ingaan', zei hij zacht. 'Ik doe mijn best om het te regelen.'

Ze richtte haar hoofd op. Hij was haar beste vriend, ze wist dat hij alles in het werk zou stellen om haar te helpen en ze vond het bijzonder lief dat hij haar probeerde te troosten, maar wat hij haar wilde laten geloven was onmogelijk te realiseren. Het was een hopeloze zaak.

'Ik ben in ieder geval blij dat jij me gelooft', zei ze.

Versavel dacht koortsachtig na, omdat hij zich evenals zij realiseerde dat het een hopeloze zaak was. Zeker als hij het op een wettige manier probeerde op te lossen.

'Ik verzin wel iets, Hanne. Maar nu moet ik echt terug naar het bureau, anders begint Van In zich vragen te stellen.'

'Wat heb je hem wijsgemaakt?'

'Dat ik naar de bank moest voor een dringende betaling.'

'Tiens', zei ze. 'Ik dacht dat je internetbankierde.'

'Dat weet jij, maar hij niet.'

Hij gaf haar nog een stevige knuffel voor hij afscheid nam. Ze zag er in ieder geval beter uit dan een kwartier geleden.

'Ik betaal je vijfhonderd euro extra als je erin slaagt je collega af te schudden', zei Silvia toen bleek dat ze na het extra rondje door het centrum nog altijd gevolgd werden.

De chauffeur nam het geld dat ze hem aanreikte met een knikje in ontvangst.

'Oké, mevrouwtje. Zet je dan maar schrap.'

Hij zette koers naar de Buffelbrug en reed daarna de expresweg op in de richting van de autosnelweg. Bij het eerste verkeerslicht nam hij gas terug en liet de andere wagens voor.

'Wat ben je van plan?'

De chauffeur grinnikte. De verkeerslichten op de expresweg waren gesynchroniseerd en hij wist precies wanneer ze van groen op oranje zouden springen en hoe lang ze op oranje bleven staan. Ze waren nu nog groen, maar als hij het goed had, zouden ze over vijf seconden op oranje springen. Hij week uit naar de linkerrijstrook op het ogenblik dat de weg voor hem vrij was. Silvia keek gespannen achterom. Er reden twee wagens tussen hen en de achtervolgende taxi.

'Daar gaan we', riep de taxichauffeur.

Silvia werd met haar rug tegen de rugleuning van de stoel gedrukt toen de chauffeur plankgas gaf. Ze schoten vooruit terwijl de andere auto's afremden. Het lukte net niet. De lichten sprongen op rood. Het was onmogelijk om nu nog te stoppen, maar dat was de bedoeling niet geweest.

'Ik denk dat we geflitst zijn', zei de chauffeur terwijl hij weer vaart minderde.

Silvia keek weer achterom. Geen enkele wagen achter hen was door het rood gereden.

'Maak je geen zorgen', zei ze. 'Ik betaal de boete en doe er nog een bonus bovenop.'

Ze haalde een envelop uit haar handtas, telde vijftig briefjes van vijftig en stopte ze hem toe. De chauffeur wierp een blik op de envelop, maar hij zei niets.

De Maltees, die het allemaal had zien gebeuren, haalde diep adem en telde in stilte tot tien om te kalmeren. De opdracht was verknald, toch was hij niet van plan om zich daarbij neer te leggen. Hij wendde zich tot de chauffeur.

'Als ik het goed gezien heb, rijden jullie voor dezelfde maatschappij.'

'Klopt.'

De Maltees haalde een pistool van een klein kaliber uit zijn binnenzak en richtte het op de chauffeur.

'Doe me dan een genoegen. Bel de centrale. Ik wil weten waar je collega dat wijf naartoe brengt. En doe het snel. Als ik haar kwijtspeel, ga jij eraan.'

De arme man keek ontzet naar het pistool. Hij had al een en ander meegemaakt in zijn carrière, maar hij was nog nooit bedreigd met een pistool. Hij stelde geen vragen omdat hij er niet aan twijfelde dat de man die hem onder schot hield, meende wat hij zei.

'Hallo Fred. Stel alsjeblieft geen vragen. Ik wil nu weten waar de 68 naartoe rijdt.'

De chauffeur schoot gelukkig goed op met de man van de centrale, het duurde amper tien seconden voor hij een antwoord kreeg. De Maltees knikte, maar hij bleef de chauffeur onder schot houden terwijl hij zijn handlanger belde en hem nieuwe instructies gaf.

Silvia deed net hetzelfde als de buurjongen die ze als koerier had ingezet. Ze gaf de taxichauffeur de opdracht haar naar Blankenberge te brengen, omdat ze eerst rustig wilde nadenken over wat haar was overkomen. Eén ding was zeker: De Nul en Snoeck hadden iemand ingehuurd om hun afperser te ontmaskeren. Dat ze hem had afgeschud, was echter geen garantie dat ze nu veilig was. De achtervolger had ruim de tijd gekregen om haar te bekijken en wie weet had hij ook foto's van haar genomen. Terug naar huis gaan was voorlopig geen optie, onderduiken bij Roos evenmin. Ze stak het Leopold III-plein over, ging op een terras zitten op de hoek van de Kerkstraat en bestelde een glas witte wijn. Daarna belde ze Roos nog eens, die waarschijnlijk vol spanning op haar telefoontje zat te wachten.

'Waar ben je?'

'In Blankenberge, zoals afgesproken.'

'Is alles goed verlopen?'

Silvia had geen zin om haar te vertellen wat er gebeurd was. Integendeel, ze wilde haar geruststellen. Dus zei ze: 'Ja, maar...'

'Wat maar?' klonk het ongerust.

'Ik kan vanavond niet langskomen omdat ik niet wil dat De Nul of Snoeck mij bij jou ziet binnengaan.'

'Waarom niet?'

'Omdat ik vermoed dat ze weten dat ik de afperser ben en ik je niet nodeloos in gevaar wil brengen. Dus vraag ik je om nog even geduld te hebben.'

'Hoe lang duurt even?'

'Tot morgen, uiterlijk tot overmorgen.'

'Zo lang?'

Silvia hoorde de wanhoop in de stem van haar vriendin en ze had er begrip voor, maar ze mocht geen risico nemen. Toch niet na al die jaren.

'Ik bel je morgenvroeg', zei ze. 'Wie weet kan ik vroeger naar je toe komen.'

'Beloofd?'

'Beloofd', zei ze.

Een man van een jaar of dertig met een modieuze zonnebril ging aan de andere kant van het terras zitten en stak een sigaret op. Hij bestelde koffie.

De man die de deur opendeed, keek verrast op toen hij Versavel voor zich zag staan.

'Guido, dat is lang geleden. Kom toch binnen. Wat ben ik ongelooflijk blij je terug te zien.'

Het was vier jaar geleden dat ze elkaar nog hadden gezien, zij het in compleet andere omstandigheden.

'Hoe gaat het met Tine?'

'Met Tine gaat alles super.'

Hij draaide zijn hoofd om en riep: 'Tine, je kunt nooit

raden wie er voor de deur staat.' Versavel pakte zijn arm vast en kneep er zachtjes in.

'Ik moet je iets vragen, Didier. Liefst onder vier ogen.'

'Oké, makker. Dan gaan we in de tuin zitten.'

Tine was een beetje molliger geworden sinds ze elkaar voor de laatste keer hadden gezien en ze had haar bruine haar rood laten verven. Voor de rest was ze niet veranderd. Ze pakte Versavel vast, drukte hem aan haar weelderige boezem en gaf hem de gebruikelijke drie natte klapzoenen.

'Nog altijd even mager en taai', lachte ze. 'Ik zou willen weten hoe je het doet.'

'Dat zou jij beter moeten weten dan ik', grapte Versavel.

Ze bloosde, hoewel ze zich er terdege van bewust was dat de werkelijkheid anders was.

'Je bent en je blijft mijn perfecte gentleman, Guido.'

'En ik dan?'

'Jij natuurlijk ook, schat. Je zegt alleen te weinig dat ik er goed uitzie.'

Ze liepen door de woonkamer naar de veranda die uitkeek op een kleine binnentuin. Het grootste gedeelte ervan stond vol met bloemen, zodat er amper nog plaats was voor een smeedijzeren bistrotafeltje en twee gammele stoelen. Didier en Tine hadden het goed tegenwoordig en dat was ooit anders geweest. Versavel liet zich neerploffen op een stoel. Hij had Didier destijds tegen alles en iedereen verdedigd en hij had er nog steeds geen spijt van. De tijd had hem gelijk gegeven.

'Ik breng jullie iets te drinken. Wat mag het zijn? Perrier of perrier?'

Tine bleef op de veranda omdat ze wist dat de mannen iets te bespreken hadden, anders waren ze niet in de tuin gaan zitten. Ze hoopte alleen dat Didier zich niet weer in de nesten had gewerkt. Het ging nu allemaal zo goed. Didier had vast werk, ze hadden het huis voor een zacht prijsje kunnen kopen en ze was zwanger. Wat kon een vrouw zich nog meer dromen?

Silvia boekte een kamer in de Alfa Inn, een eenvoudig doch comfortabel hotel in de Kerkstraat. Ze stak de enveloppen met het geld in de hotelkluis voor ze een douche nam. Het warme water deed de zorgen van haar afglijden. Haar geest liep leeg en het water nam de nare herinneringen met zich mee. Ze bleef een eeuwigheid onder de warme waterstraal staan, zo genoot ze van de euforie die zich langzaam van haar meester maakte. Ze bleef minstens een halfuur in de douche voor ze zich weer aankleedde.

Het was nog lekker druk in Blankenberge, de winkels in de Kerkstraat deden gouden zaken en de terrassen zaten afgeladen vol. Waarom zou ze de hele avond op haar kamer doorbrengen? In de massa was ze veilig en ze begon stilaan honger te krijgen. De man met de zonnebril volgde haar tot aan de Zeedijk. Silvia installeerde zich op het terras van restaurant 't Fregat, hij ging op het terras ernaast zitten, vanwaar hij haar in het oog kon houden, aan een tafeltje waar zij hem niet kon zien. Silvia bestelde kreeft, hij hield het bij spaghetti. Zij dronk chablis, hij nam genoegen met een pilsje. Na het dessert trakteerde ze zich op amaretto, hij nam koffie.

Zij was een beetje tipsy toen ze de rekening vroeg, hij was bloednuchter. Het was ondertussen donker geworden en veel minder druk. Toch was het nog te vroeg en te druk om iets te ondernemen. Silvia keerde gelukkig niet onmiddellijk terug naar het hotel, ze wipte op de terugweg binnen in de Parasol, een jongerencafé met snoeiharde muziek. En dat was precies wat ze nodig had: drank en muziek. De man met de zonnebril wachtte tot ze zichtbaar dronken was voor hij haar aansprak.

'Mag ik u iets aanbieden, juffrouw?'

Ze reageerde met een kinderlijke glimlach. De man die haar met juffrouw had aangesproken, was best knap en hij had een aanstekelijke glimlach. Ze ging nooit in op avances van mannen, behalve als ze gedronken had en eens flink de beest wilde uithangen.

'Bacardi-cola', zei ze met een dubbele tong. 'Veel bacardi, weinig cola.'

De man met de zonnebril trakteerde de ene cocktail na de andere, maar hij raakte haar met geen vinger aan. Hij wachtte geduldig af tot ze bijna niet meer op haar benen kon staan voor hij haar een lift aanbood. Ze stribbelde eerst tegen, maar ze verzette zich niet echt toen hij haar bij de arm pakte en naar buiten loodste. Ze besefte ook maar half dat hij haar in een klaarstaande auto duwde en zelf niet achter het stuur plaatsnam, maar naast haar op de achterbank kwam zitten. De Maltees, die achter het stuur zat, knikte goedkeurend. Dit keer zou ze niet meer aan hem ontkomen. Hij startte de motor en laveerde de wagen voorzichtig tussen groepjes bezopen jongeren die de hele breedte van de rijweg in beslag namen.

Ze herkende de badkamer aan de spullen die er stonden. Hoe was ze in godsnaam thuis geraakt? Twee handen grepen haar vast en duwden haar ruw in de douche. Het water voelde eerst lekker aan zoals zo-even in het hotel, voor het langzaam ijskoud werd. Ze wilde onder de straal vandaan, twee handen dwongen haar te blijven staan. Het was donker. Ze probeerde haar ogen open te doen.

'Ik denk dat ze stilaan wakker wordt', zei de man met de zonnebril.

De Maltees stond in de deuropening van de kleine badkamer. Hij hield een kleine camera in de hand.

'Geef haar nog een paar minuten', zei hij.

Ze hadden de moeite niet gedaan om haar uit te kleden en ze waren ook niet van plan om het te doen, want ze hadden geen tijd te verliezen. Straks ging de zon op, het was veiliger dat niemand hen naar buiten zag komen. Het ijskoude water werkte snel en efficiënt. Toen Silvia wild om zich heen begon te slaan, wisten ze dat ze weer nuchter was. De man met de zonnebril sleurde haar vanonder de douche en bond haar handen achter haar rug vast met de gordel van haar badjas. Daarna vulde hij het bad en dwong haar op de knieën.

'Maak voort', snauwde de Maltees zijn handlanger toe. 'De tijd dringt.'

De man met de zonnebril pakte Silvia bij haar kletsnatte haar en trok haar hoofd naar achteren. Het deed pijn, maar ze gaf geen kik.

'Waar zijn de opnamen van Pieters?'

Ze schudde haar hoofd en hij duwde haar hoofd onder water tot ze bijna stikte. De Maltees legde alles vast met zijn camera. Toen ze eindelijk weer adem kreeg, stelde hij de vraag opnieuw. Ze weigerde te antwoorden. De Maltees monteerde de camera op een statief en liep de badkamer uit. Hij ging ervan uit dat de opnamen zich ergens in het huis bevonden en hij was vastbesloten ze te vinden. Ze hadden allebei pech. Het was de eerste keer dat de man met de zonnebril de watertortuur toepaste, waardoor hij een verkeerde inschatting maakte. Toen hij haar hoofd voor de vierde keer losliet, bewoog ze niet meer. En hoe grondig de Maltees ook te werk ging, hij moest de zoekactie zonder resultaat staken. Ze verlieten het huis bij dageraad.

Roos wachtte tot de middag voor ze de politie belde. De officier met wachtdienst bracht Van In onmiddellijk op de hoogte van het gesprek.

'Wat heb je haar gezegd?'

'Dat we iemand zouden sturen.'

Versavel was al opgestaan voor Van In iets hadden kunnen zeggen. Ze liepen samen de trap af. Vijf minuten later parkeerde Versavel de Audi in de Colettijnenhof, waar Roos hen stond op te wachten in de deuropening. Haar kapsel zat in de war en ze had duidelijk gehuild. Haar ogen waren rood en er liep een veeg mascara over haar wang.

'Vertel me nu eens rustig wat er aan de hand is', zei Van In toen ze binnen waren.

'Silvia had beloofd om te bellen en ik heb tot nu toe nog niets van haar gehoord. Ik weet zeker dat haar iets overkomen is.'

Van In vroeg Versavel met zijn ogen om hulp omdat hij niet veel geduld had met hysterische vrouwen. Zijn vriend begreep de hint. Hij verzocht Roos te gaan zitten en sloeg zijn arm over haar schouder, een gebaar dat haar leek te kalmeren.

'Wanneer heeft ze je voor het laatst gebeld?' vroeg hij.

'Gisteravond, op haar hotelkamer in Blankenberge.'

'Heeft ze iets gezegd dat u verontrust heeft?'

'Niet echt. Ze heeft gewoon beloofd dat ze me zou bellen.'

Van In kreeg het op zijn heupen. Als iedereen straks de politie alarmeerde omdat iemand niet belde, konden ze evengoed met een callcenter beginnen.

'Moet u eens goed naar me luisteren, mevrouw', zei hij bits. 'Als ik het goed begrijp is Silvia uw poetsvrouw en ook een beetje uw vriendin. Het kan me niet schelen wat jullie allemaal uitvreten, maar probeer ons alsjeblieft niet in de maling te nemen. Hebt u een gegronde reden om aan te nemen dat haar iets overkomen is of...'

De beltoon van zijn mobieltje deed hem de zin afbreken. Het was Saskia. Er had zich net een taxichauffeur gemeld die beweerde dat hij de dag voordien onder bedreiging van een pistool de bestemming had moeten natrekken van een jonge vrouw die door een collega aan het station was opgepikt. Ze belde om te vragen of ze de man moest laten wachten of zelf het verhoor afnemen.

'Waar heeft hij haar naartoe gebracht?'

'Naar het station van Blankenberge.'

Van In krabde zijn neus. Een taxichauffeur met een pistool bedreigen, alleen maar om de bestemming van een klant te achterhalen, deed vermoeden dat de klant in kwestie een zeker gevaar liep. Dat het om een jonge vrouw ging, kon bijna geen toeval zijn.

'Heeft Silvia ook gezegd in welk hotel ze sliep?'

'In de Alfa Inn.'

Een collega van de Blankenbergse politie en de manager leidden hen naar de hotelkamer die Silvia de avond voordien had geboekt. Het bed was onbeslapen en ze troffen nergens enige bagage aan. Een klamme handdoek in de badkamer bewees dat ze gedoucht had. Het was Versavel die opmerkte dat de kluis dicht was.

'Hebben jullie een loper van dit ding?'

De manager, een lange kalende man met bakkebaarden, trok een verongelijkt gezicht. De aanwezigheid van de politie was allesbehalve goede reclame voor het hotel en nu dit nog. Als de commissaris wilde weten of er iets in de kluis zat, zou hij genoodzaakt zijn om een slotenmaker te bellen.

'Ik doe onmiddellijk het nodige', zei hij met een zuur gezicht.

De slotenmaker arriveerde een halfuur later en hij deed er vijf minuten over om de kluis open te maken, een bewijs dat het een goedkoop model was of in het tegenovergestelde geval dat hij een uitstekende vakman was. Van In haalde de enveloppen uit de kluis, maakte ze open en schudde ze leeg boven het bed.

'Moet je dit zien.'

De Blankenbergse collega en de hotelmanager trokken grote ogen toen ze de negenhonderdvijfenzeventig bankjes van vijftig naar beneden op de sprei zagen dwarrelen. Van In en Versavel begrepen nu pas hoe de vork in de steel zat.

'Ik denk dat mevrouw Deckmyn gelijk heeft', zei Van In. 'Haar vriendin zit in de problemen.'

Ze troffen Silvia aan in de badkamer. Haar kleren waren nog nat en de moordenaar had de moeite niet gedaan om haar boeien los te snijden. Het was duidelijk hoe ze gestorven was. Van In stak een sigaret op en liep naar buiten. Lijken bezorgden hem een wee gevoel in zijn buik, maar het was vooral de manier waarop Silvia aan haar einde was gekomen die hem met afschuw vervulde. Verdrinken was in zijn ogen zowat de ergste manier om te sterven. Je adem proberen in te houden tot je longen barstten en dan noodgedwongen water moeten inhaleren tot je stikte. Het zou hem blijven achtervolgen in zijn nachtmerries. Versavel, die wist wat zijn vriend doormaakte, probeerde hem op andere gedachten te brengen.

'We weten nu tenminste wie hen afperste', zei hij.

'Inderdaad, Guido. Maar wat schieten we ermee op? Waarom denk je dat de moordenaar haar gemarteld heeft? Als Silvia over bezwarend materiaal beschikte waarmee ze Snoeck en consorten chanteerde, zullen we het volgens mij niet meer terugvinden. En we zullen waarschijnlijk ook nooit kunnen bewijzen wie de opdracht heeft gegeven om haar te vermoorden. Verdomme.'

Van In gooide zijn halfopgerookte sigaret in de goot en stak onmiddellijk een nieuwe op. Hij was ervan overtuigd dat Snoeck en/of De Nul achter de moord op Silvia zaten, maar hij durfde er ook een jaarloon om te verwedden dat ze over een alibi beschikten.

'Mevrouw Deckmyn is de enige die ons nog kan helpen', zei Versavel. 'Als ze iets weet tenminste.'

De wagen van de technische recherche arriveerde op het ogenblik dat Van In en Versavel op het punt stonden om te vertrekken.

'Het lijkt nutteloos, Pieter. Maar als ik jou was zou ik hun toch vragen dat ze de boel grondig doorzoeken. Een mens weet maar nooit.'

Van In haalde zijn schouders op. Hij zag het nut van een huiszoeking niet in, toch ging hij niet tegen het voorstel van zijn vriend in. Vermeulen mocht een oen zijn, hij en zijn ploeg waren de besten van West-Vlaanderen. Als zij niets konden vinden, dan was er ook niets.

'Vraag jij het hem maar, ik ga ondertussen in de auto zitten.'

Versavel keek hem na. Het was voor zover hij zich herinnerde de eerste keer dat ze er niet in geslaagd waren een zaak op te lossen en dat was frustrerend, vooral voor Van In. Hij zou nooit kunnen verwerken dat hij gefaald had. Hij dacht ook onwillekeurig aan Hannelore en aan wat er zou gebeuren als Verbiest zijn dreigement uitvoerde. Kon Van In een dergelijke vernedering nog aan? Waarschijnlijk niet. Wat deed je met een leven dat je geen zin meer kon geven? Hannelore en zijn werk betekenden alles voor Van In.

Roos besefte onmiddellijk dat er iets heel ergs gebeurd was toen ze Van In en Versavel voor de deur zag staan. Ze was de voorbije uren blijven bellen, Silvia had geen teken van leven gegeven. Misschien was het beter hen niet binnen te laten. Het slechte nieuws uitstellen. Ze bleef in de gang staan tot ze voor de tweede keer aanbelden en het tot haar doordrong dat je slecht nieuws niet kon blijven uitstellen. Haar blik werd wazig achter een scherm van ingehouden tranen.

'Mogen we binnenkomen?'

Ze knikte en zette zwijgend een stapje naar achteren. Van In en Versavel volgden haar naar de woonkamer, waar het in tegenstelling tot de vorige keer erg rommelig was. De krant lag op de grond en er stond een met etensresten aangekoekt bord op tafel. Van In ging ongevraagd zitten, Versavel bleef staan omdat hij de taak om het slechte nieuws te melden op zich had genomen. Het was het minste wat hij in de gegeven omstandigheden kon doen, vond hij.

'Ik zou het u graag op een voorzichtige manier meedelen, mevrouw', zei hij. 'Maar ik vrees dat er geen voorzichtige manier bestaat om te melden dat er iemand dood is.'

Zijn woorden hadden een merkwaardig effect op Roos. Ze barstte niet in tranen uit, ze bleef gewoon recht voor zich uit staren, alsof ze in een metafysisch universum was terechtgekomen.

'Hebt u me begrepen, mevrouw?'

Ze bewoog eerst niet, maar toen Versavel haar de vraag opnieuw stelde, liet ze zich neerzakken op een stoel.

'We kunnen beter een dokter bellen', stelde Van In voor.

Hij had het ooit meegemaakt dat iemand een hartinfarct had gekregen toen hij vernam dat zijn zoon bij een ongeval overleden was. Sindsdien was hij op zijn hoede als mensen vreemd begonnen te doen. Versavel hield er een andere mening op na.

'Laten we daarmee nog even wachten', zei hij.

Hij ging naast haar zitten, pakte haar hand vast en legde zijn vinger op haar pols. Haar hart pompte traag maar krachtig.

'We hebben dringend uw hulp nodig om de dader te vinden en u bent de enige die ons kan helpen.'

Ze sloeg haar ogen op en trok haar hand los. Haar lippen bewogen zonder dat er geluid uit kwam. Haar hoofd schokte en toen ging het beter.

'Het is allemaal mijn schuld', prevelde ze.

'Kan ik u helpen, jongen?'

De inspecteur, een blozende vijftiger, glimlachte naar de jongen die aan de andere kant van de balie stond om hem gerust te stellen. Het gebeurde ook niet iedere dag dat een kereltje van een jaar of twaalf het politiebureau binnenstapte.

'Ik wil commissaris Van In spreken.'

Het klonk kortaf. De inspecteur hield zijn hoofd een beetje schuin. De glimlach verdween van zijn gezicht.

'Willen is het verkeerde woord, jongen. Je bent hier niet op school of thuis. Hier worden alleen beleefde mensen geholpen.'

Het kereltje keek verbaasd omdat hij niet begreep wat hij verkeerd had gedaan. In andere omstandigheden had hij zijn middelvinger opgestoken, maar dat kon hij Silvia niet aandoen.

'Sorry, meneer', zei hij. 'Ik heb het niet zo bedoeld.'

'Dat is al veel beter.'

De inspecteur glimlachte weer. Hij had gelijk. Kinderen hadden leiding nodig en je mocht hun niet altijd hun zin geven. Het was verdomd jammer dat leraren en ouders die principes tegenwoordig niet meer huldigden.

'Maar ik vrees dat ik je moet teleurstellen wat commissaris Van In betreft. Hij is er niet.'

De inspecteur had net hetzelfde gezegd als Van In er wel was geweest, maar dat kon het kereltje niet weten.

'Kunt u me dan zeggen hoe ik hem kan bereiken?'
'Nee, jongen. Dat kan ik niet.'
'Het is nochtans dringend, meneer.'
'Dan kan ik u vast en zeker helpen.'
Het voorstel bracht de jongen in een lastig parket. Silvia had hem op het hart gedrukt dat hij het doosje alleen aan commissaris Van In mocht overhandigen. De oude leek behulpzaam, maar dat zou snel veranderen als hij het been stijf hield.
'Het is nogal persoonlijk, meneer. Alstublieft.'
De smeekbede deed de inspecteur twijfelen. Bovendien had de jongen zijn nieuwsgierigheid gewekt. Als hij hem nu wegstuurde, zou hij er nooit achter komen waarom hij zo dringend Van In wilde spreken.
'Momentje', zei hij. 'Ik vraag of zijn assistente even naar beneden wil komen. Of is dat ook niet goed genoeg?'
De jongen wist dat hij geen keuze had. De assistente was beter dan niets. Misschien kon hij haar overtuigen contact op te nemen met Van In. Hij probeerde dankbaar te glimlachen.
'Ik zou u heel dankbaar zijn als u dat voor mij wilt doen, meneer.'
Hij had liever iets anders geantwoord. Iets in de zin van: Alles is goed zolang ik niet langer op je stomme kop hoef te kijken.

'Mijn man was een bruut', zei Roos zacht. 'Hij vernederde me in het openbaar en ik kreeg geregeld slaag. Op een dag sprak Silvia me daarover aan. Ze zei dat ik dat niet hoefde te pikken. Ze had gelijk, maar ik durfde niet tegen hem in te gaan. Toch was ik blij dat ik er met haar over kon praten. We werden vriendinnen, erg goede vriendinnen. De ellende is begonnen toen we op een dag samen vakantiefoto's zaten te bekijken en Silvia Pierre Pieters op een van de foto's herkende.'

Haar stem stokte. Van In liet haar rustig de tijd om weer op verhaal te komen. Het begon hem stilaan allemaal duidelijk te worden.

'Silvia reageerde eerst triest, daarna werd ze kwaad. Ik heb haar later nooit meer zo kwaad gezien. Ze beweerde dat Pieters zich met kinderprostitutie bezighield. Ik geloofde haar eerst niet, maar ze hield voet bij stuk.'

'Wist Silvia toen al dat De Nul, Snoeck en Demaeght ook bij Pieters op vakantie waren geweest?'

'Nee. Dat heeft ze pas later ontdekt, maar ze heeft er nooit met hen over gesproken.'

'Waarom niet met hen en met jou wel?'

Roos kreeg het zichtbaar moeilijk. Haar handen begonnen te trillen en ze durfde Van In niet meer aan te kijken.

'Omdat we verliefd op elkaar... Silvia heeft me...'

'Rustig, mevrouw Deckmyn.'

Van In kon de rest al raden. Silvia had eerst Pieters vermoord en daarna Lieven Deckmyn, omdat ze verliefd was op Roos.

'Wat is er gebeurd nadat jullie verliefd op elkaar geworden zijn?'

'We gingen op zoek naar bewijsmateriaal. Lieven was ervan overtuigd dat ik niet op de hoogte was van onze financiële situatie. Hij had het mis. Ik wist dat hij vijftigduizend euro had verdonkeremaand, ik wist alleen niet waaraan hij het geld had uitgegeven, tot Silvia me vertelde dat Pieters zijn klanten chanteerde. Toen hebben we zijn laptop doorzocht en de opnamen gevonden die hij op het eiland had gemaakt. Een paar weken later is Silvia naar Île d'Arz vertrokken en ze is teruggekomen met het hele archief van Pieters.'

'Ik vraag me af hoe ze dat heeft klaargespeeld.'

Roos glimlachte. Wist de commissaris dan niet hoeveel macht een vrouw kon uitoefenen op een man als ze hem zijn zin gaf?

'Dat is heel eenvoudig, commissaris. Pieters had een vriend die zijn gasten af en toe met zijn boot van het ene eiland naar het andere bracht. Silvia heeft hem gegeven wat hij wilde in ruil voor wat zij wilde.'

'Le Tzigane.'

'Inderdaad. Gelukkig was hij niet bij de zaak betrokken.'

'En toen hebben jullie de chantage voortgezet?'

'Ja, maar het ging niet alleen om geld. Silvia wilde hen allemaal laten boeten. U moet weten dat zij twintig jaar geleden, toen Pieters nog in België opereerde, een van zijn eerste slachtoffers was. Geloof me, commissaris, ieder normaal mens zou kotsen als ik je zou vertellen wat zij heeft moeten ondergaan.'

Van In hoefde nu niet meer te vragen waarom Silvia Pieters had vermoord, hij vond het alleen erg dat het voor haar op die manier was afgelopen.

'Nog één vraag, mevrouw Deckmyn. Weet u ook waar...'

De beltoon van zijn mobieltje onderbrak de vraag. Het was Saskia. Zij had het antwoord op de vraag die hij net had willen stellen. Silvia had het bezwarend materiaal toevertrouwd aan een buurjongen en hem de opdracht gegeven het aan commissaris Van In over te dragen als ze vandaag voor twee uur niets van zich had laten horen. De jongen was naar het politiebureau gekomen, maar hij weigerde het materiaal aan iemand anders dan Van In te overhandigen.

'Zeg hem dat we eraan komen.'

Van In wist dat de zaak opgelost was, maar hij voelde zich terneergeslagen omdat hij er niet in geslaagd was Silvia te redden.

Roos had gezegd dat een normaal mens zou kotsen als ze zou vertellen wat Silvia destijds had moeten ondergaan. De beelden die ze hadden bekeken, waren de ergste die Van In ooit had gezien. Wat De Nul en Snoeck met het arme meisje hadden gedaan, was ronduit onvoorstelbaar.

'Smeerlappen.'

Hannelore zag lijkbleek en Versavel had een aantal keer zijn hoofd moeten afwenden.

'Mobiliseer de cavalerie', zei ze wezenloos. 'We gaan hen halen.'

Tien minuten later sloot een indrukwekkende politiemacht de Colettijnenhof hermetisch af. Van In sloeg De Nul en Snoeck eigenhandig in de boeien. Hij hoefde hun niet uit te leggen waarom ze gearresteerd werden. Ze zwegen allebei toen hij beschreef wat hij net had gezien.

'Het is afgelopen, maar ik voel me er niet goed bij', zei Van In.

De kans was klein dat ze de moordenaar van Silvia zouden vinden en dat vond hij bijzonder frustrerend. Iemand die zo veel had geleden en op die manier was gestorven, verdiende tenminste gerechtigheid.

'Het is allemaal mijn schuld. Ik heb te veel fouten gemaakt.'

Van In kon zijn emotie bijna niet meer de baas. Hannelore pakte hem vast en gaf hem een zoen.

'We maken allemaal wel eens fouten, Van In. Het belangrijkste is dat we elkaar graag zien.'

Twee dagen later ontmoetten Versavel en Hannelore elkaar stiekem in het Astridpark. Versavel gaf haar een envelop met de foto's die Verbiest van haar had gemaakt.

'Didier heeft ook zijn fototoestel en zijn laptop meegenomen', zei hij. 'Het is zo goed als uitgesloten dat hij nog afdrukken kan maken.'

Ze staarde eerst ongelovig naar de foto's en daarna naar Versavel.

'Mag ik ook weten wie Didier is?'

'Een beroepsinbreker die nog bij mij in het krijt stond. Hij is er een tijdje geleden mee gestopt, maar het klopt wat ze over hem vertellen. Hij is nog steeds de beste.'

Hannelore sloeg haar armen om zijn schouders.

'Kom hier', zei ze. 'Ik zie je bijna even graag als Van In.'

Van Pieter Aspe
zijn bij dezelfde uitgever verschenen:

Het vierkant van de wraak

Van In heeft bedenkingen bij een mysterieuze inbraak in een juwelierszaak. Er wordt niets gestolen. De inbrekers laten alleen een raadselachtige handtekening achter...

'Een klein meesterwerkje.' – Brabants Dagblad
'Een schot in de roos.' – Het Nieuwsblad

De Midasmoorden

Paniek en chaos wanneer Brugge door een reeks misdaden wordt opgeschrikt. Een geheimzinnige foto, een kneedbom... Een aartsmoeilijke opdracht voor adjunct-commissaris Van In.

'De tweede van Aspe bevestigt al het goede van het debuut.'
– Humo

De kinderen van Chronos

Een lijk wordt ontdekt in de tuin van De Love, een gerestaureerde boerderij in de omgeving van Brugge. Commissaris Van In komt erachter dat De Love destijds als lustoord fungeerde voor tal van prominente figuren.

'Een wervelende thriller die nauw aansluit bij de Belgische politieke en criminele actualiteit.' – Het Laatste Nieuws

De vierde gestalte

In een sloot bij een flatgebouw wordt het lijk gevonden van de jonge kalligrafe Trui Andries. Ze werd vergiftigd met een uiterst zeldzaam product. De moord leidt naar een zekere Venex, de incarnatie van Satan op aarde.

'Een misdaadmeesterwerk van formaat.' – P-Magazine

Het Dreyse-incident

Patrick Claes, een rijke beursmakelaar, wordt in zijn eigen huis neergeslagen. Een gewone diefstal of een kluwen van misdaden? Wat is waarheid en wat is leugen?

'...stond al in de toptien terwijl de boekhandelaars nog bezig waren het boek in de rekken te zetten.' – De Morgen

Blauw bloed

Onderzoeksrechter Hannelore Martens, de vriendin van commissaris Van In, wordt door een jeugdvriendje benaderd. Opnieuw volgt een spannend verhaal met een dramatische ontknoping.

'De vaste hoofdpersonages worden intrigerender en aantrekkelijker.' – Het Nieuwsblad

Dood tij

Een verkrachting, een moord op het strand, perikelen op het ministerie van Justitie. Deze ingrediënten zijn slechts enkele elementen van deze wervelende thriller...

'Een Aspe van een goed jaar.' – Het Laatste Nieuws
'Om in één ruk uit te lezen.' – Het Volk

Zoenoffer

Terwijl Brugge zich opmaakt voor een prestigieuze tentoonstelling, wordt Van In geconfronteerd met een bizarre afrekening in het Minnewaterpark. Er wordt ook een kunstdiefstal gepleegd. Van In komt echter op een ander spoor.

'Veel humor en fantasie, maar ook veel spanning in de nieuwe Aspe.' – De Morgen

Vagevuur

Bij een inbraak worden foto's aangetroffen van Chileense folterkamers. In de buurt van het Concertgebouw wordt een potloodventer gesignaleerd. Een manege gaat in vlammen op. De puzzel valt stukje voor stukje in elkaar.

'Zwoel, erotisch, hitsig, intrigerend. En vol dubbele bodems. Een Aspe pur sang.' – De Morgen

De vijfde macht

Tijdens een huwelijksfeest op een kasteel wordt de bruidegom vermoord. Hij is de zoon van de manager van een groot visbedrijf. Van In, die een van de genodigden was op het feest, wordt beschuldigd van verkrachting en komt in de gevangenis terecht.

'Een spitant en spannend verhaal.' – Knack

Onder valse vlag

In een villa aan de Damse Vaart heeft Wilfried Traen, directeur van een belangrijk bedrijf dat computers recycleert, zijn gezin uitgemoord en zelfmoord gepleegd. Op het terras van een penthouse in Blankenberge wordt een luxecallgirl vermoord aangetroffen.

'Wellicht de beste politieroman die hij totnogtoe publiceerde.' – De Standaard

Pandora

Een oud dossier wordt heropend. Twintig jaar geleden werden in Brugge een legerofficier, een geestelijke en een gemeenteraadslid op dezelfde manier vermoord. Bij de lijken werd telkens ook een tarotkaart gevonden. De misdaden werden nooit opgelost.

'Aspe blijft een ongelooflijk natuurtalent die zowel slapstick als ironie en kolder kan mengen met sérieux en sarcasme.' – Knack
'Vakwerk van een tedere anarchist.' – Gazet van Antwerpen

13

In 13 hebben Hannelore Martens en Pieter Van In het plan opgevat om in het huwelijksbootje te stappen. Een rustige voorbereiding van het huwelijksfeest is hun echter niet gegund. In een Brugs hotel wordt Wim Raes vermoord aangetroffen.

'Meer dan ooit voert Aspe zijn personages op als mensen van vlees en bloed, met goede maar ook met bijzonder kleine kantjes. Pas wanneer je het boek hebt weggelegd, besef je hoezeer je aan Pieter, Hannelore en Guido gehecht bent geraakt.' – GAZET VAN ANTWERPEN

TANGO

Een vrouw meldt zich op het politiebureau. Haar vriend is spoorloos verdwenen. Op het eerste gezicht lijkt het om een gewone huiselijke twist te gaan, waarna de man met de noorderzon is vertrokken. Als duidelijk wordt dat ook de in Brugge in de hotelsector opererende maffia bij de zaak betrokken is, wordt de toestand zeer ernstig.

'*Tango* is, mede door zijn aangehouden tempo en strakke suspense, Aspes spannendste boek in jaren geworden.' – GAZET VAN ANTWERPEN

ONVOLTOOID VERLEDEN

Op een zomerse ochtend vindt de exploitant van de Oesterput, een restaurant in Blankenberge, het lijk van een jonge vrouw. Het slachtoffer en haar man zijn lid van een vereniging van neonazi's. Van In komt in contact met een mysterieuze groep die zich commando Mannaz noemt.

'Een stevige plot en flitsende actie.' – HET BELANG VAN LIMBURG
'Aspe bewijst met *Onvoltooid verleden* dat hij de vervoegingen van de thrillertaal uitstekend onder de knie heeft.'
– GAZET VAN ANTWERPEN

Casino

Faites vos jeux. Hubert Blontrock, een notoir gokker, krijgt een decadent voorstel dat elke verbeelding tart. Een paar uur later wordt hij opgepakt wegens openbare dronkenschap. In zijn roes laat hij iets los over een roulettespel waarbij doden zullen vallen.

'*Casino* is het 16de verhaal dat Pieter Aspe uit zijn pen tovert. Die pen raakt duidelijk niet moe.' – Dag Allemaal
'Pieter Aspe zoals we hem kennen: sterk.' – Metro

Ontmaskerd

De jonge Joris Mareel zit in zijn eentje in een Blankenbergs café te kijken naar het vrolijke carnavalsgedruis rondom hem. Hij neemt niet actief deel aan het gejoel en de feestvreugde, want eigenlijk heeft hij geen vrienden. Hij droomt wel van mooie meisjes, maar hij heeft nog nooit ook maar een schijn van kans gehad bij het andere geslacht.

'Dit boek opzijleggen is moeilijk.' – Libelle
'Het was meteen het miljoenste Aspe-boek dat over de toonbank ging, een unicum voor Vlaanderen.' – Gazet van Antwerpen
'Een miljoen boeken verkopen in amper 10 jaar tijd: het is in Vlaanderen niet eerder vertoond.' – Het Laatste Nieuws

Zonder spijt

Jens Vermeire, journalist bij de linkse krant Gazet, maakt zich zorgen over een collega die al een paar dagen niet meer is komen opdagen. Hij stapt naar de politie. Van In dringt de flat van de vermiste journalist binnen en treft zijn levenloze lichaam aan. Hij verneemt dat de man op het punt stond ophefmakende details over de Bende van Nijvel aan het licht te brengen.

'Weer een Aspe om in één ruk uit te lezen!' – Libelle
'Pieter Aspe op zijn best.' – De Morgen

Alibi

In Brugge wordt met man en macht gewerkt aan de opnames van een nieuwe politieserie. De realiteit overtreft de fictie wanneer op het parkeerterrein bij de filmset de wagen van hoofdrolspeler Tack in vlammen opgaat. De brandweer doet een uiterst macabere ontdekking: in het uitgebrande wrak bevindt zich een verkoold lijk dat met handboeien aan het stuur werd vastgeketend. Vanaf dan verplaatst het werkterrein van Van In en Versavel zich naar de Scheldestad.

'Veel humor, degelijk speurwerk en romantisch vuurwerk tussen Pieter en Hannelore enerzijds en Guido en Luk anderzijds.'
– Gazet van Antwerpen

Rebus

Een oude man krijgt een hartinfarct in de kerk van het Brugse Begijnhof terwijl hij een non bedreigt met een pistool. Enkele dagen later treft de eigenaar van de Lucifernum, een diabolische bar in de Brugse binnenstad, een vreselijk verminkt lijk aan in de toiletten. Het spoor leidt al vlug naar een geheimzinnig genootschap dat zich de Gezellen van de Brugse Beer noemt.

'Twintig misdaadromans in twaalf jaar [...]. Je zou verwachten dat er stilaan sleet op de formule komt. Aspe is echter een vakman.' – Het Laatste Nieuws

Op drift

In het eenentwintigste avontuur van Pieter Van In, Hannelore Martens en Guido Versavel is er weer een mooie rol weggelegd voor de charmante badstad Blankenberge. Het onschuldige toeristische vertier wordt er opgeschrikt door een niets of niemand ontziende drugsbende.

'Volgens het beproefde recept geschreven policier met veel dialogen, humor, sympathieke en overtuigende hoofdpersonen.' – NDB Biblion
'Aspe is intussen uitgegroeid tot een sterk merk.' – De Morgen

De zevende kamer

Louis Vandervelde, ex-minister van Justitie en toekomstig premier, wordt vermoord aangetroffen in de buurt van de Villa Papillon, een luxebordeel in de buurt van Brugge. Van In legt meteen een verband tussen de locatie waar Vandervelde werd vermoord en de Villa. Uiteraard wordt hem deze toch voor de hand liggende conclusie niet in dank afgenomen.

'Pieter Aspe trekt in *De zevende kamer* alvast alle registers open. De zevende kamer is een vintage Aspe, met een Van In in uitstekende doen.' – Gazet van Antwerpen

Bankroet

Tijdens een romantisch weekend in Venetië raken Van In en Hannelore toevallig betrokken bij het onderzoek naar de moord op Filip Vandecasteele, een Oostendse reder en tevens eigenaar van een visverwerkend bedrijf. Het spoor leidt naar Oostende, waar Van In en Versavel kennismaken met het ruige vissers milieu, The Brothers of Harley (een bizarre motorclub), een cynische Nederlandse zakenman en de artistieke scene.

'[...] hij weet na 23 romans perfect hoe hij zijn publiek moet bedienen. *Bankroet* is een degelijke Aspe.' – De Standaard
'Reden genoeg om deze titel van onze Belgische trots tot absolute mustread te bombarderen.' – Steps

Misleid

Wanneer Frederik Bombé, organisator van Miss Flanders, zich meldt op het politiebureau omdat een van de finalistes het slachtoffer is geworden van een 'gewelddadige aanslag', is Van In genoodzaakt zich te verdiepen in de wereld van de missverkiezingen. Van In, Guido Versavel en Hannelore Martens hebben in *Misleid* niet alleen de handen vol aan de glitter en glamour van de missen, ook de keiharde zakenwereld van containertransporten vanuit China naar de haven van Zeebrugge eist hen op. En dan is er natuurlijk ook nog Hannelores zwangerschap. Zal alles wel goed verlopen?

'Een volbloed Aspe.' – De Morgen
'Een perfecte melange van humor, ironie, soap, spanning, verontwaardiging, tederheid.' – Knack
'*Misleid* leunt aan bij zijn beste werk. De humor is zwart, de seks stomend en de dialogen pittig.' – Gazet van Antwerpen

De cel

De 25ste Van In!

Tegen een aanlegsteiger vlak bij een woonboot wordt het lijk gevonden van een stewardess die in Brugge woont en op de Dominicaanse Republiek vloog. Een drugskoerier, de zoon van een invloedrijk politicus, wordt opgepakt en pleegt zelfmoord in de politiecel. Het kost de speurders de grootste moeite om te achterhalen wat er precies gebeurd is. Van In wordt het slachtoffer van zijn tomeloze inzet en krijgt het zwaar te verduren.

'Aspe heeft een van zijn beste romans geleverd voor dit jubileum' – Cerberus
'Ook in 2009 bleef Aspe met voorsprong Vlaanderens populairste schrijver.' – Het Nieuwsblad
'Aspe verovert Europa.' – Het Laatste Nieuw

De vijand

Als haar broer spoorloos verdwijnt, doet Kitty Dewinter een beroep op haar jeugdvriend Pieter Van In. Die gaat met enige tegenzin op haar verzoek in, tot hij en Versavel in contact komen met Albert Devroom, directeur bij de ESSE (de Europese geheime dienst). De zoektocht leidt naar Parijs, waar ze op het spoor komen van Azzedine, een moslimextremist die banden heeft met een terroristische organisatie die zich de 'Martelaren voor Allah' noemt.

'Liefhebbers van Pieter Aspe en zijn saga rond commissaris Pieter Van In zullen even verrast zijn bij het lezen van *De vijand*.'
– Knack
'Aspe weet lezend Vlaanderen nog steeds te vinden. Hij is zonder twijfel een vakman die weet wat de liefhebber van zijn boeken wil.' – Misdaadauteurs.be

Erewoord

Céline Dubois, een jonge vrouw, wordt dood aangetroffen bij haar thuis op de sofa. Hoewel er geen sporen zijn van een misdaad, heeft de huisarts die het overlijden vaststelt zijn twijfels. Wanneer het vermoeden rijst dat de doodsoorzaak vergiftiging is met het extract van de bessen van de Taxus baccata, ligt de conclusie zelfmoord voor de hand.

'Ook deze keer weet auteur Pieter Aspe een geslaagde thriller neer te pennen. Aspe weet als geen ander hoe hij zijn lezerspubliek aangenaam kan onderhouden.' – Libelle.be
'Pieter Aspe is een merk dat niet stuk kan.' – Het Nieuwsblad

Postscriptum

Jean-Pierre Vandamme, een pelgrim die te voet onderweg is naar Santiago de Compostela, wordt in Frankrijk vermoord.
Het onderzoek verloopt moeizaam en stuit op veel weerstand van de stafhouder van de Brugse balie. Tot Van In het verband ontdekt met een onfrisse zaak uit het koloniale verleden van België.

'*Postscriptum*, zo heet het 28ste boek van Pieter Aspe en gisteren werd het boven de spreekwoordelijke doopvont gehouden, al was die eerder gevuld met Duvel dan met gewijd water. *Postscriptum* is dan ook weer een spannende thriller rond de Duvel drinkende commissaris Van In.' – Het Nieuwsblad

Solo

Brugge wordt opgeschrikt door een wel heel lugubere moord: een argeloze voorbijganger vindt het onthoofde lichaam van een man van middelbare leeftijd. Uit de lijkschouwing door de arts met de onuitspreekbare Poolse naam blijkt dat het gaat om een onthoofding met de guillotine.
De moord lijkt een duidelijke provocatie aan het adres van belgicistische politici. De zaak wordt complexer wanneer een tweede moord gepleegd wordt op een militant van het Vlaams Belang.
Het oplossen van de moorden is voor Van In en Versavel even ingewikkeld als het ontwarren van het Belgische communautaire kluwen.

'Zoals altijd is ook deze *Solo* een zeer toegankelijk boek van Pieter Aspe.' – Libelle.be
'Veel dialogen, humor, sympathieke en overtuigende hoofdpersonen.' – NBD Biblion
'Aspe heeft aan *Solo* een prettig aantal lagen toebedeeld, wat zeker meehelpt om de spanning er tot op het einde in te houden.' - De Telegraaf

Grof wild

Om hun zilveren huwelijksjubileum te vieren besluit Eva haar echtgenoot Victor te verrassen met een korte vakantie in een afgelegen chalet in de Ardennen. Wat een gezellig weekje uit zou moeten worden, ontaardt al vlug in een nachtmerrie zonder weerga.

'Een tussendoortje van Pieter Aspe.' – Het Nieuwsblad

De Japanse tuin

Hasselt. In het water van de Kom aan de Kolenkaai, vlak bij een discotheek, steekt het hoofd van het lijk van een jonge man boven het dunne ijslaagje uit. Een zestienjarige discotheekbezoekster doet de lugubere ontdekking. Op het lichaam van het slachtoffer wordt een lidkaart van de bibliotheek gevonden, de enige verwijzing naar zijn mogelijke identiteit.

'Commissaris Van In is niet van de partij, de charmante hoofdinspecteur Lies Rutten en haar collega Rudi Nelissen worden belast met het onderzoek.' – Het Belang van Limburg